JN072044
「おまえが望むだけ、己をやる」
男の熱はいのちそのものだった。
「おまえが欲しくないなら過剰には与えない。
おまえが選べ、タマユ＝リ。
おまえの主人はおまえだけだ。誰もおまえに強制することはできない」

Beautiful

花衣沙久羅

Illustrator
吉崎ヤスミ

ジュエル文庫

目次

※本作品の内容はすべてフィクションです。
実在の人物・団体・事件などには一切関係ありません。

episode　クナト＝イ　──　森と急流の国（ヤマトイヅル）

闇をつんざき、狼が吠える。

それが、戦いの合図だった。

「殿下！」

「馬鹿者！　誰が殿下だ！　イカルと呼べ！」

「しかし！」

「さっさと来い！　置いていくぞ！」

恐るべき跳躍力を発揮して、クナト＝イ王子、いや、イカルが雨の岩場から飛び出す。

頭布から漏れる黒髪、黒装束、腰に剣、ひたいに薔薇の印が入った冠。

動きやすいよう細かく裁断された薄い鎧、指先一本一本を包みこみ、剣にはけっして斬られることのない皮の長手袋。

彼は自分を身軽にするために、あらゆる注文をつけ、それに応える部下が大勢いた。

これまでは。

今は、わずかに片手で事足りる人数でしかない。

〝イカル——斑鳩〟は、昨夜、敵の矢に当たって命を落としたばかりの幼なじみの名だ。

その名を自身の偽名とすることだけが、今の彼にできる供養だった。

ばちばちと、少年の頰を雨の大粒が打ちつける。

南で照明弾が上がった。

その灯りがイカルの漆黒の虹彩に映る。

迷う時間はなかった。彼は決断しなければならない。たとえ彼がまだわずか十三歳の、少年と呼ばれる年齢であっても、今この瞬間に動かなければ、部隊は全滅する。

崖の上に足をつき、イカルは自分に付き従う若き狼の毛をつかんだ。

崖下からは強い水音が響いてくる。滝があるのだ。

それも尋常な高さの滝ではない。国境となるほどの大滝だ。

森と急流の国（ヤマトイツル）に住むイカルたちにとっては慣れ親しんだ光景だが、嵐の夜には恐ろしい魔物となって、近づく者を拒む最大の難関である。

だが、イカルに迷いはなかった。

今宵、父王が暗殺された。

王宮では、裏切り者が、歳若い後継者の名を叫んだ。

国王暗殺の首謀者は、王位継承者クナト＝イ王子であると。

むろん、陰謀である。

山の王宮は裏切り者だらけになってしまった。

こうして国境まで逃げてくる間に、多くの仲間が殺された。最後までイカルの無実を信じて疑わなかった少数の忠実な部下たちも、そのほとんどが命を落とした。

なぜ自分が生きているのか、不思議なくらいだ。

この国には、もはや自分の居場所はない。

イカルは滝の向こうを眺めた。

黒々と広がる大樹海。

これもまた、森と急流の国(ヤマトイツル)の見慣れた夜の風景だ。

なんとかここを生き延びて、あの深く暗い黒の森へ身を隠すのだ。

「行くぞ、ギタ」

名を呼ばれた若き黒狼の金の瞳が燦(きら)めき、主(あるじ)を新たな運命へと促す。

イカルは腰の剣を抜き、それを高く掲げた。

自分に続く者たちが少しでも残っているなら、彼ら全員に見えるようにと。

そして、全員がそれを見た。

「南下する！」

急流に飛びこむ王子を追って、残る勇者たちが同じように飛びこむ。

衝撃と共に滝壺の底へと押しやられる。

ぐぅんと肺が押しつぶされて、束の間、死の夢が少年を襲った。

悲しみと絶望が黒い轟きとなって渦巻く。

深く、深く。

命運尽き果て、どこまでも落ちてゆく一人の少年を、果たしてふたたび王子と呼ぶことができるのか、誰にもわからなかった——。

episode　タマユ＝リ ―― 海と断崖絶壁の国(サンザッシマ)

苔生す石造りの塔は、断崖絶壁の上に建てられていた。

普段は訪れる者もなく、強風に吹かれるばかりの閑散とした場所だ。石の窓から眼下を見渡せば、一面に青い海が広がっていた。

その青き大海原が、今、数えきれないほどの帆船に埋めつくされようとしている。

巨大な戦闘軍艦が恐るべき速さで陸へと向かってくる様子が、はっきりと見てとれた。

海と断崖絶壁(サンザッシマ)の国を占領下に置こうとする敵国の大艦隊である。

群雄割拠の世界。

もう何十年もの間、南北に卵のように丸く縦長に伸びた陸地に、大小の国々がひしめき合い、覇権をかけて争っている。

海と断崖絶壁(サンザッシマ)の国もまた、そうした小国の一つだった。

「ばばさま！」

幼い少女が祖母と同じ柑子色(オレンジいろ)の髪をさらりとなびかせ、塔の中腹にある小部屋へと駆けこんでくる。

皇女(ひめみこ)タマユ＝リ、六歳。

幼いが、何が起こっているかわからないほど幼くはない。

耳朶にはすでに、小さな刺青(いれずみ)も施されている。

海と断崖絶壁の国(サンザッシマ)の者に共通する伝統だ。一般に、〝シシ〟という。

大人になれば、刺青(シシ)の数は増える。その模様は身分によって異なった。伝統的な国花である桔梗(ツシ)を纏うのは、王族と決まっている。

「逃げてください！　敵がばばさまをつかまえにきちゃいます！」

「おや、ユ＝リ。ばばのかわいい子。いつも元気で良い子ですねえ」

奥のほうから、のんびりと愛称を呼ぶ声が返ってくる。

塔の部屋はいつも薄暗い。青い火に焙(あぶ)られ湯気を立てるフラスコが、あちこちでコポコポコポと心地良い音を立てている。

香り草(ケマ)だ。

嗅ぎ慣れた香り草(ケマ)の匂いは、いつもなら、タマユ＝リを安らがせてくれる。

だが、今は緊急事態だった。

「ばばさま！　早く！」

　少女が、ザッと音を立てて分厚い垂れ布を開く。

　この奥まった着替え処は、主によって〝研究処(タシマ)〟と呼ばれている。床には巻物や書き付けがちらばり、足を踏み入れるのもためらわれるほどだが、タマユ＝リは慣れていた。

「ばばさま！　おねがい！」

　必死な声で呼ばれても振り返らず、指先だけをひらひらと動かして返事をする。

　彼女は落ち着いていた。複雑な刺繍が施された異国風の長衣に身を包み、幅のある石の椅子にゆったりと腰をおろしたまま、立ち上がる気配もない。

「しいっ、ユ＝リ。今、だいじなところなのです。静かにしてくれないと、香り草(ケマ)の精が逃げてしまいますよ」

　祖母はいつもそんな言い方をする。祖母にかかると、香り草(ケマ)は生き物そのものだ。

　タマユ＝リの祖母コトエ＝リは、ありとあらゆる香り草(ケマ)に通じる巫女(ミカ)である。

　彼女のひたいには、秘密の花が咲いている。

　巫女(ミカ)たちは聖なる御印(おしるし)として、花のかたちの刺青(シシ)を入れるが、それはただの刺青(シシ)にすぎない。コトエ＝リの花は違う。

　ふっくらとした九枚の花弁を持つ花。

すなわち、古代九つの国を一つにしたという伝説の香り草(ケマ)の花の象徴だ。

普段は見えない。特別な場合にのみ浮き上がるこの不思議な花は、刺青(シシ)とは異なる名称を持つ。——すなわち文身(サク)。

この特別な文身(サク)を持つのは、この世でたった一人。

今、それは、コトエ＝リのひたいに宿っている。

タマユ＝リの祖母コトエ＝リは、代々続く巫女(ミカ)の中でも最大の能力を持つ伝説の巫女(ミカ)——甕依姫(ヒミカ)だった。

〝甕依姫(ヒミカ)を手に入れた者こそ、世界を制す〟

この世界にはそんな古い伝承(いいつたえ)があった。

「ばばさま！　早く逃げて！」

「そなたがそれほど言うなら、しかたがないですねえ。そなたも、吾(わ)と一緒に逃げてくれるのですか、ユ＝リ？」

「はいっ！　吾(わ)は、ずっとばばさまと一緒にいます！」

タマユ＝リには、愛する祖母と離れることなど考えられなかった。

皇女といっても十一番目。

歳の離れた姉たちは、すでにそれぞれに近隣国に嫁いで王妃となり、大勢の兄たちは手柄を立てて領土を任されるか戦場に入り浸るかのどちらかで忙しく、王城に残ってタマユ＝リを顧みる者はいなかった。

それは、両親も同じだった。群雄割拠のこの世界では、油断をすれば小さな国などすぐに滅ぶ。必然、子どもは産みっぱなしとなり、ほとんどの世話は乳母に任せきりで、母妃は、十一番目の娘など腕に抱いたこともなかった。

女であるタマユ＝リよりは、末の十二番目の弟のほうがまだ丁重に扱われた。

だれかに大事にされるということ。タマユ＝リがそれを生まれて初めて知ったのは、塔の上の祖母の部屋――うっとりするような香りの中だった。

「準備の良いあなたは、吾と違って、すっかり身支度ができているようですね？　かわいいユ＝リ？」

タマユ＝リのことを愛称で呼び、〝かわいい〟などと言ってくれるのは、この祖母だけだ。祖母の香りだけが、タマユ＝リに自分が特別な存在であると感じさせてくれる。

「だいじょうぶですよ！　ばばさまがくれためずらしい香り草の種が入った箱も、ちゃんと荷物に入れましたよ！　ユ＝リのだいじな種たちは、みんな荷物に入れてあげました！　だいじな香り草がたくさんあって、すっごく大変でした！　でも！　だいじですから！　黒文字も水目桜も山藍も、どの子も忘れずに詰めましたよ！　それから、それから」

あふれ出す言葉はいつも、堰を切って止まらなくなる。

上級の巫女でも知らない香り草の名を次々に挙げてゆきながら、〝だいじ〟を連発する孫娘に、コトエ＝リは慈愛のまなざしを向けずにいられない。

コトエ＝リの言葉を真似、情熱的にしゃべりすぎて、少女は頬が赤い。

この小さな娘は、学びが大好きなのだ。

香り草の知識について、自分の孫ほど夢中で学ぶ子供を、コトエ＝リは他に知らない。いでたちや一人称までコトエ＝リを模倣してしまうほど、小さな娘は祖母の教えを身につけることに必死になっている。

彼女が知識に向かうのは、人とうまく会話ができないからでもある。

幼い頃から、タマユ＝リの感性は人とは違っていた。

彼女は、その場の空気を読むことができなかった。

そのとき思いついたことを、自分が正しいと思ったことを、そのまま口にする。

誰にも理解できない言葉を、しゃべる。

そのことが周囲の人々をどれほど戸惑わせるか、当人はわかっていない。

同じ年頃の子供たちもタマユ＝リを煙たがった。

彼女の選択は、常にふつうとは異なっている。子供たちの目から見れば、わがままでやりたい放題のように映るだろう。

「よくできましたね、ユ＝リ」

コトエ＝リはできるかぎりやさしい声で孫娘に声をかける。

叶うことなら、もっともっと多くを教えてやりたかったと、コトエ＝リはふと思う。人でなく、知識に夢中になるこの娘が、この先どんなふうに困難な人生を切り拓いてゆくべきか、自分の経験から伝えてやれることがまだまだあるはずだった。

だが、どうやらもうそんな時間は残されていないようだ。

この国は、すでに国としての寿命を終えている。敵は甕依姫(ヒミカ)を捕らえるだろう。

そして、自分もまた、人としての寿命を終えようとしている。

「自信をお持ちなさい、ユ＝リ。そなたはいつだってそのままで完璧なのですよ、吾(わ)のかわいい子」

大好きな祖母に褒(ほ)められて、タマユ＝リはさらに顔を上気させた。

孫に語りかけるコトエ＝リの眼に、祭壇の前に立て掛けてある鏡が映る。

死は現実だ。

自分の前にひれ伏す世の者たちは、甕依姫(ヒミカ)コトエ＝リのひたいの文身(サク)が、すでに薄くなり、今にも消えそうになっていることを知らない。

コトエ＝リは自分の人生の儚さを思い、また、孫娘の将来の長さを思った。

「ユ＝リ、運命の子。ばばの望みは、そなたに伝えた香り草の占術が、この先もずっと、誰かの役に立てられ、未来へと、長く、ひろく、永遠に伝えられてゆくこと。ユ＝リ、そなたが伝えるのですよ」

「吾が、ですか？」

柑子色の髪の幼い女子は、びっくりしたように目を瞠る。

「そなた以外に誰がいるのですか？　ばばの香り草の知識のすべてを授けた相手は、そなた一人だけです。そうでしょう？」

「は、はい」

小さな少女の胸は、その瞬間、誇らしさでいっぱいになった。

タマユ＝リが生まれて初めて自尊心を持つことができたのは、祖母に受け入れられた日だ。誰ともうまく関われず、淋しさに凝っていた心に、やさしく触れてくれた祖母の指を、タマユ＝リは生涯忘れることはないだろう。

タマユ＝リと同じ柑子色の長い髪をした巫女コトエ＝リは、若々しく、とても美しくて、強く、やさしかった。

「コトエ＝リさま！　敵軍が迫っております！　お逃げください！」

「おやまあ。せわしないこと」

タマユ＝リよりずいぶん遅れて駆けこんできた従者が、コトエ＝リに一瞥されただけで立ちすくむ。

甕依姫(ヒミカ)が恐ろしいのだ。

コトエ＝リは気にすることなく、孫娘タマユ＝リの手を取って立ち上がった。

「まだお話の途中なのに。しかたがないですね。行きましょうか、ユ＝リ」

「ばばさま」

「ふふ、そんな顔をしないで。心配はいりませんよ。そなたは才能豊かな素晴らしい子。ばばは、すでに、そなたにすべてを伝えました」

祖母コトエ＝リの目はタマユ＝リと同じみどり色をして、それはそれはふしぎな光を帯びている。

「そなたはこれから多くの困難に出くわすでしょう。そのたびに、ひとつひとつ自分自身で選んで決めてゆかなければなりません。そのひとつひとつがそなたの糧となってゆくように、慎重に選ぶのです。そなたはそれだけの喪失を抱えてゆくのですから」

祖母のみどりの目で見つめられると、タマユ＝リはいつも、断崖絶壁にぶつかる波音がどこかから聞こえてくるような気分になる。

塔から見下ろす海の風景が思い浮かぶのだろう。打ちつける白波は恐ろしげではあったが、乗り越えられないものではないと言われているようでもあった。

「ほかの者がそなたの生き方を決めたりはしません。そなたはそなた自身の心だけに随いなさい。そなたが自分自身で考えたことだけが、そなたを導いてくれるのです」

「吾(わ)は、考えるのが好きです、ばばさま」

タマユ＝リはむずかしい言葉に混乱をきたしながらも、祖母の顔をいっしょうけんめいに見つめてうなずく。

次の瞬間、轟(ゴウ)という渦巻く風の音が、二人の視線を塔の窓の向こうへとさらった。果てなく広がる海原に浮かぶ敵の船団が、まるで巣に群がる蜜蜂のように城へと迫ってきている。

時が来た。

おそらく、あの数の敵から逃げきることはできまい。

コトエ＝リの眼に映る幼い少女の肩は、小刻みに震えていた。

どれほどの知識を備えていようと、恐ろしくないはずがない。しかも、この娘はたった今、祖母から大きな運命を託されたばかりなのだ。

「ユ＝リ……」

小さな肩が憐(あわ)れで、思わず声をかける。

甕依姫(ヒミカ)コトエ＝リとしてではなく、それは、コトエ＝リが初めて、ただ祖母として孫娘に深い愛情を降り注いだ瞬間だったかもしれない。が。

振り返った少女のひたいを見やったコトエ＝リの目からは、愛情にあふれた光は消えていた。

コトエ＝リは思わず自分のひたいを手で押さえる。

おそらく、そこにはもはや、甕依姫(ヒミカ)の特別な文身(サク)は存在しないだろう。

九枚の花弁を持つ花の文身(サク)。

それは今や、金色に輝きながら、孫娘タマユ＝リのひたいに浮かび上がり、また、肌の奥へと消えていった。

「ばばさま？」

小首を傾げる愛らしい孫娘を見つめるコトエ＝リの眼差しに、瞬時、険しさが滲む。

それは、嫉妬の色をしていたかもしれない。あるいは、未来ある者への羨望の色か。

だが、その色もまもなく薄れ、コトエ＝リは巫女(ミカ)の平静さを取り戻した。

これまでの人生で、ずっとそうしてきたように、平静さの仮面をかぶることには慣れている。

コトエ＝リはまぶたを閉じ、深い息を吐き、孫娘を見下ろした。

「タマユ＝リ」

コトエ＝リの顔には超然とした表情が宿っていた。このとき、祖母が何を思っていたのか、後から考えても、タマユ＝リにはよくわからなかった。

「ひとつだけ、これだけは忘れないで」

かくして、海と断崖絶壁の国（サンザッシマ）の至宝・甕依姫（ヒミカ）コトエ＝リは、後を継ぐべき者に最後の言葉を伝えた。

「あなたの香り草（ケマ）は、生きとし生けるものを生かす、生きるもののための香り草（ケマ）。けっして、生き物を殺す香り草（ケマ）にしてはなりませんよ」

十年後　水天一碧の邂逅篇

1

「甕依姫（ヒミカ）を手に入れろ?」

甘ったるい妙な匂いのする煙が立ちこめる中、男の低い声が響く。

松明の灯りだけの薄暗い洞窟の中では、男の顔はさっぱり確認できない。

男の全身は頭巾（フウド）付きの長い布で覆われていたし、長く伸びた黒髪が、物憂げにうつむく男の頬を隠していたからだ。

だが、彼の周囲をずらりと囲む屈強な戦士たちの態度から、洞窟の一番奥の大岩に陣取っているその男が彼らの頂点に君臨する頭領なのだろうということは、一目瞭然だった。

しかも、大岩の両側には二頭の巨大な狼が寝そべっていて、先ほどから低い唸り声をあげている。見慣れない一行が気に食わないのだろう。

ズカミ領の領主の息子ベベリ=ヤは、ごくりと喉を鳴らした。

揺れる松明の灯りが岩壁を波立たせている。背後に護衛が付き従っているとわかっていても、この不気味な空間は恐ろしかった。ベベリ＝ヤはまだ十五歳の次男坊で、父からこのような交渉事を託されたのも、これが初めてなのだ。

「じ、実は、隣の領主が近頃、不穏な動きを見せている。ヨサカ山に登る軍隊を集結させているのだ。ヨサカの僧院には、特別な巫女（ミカ）が庇護されているという噂がある。彼らは伝説の巫女（ミカ）――――甕依姫（ヒミカ）を手に入れようとしているのだと思う」

　光の届かない暗がりで、何かが動く気配がした。狼だ。比較的小柄なほうの一頭が、のそりと起き上がって近づいてくる。小柄といっても、人間二人分ほどもありそうな巨体だ。黒々とした毛並みと獰猛な息づかいは、年若い使者を震えあがらせた。

「わ、我が父にしてズカミの領主オンギ＝ヤは、敵の領主に先を越されることを望まない。そなたに頼めるか」

　できるかぎりの虚勢を張ってはいたが、少年の声の端は掠れている。狼の鼻面はすでに獲物の喉笛にくっつきそうなほどで、ベベリ＝ヤは生きた心地がしなかった。

「ふん。くだらねえ。返事をしないで放置していたら、しびれを切らして次男を送りこんできたか」

　頭巾の下の厚みのある唇が歪む。大岩の上の頭領（おかしら）は言った。

「甕依姫（ヒミカ）とはね。あんな根も葉もない噂をまともに受けとめたって？　おまえの親父も、だいぶ追い詰められているとみえるな」

「！」

あんな噂――――〝伝説の巫女、甕依姫を手に入れる者は世界を制す〟である。

「ヨサカの僧兵は強者ぞろいだ。よほど訓練した者でなければ近づけねえ。命を落とすぞ？　そこまでして手に入れる価値があるか？」

「クッ。不死身か。夢まぼろしを売りにしている女の言いそうなことだ」

「甕依姫は不死身の軍隊を作れるという。そうしたら、もう負けぬ」

頭領らしき人物の肩が揺れる。嗤っているのだ。

「ズカミの領主は狡賢いが、気は弱い。戦乱の世には向かない男だ。未熟な次男に頼り、まぼろしにすがる。もはや、先は見えたも同然じゃねえか？」

ズカミの領主の息子は幼い顔をゆがめ、唇をかみしめた。

人の命は軽い。ひとひらの花片のように、すぐに舞い落ちて泥だらけの地面に吸いこまれる。この幼い顔の向こうにも、死の数は多く刻まれているに違いなかった。

「頭領」

ふと、煌びやかな格好をした背の高い男が、声をかけてくる。

「なんだよ、シ＝カ」

背にかかる長い銀の髪。目は伏せたままの恭しい態度で、なおかつ所作がさりげない。戦場なら、ほんのわずかな動きで、敵の背後に忍び寄ることが可能な男だ。危険な男でもあろう。

だが、そのような男が近づくことを、岩の上の〝頭領〟は自然に許している。

第一の従者といったところか。

その従者にからだを傾けられ、何事か私語かれると、頭領の頭布がわずかに動いた。

彼はあごの下に指をあて、しばし考える仕草を見せると、やがて言った。

「わかった。巫女だか甕依姫だかは手に入れてやろう。その代わり、こちらは土地をもらう。二反で手を打つ」

「に、二反?」

六百坪という広大な面積の土地だ。領主の息子は青ざめた。

「そんな広い土地など、無理だ。我が領地は父のもの。私の自由にはならない」

「話にならねえな」

うっとうしそうに頭を振り、はらりと頭巾が落ちる。頭領の顔が露わになった。

若い。

せいぜい二十代前半か。

頭領というからにはもっと年嵩の、父と同じくらいの年齢の男かと思いこんでいた領主の息子は眼を瞠る。

狼のごとく濃い黒色の長い髪。彫りの深い顔立ち。眉目秀麗。顔と腕に無数の文身。

しかし、完璧ではなかった。頭部から右眼の下にかけて、ざっくりと走る刀傷が見つかる。それは、頭が割れなかったのがふしぎなほどの深い傷痕であった。

「殺せ」

至極当然といった調子で、隻眼の頭領が言い放つ。

「ひっ？」

よろめいた訪問者に、隣にいた狼がグルルと低い唸り声をあげる。

「命の覚悟もなく、ここまで来たか？　おまえの父が次男のおまえの命をいかに軽く考えているか、大概わかりそうなものだが？　ただの空者かよ」

ベベリ＝ヤの足から完全に力が抜け落ちる。お付きの者があわてて駆け寄ってきたが、それを制するだけの理性と誇りは、少年にもまだ残っていた。

「まっ、待って！　待ってください！」

この洞窟は傭兵団の隠れ家だ。しかも今、自分は頭領の顔を知った。そこまで知ってしまったからには、交渉が成立しなければ消されて当然だった。

頭領に言われたとおり、自分は父の捨て駒なのだ。

父に認められたい一心でここまで来た愚かさを、ようやく痛感する。

領主の息子は、必死に命乞いをした。

「父に話をつけます！　なんとしてでも土地を準備する！　私はズカミの領主の息子！　二言はありません！」

泣きそうな顔で懇願する皇子の言葉を聞いて、頭領の唇がにやりと歪む。

「ん～、なるほどね。三反の土地を用立てるって？」

悪辣な笑みを浮かべる頭領を前に、少年の眼には涙があふれかけた。

が、けなげにも歯を食いしばって耐え、領主の息子は言った。

「や、約束します。万一父の許しなき場合は、私が相続した土地で贖(あがな)います……！」

*

「鞘(さや)が見えていますよ、イカル」

「あ?」

ボソッと低い声で忠告してきた従者に、テーブルの向こうの若者が顔を上げる。

頭巾の下には、獣の皮で作られた眼帯。隻眼(せきがん)である。

「ヨサカは中立地帯ですからね。武器を所持しているとわかったら、つまみ出されますよ」

「中立地帯? ハ、ただの隠れ蓑だろ。甕依姫(ヒミカ)を囲うだけあるな。嘘くさい臭(にお)いがぷんぷんしてるじゃねえか」

ヨサカは、山の麓にある活気のある町だった。川をはさんだ扇形の地形は天然の要塞となっており、水陸両方の分岐点として、多くの市(イチ)が発展を遂げている。

川の中洲に関所があり、収入は山頂にあるヨサカの僧院が独占していた。

イカルにはそれが不満だ。従者が問うた。

「伝説の甕依姫(ヒミカ)が大僧正の囲われ者ですか?」

「当然だろ。甕依姫(ヒミカ)なんざ、怪しげな占いで大僧正のジジイに取り入って、贅沢三昧させてもらってる色気ババアだろ。いい気なもんだ」

隻眼の頭領が鼻に皺を寄せて唸る。

「見ろ。うろうろしている奴らはみんな武装している。あのダラダラした長いうわっぱりの下には、剣どころか飛び道具が隠れているんだ」

「僧兵たちですね。彼らはこの町の守備隊ですから、ある程度の武装はしかたがないかと」

「しかたがねえ？　ふん、中立地帯が聞いて呆れる。ここは独立国だ。それも、大僧正という隠れ蓑を着た色ぼけ暴君(ジジイ)が支配する専制国家だ」

僧院とは名ばかり、屈強な僧兵軍団を有し、軍事力でヨサカ中立地帯を押さえこんでいる様は、イカルのような自由な傭兵には相容(あいい)れないものがあった。

「神山なんてのは、権力の象徴にすぎない。でなきゃ、民を立ち入れなくするための方便だ。僧侶どもは神を抱きこんで、俺たちをだましているんだぞ」

「平和なのは良いことでしょう。市には活気があるように見えますが？」

「ふん。どうだかな」

イカルの鋭い左眼が、賑わう市へ向けられる。

「巫女(ミカ)なんぞに操られている男が僧院のトップだ。大僧正か？　呪力なんてものを崇(あが)める連中なんざ、ろくなもんじゃないさ」

「あなたは人心を惑わせるものが、ほんとうにお嫌いでしたね、イカル」

従者がクスと笑ってみせる。だが、イカルの左眼の鋭さは変わらない。

「気づかねえのか、シ＝カ？　ここの連中の平穏は、うわべだけを取り繕ったハリボテだ。絵札(ニシ)の表と裏だ。ここには浮浪の者が多すぎる」

「え？」

従者シ＝カが聞き返そうとしたときだった。

「やめろっ！」

少年の甲高い声に、通りすがりの者たちまでが振り返る。

「それ以上ぶつことは許さない！　その子は怪我をしている！」

「なんだと、この餓鬼(ガキ)！　えらそうに！」

一人の少年が幼い子をかばってしゃがみこんでいる。

薄汚れた頭布を着け、表情もよくわからない。

この辺りの子だろうか。みすぼらしい格好の少年は、果敢にも大男をにらみつけた。

歯向かう度胸は買うが、襤褸(ぼろ)を纏ったからだは痩せっぽちで体力もなさそうだ。

感情にまかせた無謀な反撃といったところか。

互いの力も測れぬようでは、この少年もじき痛い目にあうだろう。

自業自得というものだ。仕方がない。

無慈悲なイカルの視線は大男のほうに移った。

酔っているのか、大男は激昂していた。自分の身丈の半分もゆかぬ相手に、なんとも大人げないことだ。

「盗みはいけない！　それをしたこの子が悪い！　だが！　大人なら、罰を与えるのにも限度があることを知るべきだ！　見ろ！　この子は腕が折れているじゃないか！」

少年にふれられただけで、盗みを働いた子供は痛みに悲鳴をあげる。

「痛い？　大丈夫だよ。心配しなくていい。ちゃんと手当てすれば、すぐ治るよ」

「おい！　勝手なことをするんじゃねえ！」

「さわるな！」

頑な少年が大男の無骨な手を振り払う。次の瞬間、大男が少年の胸ぐらをつかんで少年のからだを投げ飛ばした。

「ううっ！」

市に並んでいた果物箱が崩れ落ち、その場は蜜柑だらけになる。

「何が限度だ！　餓鬼（ガキ）のくせに、大人にえらそうな口をきくんじゃねえ！」

「お、おまえは大人とは言えない！　言葉も通じないのなら、ただのケダモノだ！　いいや、ケダモノ以下だ！　ケダモノのほうがよほど言葉が通じる……！」

「この……っ！」

大男がふたたび腕を振りあげ、今度は少年を殴り倒そうとこぶしを走らせた。

「！」

覚悟した少年が、両手で顔面をかばう。

次の瞬間、どさっと大きな音がして、少年はこわごわと両手をおろした。

「う、わあ」

初めは驚きの、後半は感嘆の、声が漏れる。

少年のすぐ前には見知らぬ男の長い両脚、その向こうには、自分に襲いかかろうとしていた大男が、見事に大の字になってのびていた。

「すごい……」

「あー、しまった。やっちまった」

低い響きの声だった。

男は腰に片手を当て、もう片方の手をぷらぷらさせている。

「あ、ありがとうござい ま……」

助けてもらったお礼を言おうと立ち上がる少年の耳に、チッと舌打ちする音が飛びこむ。

「これっぽっちか。合わねえな」

倒れている大男のふところを探った男は不機嫌そうだ。どうやら思ったような実入りではなかったらしい。彼も盗っ人なのかもしれない。

こわごわ見上げた少年の視線の先に、男の顔を覆っている眼帯がちらりと見えた。

「！」

びっくりして目を見開いた様子は、相手にも伝わる。

「ふん。隻眼が怖いか」

「こ、怖くなんかないよ。その眼は、どうしたの？」

「訊き返すか。なるほど、生意気だな。腹を立てられてもしかたねえわけだ」

「何があったのか、訊いているだけだ。あっ、訊かれたくなかったなら謝ります。ごめんなさい」

生意気な上に、好奇心も強いらしい。だが、素直でもある。

イカルは噴き出しそうになりながら応えてやる。

「敵にやられた。ちょうどおまえぐらいの頃だな」

「そう。痛かっただろうね。気の毒だ」

少年は心から同情を禁じえないという顔をする。

これは意外だった。

イカルの眼帯を目の前にして、これほど純粋な目を向けてきた者が、これまでいただろうか？　たいていはイカルの顔を見上げることさえできず、恐怖に震え、目をそらすだけで精いっぱいだ。

いや。虚勢を張るのは少年の常か。

イカルが気を取り直し、その場を去ろうとしたとき、足下で唐突な泣き声が響いた。

先ほどの子供だ。それまで恐怖で声も出せずにいたのが、痛みを思い出したか、感情が勝ったか、火がついたように泣き始めている。

「おいで。手当てをしてあげるよ。行こう」

泣きわめく子供に手を差し伸べながら、少年は、ふと子供の向こうに目をやった。

「あっ！」

少年が血相を変える。騒ぎを聞きつけた僧兵が混雑する市からこちらへと向かってくるのが、イカルの目にも入った。

少年は何か後ろぐらいところでもあるのか、パッと僧兵に背を向ける。

「おい、餓鬼(ガキ)！」

あわてた様子でその場を去ろうとする少年を、イカルが不機嫌な声で呼びとめた。

「餓鬼(ガキ)じゃない！」

勝ち気ににらみ返してきた少年の目に、イカルの頬がフッと緩む。

「餓鬼(ガキ)だろ？　確実に守りきる見込みがないのに手を出すのは、餓鬼(ガキ)だからださ。やることなすこと中途半端で、達者なのは口だけだ」

「そんなことっ！」

「おまえみてえなのはすぐ死ぬ。でなきゃ己(おれ)が殺す」

「！」

「鬱陶しいんだよ」

隻眼の顔で凄まれ、少年は一瞬泣きそうな顔になったが、勝ち気に口を結んで耐えた。

「死にたくなきゃ、別の方法を考えな」

それではいったいどうすればよかったのだと、少年の目がさらに勝ち気な強い光を帯びる。イカルがフッと口元をゆるめた。

「この頭で考えるんだよ。それとも、これは役立たずの飾りもんか？」

ぐしゃっと頭をつかまれて、少年はビクッと肩を揺らす。

イカルは離さなかった。何かがイカルを押しとどめている。

イカルは見えるほうの目をすがめた。

生意気ににらみ返してくるのは、濃い緑の目。

髪も目も黒いイカルとは違うが、この付近ではよく見かける虹彩の色だ。透きとおるように薄い緑もあれば、この少年のように自己主張の強い、玉虫の翅(はね)のような虫襖(むしあお)の眼もよくある。

　では、何が気に掛かるのか。

「イカル」

　従者に呼ばれ、気がそれた隙に、イカルの手から少年の頭が解き放たれる。

　少年のからだはそのまま、あっという間に市の人混みの中に紛れてしまった。

「なんだ?」

「まずいですよ、悪目立ちしています」

　従者に耳打ちされて、イカルは小さく舌打ちした。

　普段のイカルなら、こんな面倒な修羅場は放っておく。

　弱い者が負け、殺されるのは自然の摂理だ。みずから手を出すような真似は決してしない。まして今は、隠密な行動を取っている最中だった。

　僧兵たちがこちらを指さしている様子が見える。イカルは頭巾を深く被りなおした。

「行くぞ、シ=カ」

「かわいい子でしたね」

　去っていった少年のほうを、未練がましく目で追う従者にイカルが軽くため息をつく。

「どこがだよ」

「磨けば、売れますよ」

「よせ」

イカルの眉間に皺が寄る。

軽口はイカルの常だが、めずらしく機嫌を損ねた頭領の様子に、シ＝カが、ただでさえ細い目をさらに細めた。

何が気に入らなかったのだろう？

恐ろしいほどの技を持ち、ならず者ぞろいの傭兵団をまとめるほどの求心力の持ち主でありながら、イカルという男には、いつまで経ってもどこか少年のような愛らしさが残っていると、シ＝カは思う。

「なんだ？」

「いえ」

むろん、多くは口にしないことが美徳である。

切り替えの早いイカルは、すでに傭兵団の長の顔に戻っている。にぎわう市のような敵のふところに飛びこみ、敵の状態を探るのは、イカルの優れた戦術のひとつだ。

先に多くの情報を仕入れたほうが勝利するというのは、多様な個性の傭兵たちを率いて、今日まで生きのびてきたイカルの哲学ともいえた。

「決行は今夜だ。全員に声をかけておけ」

「了解しました、頭領(おかしら)。みな喜びますよ。退屈していますから」

「フ。退屈しているのはおまえだろう?」

背の高い従者が肩をすくめて、頭領に応える。

次に風が吹いたときにはもう、二人の男の気配は雑踏の中に消えていた。

2

幸いなことに、チヌというその子供の腕の骨折はたいしたことがなかった。

このくらいの年齢の子供なら、二週間もすればくっついて治ってしまうだろう。

問題は、

「栄養状態が良くないこと」

ぼそっと口に出した少年を、木箱の上に座っているチヌが無邪気に見上げた。

「ぼく、もう、いたくないよ」

「よかった。痛み止めの香り草（ケマ）が効いたんだね。でも、今夜は熱が出るかもしれないから、ゆっくり休むんだよ。たくさんごはんを食べてから」

ごはんという言葉を耳にして、チヌの顔がパッと光をまぶしたようになる。

話を聞けば、親はすでに亡く、兄弟もないチヌは、一人きりで市を先ほどのようにさまよっては盗んだものを食べて生きていたらしい。

この世には、こういう子供たちがあとどのくらいいるのだろう？

手当てを終え、少年はようやく厚手のマントを脱ぎ捨てながら、唇をへの字にして考えた。

多くの市が立つヨサカは豊かで恵まれているといわれていても、孤児は多く、餓えている浮浪の者もよく見かける。僧院の施政がうまくいっているとは、お世辞にも言えない。流れ者も多く、今日のようにならず者に絡まれることもしょっちゅうだ。

今日はたまたま運が良かっただけだ。

少年は自分たちを助けてくれた男のことを思い出す。隻眼の、背の高い男だ。

あの大男を相手に、一歩も譲らなかった。それどころか、軽々と倒していた。舞を踊っているかのようなしなやかさだった。

あの男も相当な、ならず者に違いない。

だが、片眼の傷が気にかかった。その傷をつけられたとき、自分がそばにいたなら、もしかしたら隻眼にならずに済ませられたかもと思ったのだ。

初対面だ。知り合いでも何でもないのに、助けたかったと強く感じる自分がいた。

子供たち以外にそんなふうに心を動かされたのは初めてだった。妙に気にかかる男だ。

助けてもらったから？　恩返しがしたかっただけだろうか？

「…………」

観音開きの衣装棚の奥に、変装用の服の一式を放りこむ。その中には、髪を包みこみ、しっかりと隠すための頭巾もあった。

頭巾から解放され、腰まで落ちてきた柑子色（こうじいろ）の髪を、ばさばさと両手で梳く。

脱ぎ捨てた簡単な筒型の衣の下に現れたのは、様々な模様がついた素肌だ。

肩と二の腕に、意匠を凝らした桔梗の花が彫り込まれている。

桔梗は、海と断崖絶壁（サンザッシマ）の国の国花だ。

刺青（シシ）は貴族の嗜（たしな）みともいえる。

刺青（シシ）は高貴なる者の印だ。

そんな美しい刺青（シシ）を纏（まと）う両腕をあげ、柔らかくてすべすべとした絹製の夜着をすぽっと着こむ。腰紐は複雑に織り込まれた皮製で、髪と同じ柑子色の房がついている。高級な布地で織られた衣は、皇女（ひめみこ）の衣装に近い。

着替えを眺めていたチヌが、ぽかんと口を開けた。

「おにいちゃんは、おねえちゃんだったの？」

「そうですよ」

くるっと振り向く。と、柑子色の豊かな髪が、獣脂の灯りを反射して、金粉のようにきらきらと輝いて宙を舞う。

「男の姿にならないと、ここから出られないのです」

口調も柔らかで丁寧になった。

女子である。名もある。タマユ＝リである。

タマユ＝リは、チヌが足をぶらぶらさせている木箱の前に手をついて言った。

「でも、おねえちゃんがおにいちゃんになっていたことは、ふたりだけの秘密です。だれにも言わないって、約束してもらえますか？」

「うん！」

大人の約束ごとに興奮した様子のチヌが、つんつんと立ち上がった髪を上下させて大きくうなずいた。そうして、くるくる首を回してあたりを見まわすと、仔犬のようにくんくんと鼻を鳴らして言う。

「ここ、いいニオイするねえ……！」


柑子色（こうじいろ）の髪は不吉。

凶事を占う巫女の髪の色だから。

そんな世迷い言をささやかれるのにも慣れてきた。

今はもう、皇女という肩書きはつかない。

タマユ＝リの祖国、海と断崖絶壁の国はもうこの世にないからだ。

十年前、祖母コトエ＝リと共に塔の部屋を後にした日のことは、今も色濃くタマユ＝リの記憶に残されている。ひどい雨と風の中を逃げまどい、餓えて倒れそうになったところで、結局、敵兵に見つかって二人とも捕らえられてしまった。

そうして連れてゆかれた敵国もじきに他の国に破れ、その国もまた他の国に侵略され、そのまた次の国も、別の国と戦闘状態に陥り、滅亡した。

戦乱に明け暮れる世界では、恐ろしいほど、そのくり返しだった。

祖母コトエ＝リは各国を移動させられるたびに弱ってゆき、最後は湿気の多い海賊の島の捕囚となって病を悪化させ、タマユ＝リが見守る中で他界した。

その後は、天涯孤独となったタマユ＝リだ。

もっとも、魂を失うほど残酷な目には遭わなかった。

甕依姫の名のせいだ。

戦乱の世ゆえであろう。甕依姫の名は勝手に一人歩きしていた。

〝伝説の巫女――甕依姫を手に入れた者こそ、世界を制す〟

香り草を用いる甕依姫の特別な卜占は、国をも滅ぼすほどの威力を持つ。

人々は甕依姫がいるというだけで、その国を必要以上に恐れるようになったのである。

あげく、海賊の島の狡猾な長は、タマユ＝リを死んだコトエ＝リの代わりに売った。

むろん、稀代の巫女――――甕依姫として。

(ばばさまは、こうなることがわかっていたのかしら)

甕依姫コトエ＝リから託された運命について、考えてこなかったわけではない。だが、

(吾は、ばばさまの半分も巫女の力を持たないのに。甕依姫になんてなれるわけがない)

タマユ＝リは心からそう思う。

(御神託も間違ってばかり。甕依姫としては不完全なのだ)

しかし、周囲はそうは思わなかった。タマユ＝リは甕依姫コトエ＝リの直系なのだ。

そうしてタマユ＝リは甕依姫タマユ＝リとなり、今はこうして僧侶たちの中立国ヨサカの僧院に預かりの身となっている。

大僧正が海賊の島の民に果たして幾ら支払ったのか、タマユ＝リには知る由もない。

大僧正はタマユ＝リを民の救いの象徴として重用した。利用したといってもいいのだろうが、タマユ＝リに選択権はない。

僧院にいれば、少なくとも餓えることはなかったし、海賊(ニニギノ)の島に囚われたときのように不潔なことにもならず、身ぎれいにしていられる。十六歳の女性にとって、それは重要なことだった。

何より、ここでなら、稀代の甕依姫(ヒミカ)コトエ＝リの遺産を守ることができる。

タマユ＝リは高床式になった居処(ヤマ)の風通し用の戸口から、外に目をやった。

タマユ＝リの居処(ヤマ)には、流れてくる香りがある。

香り草(ケマ)だ。

複数の香り草(ケマ)の香りは風にのって、複雑に入り交じり、その日の香り草苑(ケマジ)の様子を知らせてくれる。

人々の薬となり、ときに甕依姫の特別な卜占の材料ともなる香り草(ケマ)――それらを種類多く育てている薬草処、すなわち香り草苑(ケマジ)こそ、祖母の遺産だった。タマユ＝リはそこで、祖母から受け継いだ貴重な香り草(ケマ)の種を、切らさぬように育て続けているのだ。

「チヌ？　食べ終わりましたか？」

幼子から、返事はなかった。振り返って見れば、食べ物の皿が並んだ木机の上につっぷしてしまっている。タマユ＝リの心の中で、憐れみが増した。

しょせん、タマユ＝リも預かりの身だ。調理処(カドマ)へ行っても、たいしたご馳走を用意したりはできなかった。

甕依姫が現れただけで、料理人たちですらサッと姿を消してしまう。

甕依姫は、人々にとっては畏怖の対象なのだ。

コトエ＝リが甕依姫だったときは、そんな人々の心理をうまく操っていた。

だが、タマユ＝リにはそれができない。偉大なる前代の甕依姫から教わろうにも、祖母はもうこの世にない。

他の誰にも知られなくとも、当のタマユ＝リには、自分の力不足が痛いほどわかっていた。力がないなら、言いなりになるしかない。

「しかたがないです」

タマユ＝リは自分に言い聞かせるように、ひとりごとをつぶやく。

ひとりごとはタマユ＝リのくせのようなものだ。

しゃべっていれば安心する。

しゃべり続けることで、他人の悪意を防御することもできる。

タマユ＝リがしゃべるのは香り草についてだけだ。

他は、考えない。

恐ろしいことは、考えなければ、いつか消えてゆく。

誰もいなくなった調理処(カドマ)で、タマユ＝リはどうにか残り物を探し出し、汁物と煮物と米の蒸したものをチヌに食べさせた。ご馳走ではなかったけれど、きっと久しぶりに食べたのだろう。チヌは大喜びだった。そうして料理を頬ばっているうち、疲れも手伝ってか、ぜんぶ食べ終わるより前に木机の上で寝入ってしまっていた。

哀れで愛らしい、小さないのち。

タマユ＝リの年頃なら、このくらいの子供がいてもおかしくはない。

だが、巫女(ミカ)の身では、それは望むべくもない話だ。

そもそも、巫女(ミカ)と結婚して家族になろうなどと酔狂なことを考える男は、この世にはいない。利用しようとする者はいても、同じ人間だと思う者はいないのである。

巫女(ミカ)は忌むべきもの。

この世の端に位置する、病んだ存在。

権力者の庇護がなければ、石をぶつけられてもおかしくないような〝暗がり〟の人。

タマユ＝リはチヌの小さなからだをよいしょと抱きあげ、藁を編んだ楕円形の寝床へと横たえる。深い眠りへと導く香り草(ケマ)の香炉が、まだほんのりと薄い煙を漂わせているのをたしかめながら、寝床のそばの獣脂の灯りを少し遠ざけた。

安心しきって眠る子供のすーすーという静かな寝息は、タマユ＝リの胸を打つ。

どうして世界には、こんな無防備な子供たちが安心して暮らせる場所がないのだろう？

戦いに明け暮れる国々ではどこでも、子供がいちばん憐れだ。

今日、市で子供に乱暴をしていた大男も、恐らくは周りで眺めていた人たちも、子供がどんな目に遭おうと無関心なのだ。

大人が子供を支配するためにふるう暴力は、いつも当然のもので、タマユ＝リが言った大人は限度を知るべきだという言葉のほうが間違っている。

そう断定する大人は多いだろう。

そうして、彼らは今日も明日も子供を虐げる。あのならず者も、同じだろうか？

タマユ＝リはふたたび、今日会った隻眼の男のことを思い出した。

イカル――銀の髪の従者がたしかそう呼んだ。

腹の立つ男だった。タマユ＝リを無防備で無責任な餓鬼（ガキ）扱いした。なけなしの勇気をふるって、あんな大男の前に飛び出したというのに。

だが、わかっている。

腹が立ったのは、それがまぎれもない事実だったからだ。

タマユ＝リは人の心の機微がわからなかった。自分がとる行動が相手を驚かせることはわかっていても、なぜ驚くのかわからない。

タマユ＝リがかける言葉が、相手を怒らせたり、戸惑わせることもわかっていた。だが、なぜその言葉がいけなかったのかがわからない。

タマユ＝リは次第に人と話すのが億劫になり、理解されたいとも思わないようになり、ついにはひきこもった。

僧院の奥の居処にひきこもって、香り草の研究に没頭している間は無敵だった。何でもできると思っていたし、実際、香り草を使えば、できないことはあまりなかった。うまく人の心を操ることさえ、不可能ではない。

だが、実際に外へ出たら、何もできなかった。

自分だけでは小さな子供一人、助けられない。

〝別の方法を考えろ〟

別の方法とは何か。

無心で眠るチヌの顔を見下ろしながら、タマユ＝リは反発せずにいられない。

「香り草の力を使えば、吾だって助けられたはず……」

つぶやきかけて、タマユ＝リは首を横に振った。負け惜しみだ。

それはともかく、隻眼のごろつきの力を借りてどうにか助けたからといって、この子の未来が安全かといえば、そうとは言いきれない自分がいる。

ヨサカの僧院では、居場所のない子供たちを無制限に受け入れている。

だが、彼らが成長し、僧院を出ていくところを見た者はいない。

彼らがどこでどのように暮らしているか、それを大僧正に問うことは禁じられている。

こうして縁をもったチヌは、なんとかタマユ＝リの目の届くところで安らかに暮らさせてやりたいが、大僧正に知られたらどうなるかはわからなかった。

せめて今夜だけは、タマユ＝リのそばに置いて、ゆっくり眠らせてやりたい。

痛みをやわらげる香り草（ケマ）は処方したけれど、夜中に熱が出るかもしれなかった。

タマユ＝リは熱冷ましの香り草（ケマ）を煎じようと、ふたたび居処（ヤマ）を出て調理処（カドマ）へと向かう。

高床式の居処（ヤマ）の階段を下りると、漆黒の闇がタマユ＝リのからだを包んでくる。

月のない夜だ。空は重たく曇って、星も消えている。

周囲の居処（ヤマ）からは何の物音も聞こえない。

人々はもう寝静まっていた。今起きているのは、門の外を見回っている数名の僧兵たちだけだろう。

犬の遠吠えが聞こえた。

一瞬、暗闇が動いたような、奇妙な違和感がタマユ＝リを襲う。

何だろう？

不審に思って振り返りかけたとたん、ドンという大きな音がタマユ＝リの全身を震わせた。続いて、闇をつんざく馬の嘶きと、大勢の足音。

門が破られたのだ。

「うそ……！」

中立地帯のヨサカ僧院に押し入ってくるなど、常識では考えられなかった。

ヨサカの僧兵団は無敵だ。その上、高く険しい山の頂上にある僧院は、そのまま天然の要塞となり、建てられて以来、侵入者を許したことはないと聞く。

だが、今夜はその常識をものともしない連中がいたのだろう。

タマユ＝リはそして、息をのんだ。

（火が……！）

あちこちで炎があがり、悲鳴があがる。静かだった居処(ヤマ)に次々と火をつけられ、着の身着のままの人々が転がり出てくるのが見えた。

火事だ。それも相当な規模の。

地獄のような光景に、タマユ＝リは震えた。足が萎えて、その場にへたへたと倒れこみたくなる。

「だめ。行かなければ……！」

タマユ＝リは勇気を奮い起こして駆けだした。

調理処（カドマ）など後回しだ。戻ってチヌを助け出さなければならない。

チヌが眠っているタマユ＝リの居処（ヤマ）は、僧院の敷地内でも一番奥にある居処（ヤマ）だ。火の手が上がっている居処（ヤマ）の一群からは離れていたが、じきにそこにも敵がなだれこむだろう。

タマユ＝リの居処（ヤマ）の裏手には香り草苑（ケマジ）がある。斜面になった山腹の肥沃な土地には、貴重な香り草（ケマ）が山ほど生育されていた。

「チヌ！　起きてください！」

駆けつけた居処（ヤマ）では、チヌはまだ寝ぼけていた。タマユ＝リは衣装箱から変装の道具を取り出し、大あわてで少年のなりを完成させると、同じ衣装箱からくくり紐を取り出し、チヌを自分の背中におぶってくくり紐を巻きつけた。

「おねーちゃん……？」

「大丈夫。おまつりに行くだけですから。あなたは寝ていていいですよ」

「おまつりー……？」

香り草（ケマ）が効いているのだろう。この状況下では幸いなことに、チヌはタマユ＝リの背でふたたびむにゃむにゃと寝入ってしまった。

寝た子はずしりと背中に重みを感じさせる。タマユ＝リは歯を食いしばった。と。

「甕依姫(ヒミカ)タマユ＝リ！」

居処(ヤマ)を一歩出たところで、僧兵たちに呼びとめられる。一人の僧兵がごつごつした手で、タマユ＝リの細い腕をつかんで言った。

「来い！　狼藉者が片付くまで、大僧正猊下の居処(ヤマ)へ行くようにとのご命令だ！」

「早く来い！　火事でただでさえ忙しい！　面倒をかけるな！」

「放して！　吾(わ)は香り草苑(ケマジ)に行くんです！　今すぐ火を食いとめないと、香り草苑(ケマジ)が燃えてしまいます……！」

「ハ！　巫女(ミカ)の毒草畑か！　畑なぞ後にしろ！　早くしないと大僧正猊下のお怒りを買うぞ！」

「！」

凄みをきかせて脅してきた僧兵の言いぐさに、張り詰めていたタマユ＝リの気持ちが切れる。

「ただの畑ではありません！」

タマユ＝リは膨らみのある、人を立ち止まらせるその声を最大限に響かせた。

「香り草苑(ケマジ)は僧院の財産です！　あれを失ったら、それこそ猊下の怒りを買うことになりますよ！　これまで幾度もあなたたちの命を救ってきた香り草(ケマ)です！　その真価もわからないのですか！」

ひきこもりの巫女（ミカ）も、言うときは言う。というより、こと香り草（ケマ）に関係する案件となると、抑えが効かないところがあるようだ。

背中におぶったチヌの重みも忘れて、タマユ＝リはすっと腕を伸ばし、香り草苑（ケマジ）を指さして言った。

「今すぐ、香り草苑（ケマジ）に人をやりなさい！　ひと株でも燃えたら、あなたがたの命はありませんよ！　早くお行き！」

タマユ＝リの癇癪は僧兵たちを圧倒した。

なんといっても、相手は無気味な甕依姫（ヒミカ）だ。

怒らせたら、どんな呪いをかけられるかしれやしない。

結局、僧兵隊長の判断で、タマユ＝リの香り草苑（ケマジ）には強者たちが派遣され、火を食い止めることに成功する。

そうして、タマユ＝リはチヌと共に大僧正の居処（ヤマ）で保護されることになったのだが。

＊

「おいおい、乱暴だな。放せよ。痛てえだろう?」

「やかましい！　おとなしくしろ！　神をも恐れぬクズが！」

「ハッ、どっちがクズだ。あんたたちが何をしているのか知らねえとでも思うのかよ?」

重厚な扉の向こうから響いてきた騒音に、タマユ＝リは目を丸くする。

いや、実際にもっと目を瞠ったのは、捕らえられた男が大僧正の居処(ヤマ)の広間に引きずり出されたときだった。

――――あの人……！

聞き覚えのある声だと思った。その思いは、彼の顔を覆う革製の眼帯を見て、確信へと変わる。

隻眼だった。

まちがいない、市で出くわしたならず者だ。

イカル……！

もう会うこともなかろうと思った相手は、火の粉を浴びたのか、煤だらけの火傷だらけだ。タマユ＝リの治療師としての本能が一瞬にして、目覚めてしまった。

「猊下！　夜盗団の頭領を捕まえましてございます！」

手柄を誇示しようと、若い僧兵がことさら激しくイカルの背中を蹴り飛ばす。バランスを崩したイカルが、大僧正の前へぶざまに倒れこむ。

「っつ！　己(おれ)は蹴球かよ」

それほどダメージを受けたようには見えないが、本当は痛むのではないだろうか。

タマユ＝リは、自分でも戸惑うほど彼の様子が気になった。

長衣に身を包んだ大僧正がゆっくりと身をかがめ、青みがかった長い髪が、蜷局(とぐろ)を巻いた蛇のごとくに隻眼の男の上になだれ落ちる。

「どうやら、裏切り者がおまえの団に混じっていたようだな。信じていた仲間に裏切られた気分はどうだ？　愚か者よ」

「ハッ、あんたが金をちらつかせるからだろ。実際、あんたがそいつに代金を払ってやったのか、怪しいところだ。生きているかどうかも怪しいな」

「――――！」

圧倒的な権力を持つ大僧正を前に、これほどの暴言を吐く男を見るのは初めてだった。その場に居合わせた者たちが息をのむ音が重なり合い、大僧正の居処の高い天井に吸いこまれていったほどだ。

彼はひどく薄汚れている上、乱暴な言葉づかいをするならず者のはずなのに、やたらと堂々としている。一瞬、大僧正と隻眼のならず者とがまったく対等な存在に見えて、タマユ＝リは思わず目をこすりたくなった。

「甕依姫の強奪に来たそうだな？　誰の命令だ？　甕依姫と引き換えに誰から金をもらう？」

「さあ？」

隻眼の男はあくまでふてぶてしい。彼には怖いものなど何もないように見えた。

「己はただの傭兵なんでね。金をもらう以外に、雇い主の情報なんか気にしたことはねぇな。まぁでも、甕依姫がいるなんてのは偽情報だったたな。本当はいねえんだろ？　甕依姫がいると言いふらしておけば、僧院も箔がつくもんな？」

「……ぺらぺらと、よくしゃべる」

大僧正の恐ろしいほど透きとおった青さの眼が、細く細く狭まってゆく。

あまり良い兆候とは言えない。

この透きとおった白い肌をした美青年は、一見やさしげな若者にさえ見えるが、彼の決定は常に残酷で熾烈だ。夜盗団の頭領も、ろくな目に遭わないだろう。

タマユ＝リは醒めた頭でそう思った。

「甕依姫が見たいか」

「フ。本当にいるんなら、ぜひお目にかかりたいもんだな」

「よかろう。来なさい！　タマユ＝リ！」

呼ばれてしまった。広間のいちばん端にいたタマユ＝リだが、しかたなく、背中にチヌをおぶったまま前に出る。

「あ？」

男の戸惑う気配が、空気を通して伝わってきた。

昼間会ったことを、彼もまた思い出したのだろうか？

「これが伝説の甕依姫だって？　うそだろ？　ずいぶん餓鬼だな」

「餓鬼じゃない！　……です」

思わず反論してしまう。とたんに彼の顔色が変わったのを、タマユ＝リははっきりと感じ取った。

「おまえは……！」

イカルが絶句する。

彼は何度もタマユ＝リの顔を確かめ直し、それから、タマユ＝リの背中で眠るチヌを見やった。

今やまちがいなく、市でのことを思い出したのだ。

もう終わりだ。このならず者は、タマユ＝リが少年に身をやつして僧院を抜け出していたことを、大僧正に告げるにちがいない。

勝手に抜け出した甕依姫に、大僧正はどんな折檻を与えるだろう？

タマユ＝リは覚悟を決めてうつむいた。が。

「なるほど、甕依姫の髪が柑子色ってのは本当だったんだな」

「美しかろう？　甕依姫は、我がヨサカの財産。そちごとき夜盗が手を触れることなど、けっして許されぬ存在よ」

「そいつはどうかな。甕依姫ね。ただの女だ。どうせ金に物を言わせて、どっかからさらってきたんだろう？　あんたこそ、そんな子供みてえな女一人閉じこめて、いい気になるなよ」

「フ。甕依姫の力を知らぬ愚か者めが。我々が甕依姫によって、どれほどの力を得ているか、貴様のようなならず者に理解できようはずがない」

大僧正は眉間に皺を寄せ、蒼く長い髪をゆすってイカルから離れた。

「連れていけ！　その者が雇われた相手の名を吐かずにはいられなくなるまで、責めて責めて責め抜くのだ！」

大僧正を侮辱した者の末路である。

これまでにも幾度か、断罪されてゆく犯罪者たちを見送ったことはあった。

恐ろしい大僧正に逆らえる者は、どこにもいない。

誰もが大僧正の言いなりで、それがあたりまえなのがヨサカなのだ。

いつものことだ。

いつも、命じられたとおりの香り草（ケマ）を用意して、ただ見送るだけ。

いかなるときも、甕依姫（ヒミカ）であるタマユ＝リに選択の自由などない。

そのはずだった。

3

湿り気を帯びた淀んだ空気に包まれる。

地下牢のある場所は知っている。

タマユ＝リは自分でも何をしているのか、よくわからなかった。

ただ、隻眼のあの男が気にかかるだけで、ここまできてしまった。

大僧正の拷問は残虐で非道なものであり、それに耐えた男をタマユ＝リは知らない。一度地下牢へ放りこまれてしまったが最後、二度と日の当たる場所に出ることはない。

けれど、もしかしたら。あの男なら、耐えるかもしれない。

それなら、その場面を、甕依姫（ヒミカ）である自分も見定めるべきだ。

香り草（ケマ）の可能性を探るためにも、研究対象として確認しておく必要があるのだ。

自分の足が勝手に進む理由をひたすら求めて、タマユ＝リは地下牢へと通じる岩の階段を下りてゆく。

一段下りるごとに腐臭が強まり、タマユ＝リの脈も速くなる。

これは死の臭いだ。多くの者たち（なかには罪なき者もいたにちがいない）が、獄中で死んでいった場所だ。

タマユ＝リは手の中の丸い宝箱をぎゅっと握りしめた。

タマユ＝リが僧院の外にたやすく出ることができていたのは、いま手にしている練り香があったからだ。珍しい香り草（ケマ）から抽出した練り香だ。小さな球形の宝箱に詰めて持ち歩いている。こっそり蓋を開け、香ばしいような甘い匂いを嗅がせれば、少しの間だが、相手を夢の彼方に送ることができる。

そうやって眠らせた牢番の腰から鍵の束を頂戴してきたところだった。

自分の大胆さに、ため息が出そうになる。大僧正に知られたら、どんな目に遭わされるか、想像するのも恐ろしい。

だが、ここまで来て引き返すわけにもいかない。

タマユ＝リは内心びくびくしていたが、ぐっと奥歯を噛みしめると、どうにか勇気をふるって地下牢へと向かった。

「甕依姫（ヒミカ）…？」

暗いけれど、声だけでわかる。低くて、深くて、耳の奥がぞくりと粟立つような。

あの男の声だ。隻眼のイカル。

タマユ＝リは灯箱を声のほうへと向けた。牢の奥につながれている男がいる。よほどひどい目に遭わされたのだろう。男はぐったりとして、口を開けるのすら億劫そうだ。

「甕依姫（ヒミカ）だろ？　匂いでわかるぜ。あんた、いーい匂いがしてたもんな。そんなところで何をやっている？」

「こ、こっちに来てはいけません！」

手のひらを相手に向けて、タマユ＝リは言い放つ。

「そのままっ！　そのまま奥で待機っ！」

「ああ？　己（おれ）は犬かよ？」

やはり来るのではなかった。

これは僧院に火をつけた夜盗団の頭領なのだ。なんと考えなしなことをしたものか。

タマユ＝リはすぐさま後悔したが、後の祭りである。

「な、中に入ります。傷の手当てのためですから。動かないでください！」

「はーん？　大僧正に命令されたのか？　より効果的に拷問できるようにって？」

拷問という言葉に、タマユ＝リは唇を噛みしめた。

「拷問などいたしません」

「じゃあ、あんたの意思で来たのか？　それはそれは」

相手の声音にはおもしろがっているような響きが滲む。

タマユ＝リはカッとなって言い返す。

「あなたには、市で助けてもらった恩がありますから！」

それに、タマユ＝リが抜け出していたことを大僧正に報告せずにいてくれた。

「気にしねえで入ってくりゃいい。ご覧のとおり、こっちは鎖に繋がれている。それともおまえは、檻に繋がれた獣でも怖い餓鬼（ガキ）か？」

また、餓鬼（ガキ）と言った。

いやがらせだ。相手にしないほうがいい。

タマユ＝リは鍵をまわして牢の扉を開けると、さっと中へ身を滑（すべ）らせた。

ジャラ…、とイカルを繋いでいる鎖が鳴る。タマユ＝リはびくつきそうになるのを必死で抑え、わざと早足でイカルのそばへと近づいた。

相当痛めつけられたのだろう。衣類は引き裂かれ、ほとんど役に立ってはいない。上半身はほぼ裸だった。血を流し続ける生々しい傷の様子が、見たくなくても目の前にはっきりと見て取れてしまう。

「ひどい……！」

ひどい傷だった。中が抉れて赤い肉さえ剝き出しになっている。

大僧正が与えた拷問のあまりの過酷さに、タマユ=リは思わず口を覆ってしまう。

「こ、この鎖を外さないと」

「勝手に外していいのかよ？」

「吾(わ)は甕依姫(ヒミカ)です。治療のためにすることに、誰にも文句などつけさせません」

「へー、さぁすが。甕依姫(ヒミカ)サマには権力があるんだな」

そんなもの、あるはずがなかった。

大僧正の庇護下にあるというだけで、誰かに命令をくだせるような身分ではない。それどころか、僧院が庇護している孤児たちの扱いひとつ変えられない、情けない状態だ。

タマユ=リは黙りこくったまま、牢番の鍵束の中から、鎖を放つ鍵を探す。

男は汗臭く、獰猛な匂いを放っていた。野獣のそばにいるかのようだ。

近すぎる。

相手の体温すら感じ取れる距離だった。熱い。熱があるのだ。

満身創痍の男に、これ以上近づくべきではない。

タマユ=リの裡(なか)で、太占(ふとまに)用の鹿の骨が危険を告げる音がした。

「ああ、ほんとにいい匂いだ、あんた」

　手枷と足枷から解き放たれた野獣が、唸るように声をかけてくる。

　タマユ＝リは悲鳴をあげそうになるのを必死で耐えた。

　こういうときはしゃべりまくるに限る。

「い、いい匂いなのは香り草（ケマ）のせいだと思います。この香り草（ケマ）というものには多用な種類があり、そのひとつひとつに生き物に対する効用が宿っています」

「生き物？　己（おれ）は獣か」

「人でも動物でもほぼ同じです。生きとし生けるものすべてに等しく作用するという点で、香り草（ケマ）はとても有用なのです。あ、あなたもぜひ香り草（ケマ）の効用を」

「幻（ケヤ）？　ああ、香り草（ケマ）か。甕依姫（ヒミカ）の秘薬を使うのか、おまえの…光っている…」

　声が揺らいでいる。意識が飛び始めている証拠だった。

「しっかりしてください！　ご自分の心を手放してはいけません！」

「心を…？　おかしなことを言う甕依姫（ヒミカ）だな…。傭兵に心なんかあるか…よ……」

「きゃあ……！」

　もう限界だったのだろう。男のからだが、どさりとタマユ＝リにしなだれかかってくる。その重たさに、タマユ＝リもバランスを崩してしまった。

　だれか来てと叫びたかった。だが、忍んで来ている身では助けを呼ぶことはできない。

〝この頭で考えるんだよ。それとも、これは役立たずの飾りもんか？〟

タマユ＝リは滑り落ちそうになる男のからだを必死で受けとめて、なんとか石床に横たえた。

気付けの香り草の練り玉を、急いで体温で溶かし、彼の唇に塗る。

タマユ＝リの親指に圧されるたび、イカルは熱い吐息を漏らした。

熱があるが、命に関わるほどではない。手当てをすれば、この男は助かる。

浮上してくる意識の塊を感じて、タマユ＝リは圧倒された。

彼はとんでもなく強い意志の持ち主だ。おそらく、タマユ＝リがこれまで出会ったどんな戦士よりも、貴族よりも王よりも、強い――。

「きゃ……！」

意識を取り戻したとたん、イカルはタマユ＝リを床に押さえつけていた。

それは本当に一瞬のことで、タマユ＝リは声も立てられない。

「己に何をした？　言え！」

「な、何もしていませ……」

「嘘をつくな！　甕依姫の技を使ったはずだ！　噂を知っているぞ！　甕依姫は秘薬で人を操る！　己を言いなりにして、告白させる薬を盛ったな！」

凄まじい勢いだった。殺されるかと思うほどだった。

だが、タマユ＝リは怖くなかった。なぜなのか。

まっすぐに、相手のたった一つの眼を見上げる。

そこには宇宙があった。天空の星々のすべてを、彼は持っている。

直感だった。

「巫女の香り草を使ったかという質問なら、ええ。使いました。あなたの心がからだから抜け出すのを止めて引き戻すために。だから、あなたは目を覚ましたでしょう？」

「！」

くそっと悪態をつき、がくりとタマユ＝リの上に倒れこむ。

汗臭い男の匂いが、どっとタマユ＝リを襲う。

「からだに悪い影響が残るような強い香り草ではありません。これは、治療のための香り草、忍冬草に朴木を乾燥させたものを混ぜて、大神茄の根を焼いて作ります。ヨサカの大僧正が僧兵たちに使わせるような強い香り草は、今のあなたには無理だとわかっていますから、吾は別の処方を考え……」

「ひたいに光っている花は何だ？」

「花？　見えるのですか？」

タマユ＝リはハッとした。

ひたいのその場所は飾り布で隠れているし、ひかりを帯びるのは特別な卜占を行うときだけのはずだ。だが、隻眼の男ははっきりと言った。

「こんなふうに光る刺青（シシ）など見たことがないぞ」

「それは刺青（シシ）では……」

「やはり、呪いの香り草（ケマ）を使ったんだな。甕依姫（ヒミカ）め――……」

彼はしばらくの間、タマユ＝リを下に敷いたまま、ぴくりとも動かずにいた。

隻眼のイカル。怖れ知らずに僧院を燃やそうとしたならず者。

彼の肋骨の何本かはおそらく折れている。尋常な痛みではないはずだ。

タマユ＝リの乳房を押しつぶす部分から響いてくる、とくとくという鼓動。魂の音。

覆いかぶさっている腕の脇から、燃えるような体温が移ってくる。

ここは星も見えない地下牢で、自分は大僧正の意思に逆らって潜んできている。

相手は正気ではなくて、このまま殺されてしまうかもしれない。非常事態だ。

なのに、落ち着いている。

むろん、タマユ＝リには多くの経験がある。非常事態にも慣れている。

数多くの異変に即座に適応しなければ、ここまで生き延びてはこられなかっただろう。

そんなときに自分の心を封じることにも慣れてきた。

だが、この落ち着きは、そうした非常の際に無理やり恐怖を押さえつけるのとは違っていた。

心が、凪いでいる。

恐ろしい夜盗の頭領に覆いかぶさられているような事態にもかかわらず、タマユ＝リの心は少しも波立たず、むしろ凪いでいた。

それは、なんともふしぎな感覚だった。

心地よい波動が、タマユ＝リの五感を満たしてゆく。

それほど長い時間ではなかったのかもしれない。

だがタマユ＝リは、とても長い時間、男の熱に押しつぶされ続けた気がした。

横目で倒れている男の横顔を見つめているうち、彼のひたいから脂汗がにじみ出しているのに気づく。

「もう少し、痛み止めの香り草を追加しましょう」

「いい！　己に触るな！」

意識を手放しかけていたイカルが、獣の反射速度で飛び起きた。

同時に、タマユ＝リの肩を床に押しつけ、そのまま片手で喉元を押さえこんでくる。

気を失いかけている自分が信じられないのだろう。彼からは抑えがたい憤りが伝わってきた。タマユ＝リに対してではない。自分自身への憤りだ。

だが、男はまだ正気を失ってはいなかった。その証拠に、タマユ＝リが苦しさにもがくと、ハッとして手を弛める。

そのまま立ち上がろうとしたイカルだが、ぐうっと呻くと、ひざを突き、胸を押さえてからだを丸めてしまった。

「くそ…っ、あの野郎、無茶しやがって……！」

「どならなくても聞こえます。あなたは治療の最中にあります。大声を出せば消耗して、治りが遅くなるだけですよ」

満身創痍のからだで怒鳴ろうとする相手を、タマユ＝リは静かに諫めた。

彼は自分自身に怯えているのだ。乱暴者のむくつけき戦士たちが、致命的な傷を受け、獣のように逆毛を立てて後ずさるのを、タマユ＝リは何度も見てきたことがある。

「大丈夫。あなたは助かります。吾の香り草を処方したのですから。叫ばなくていいから言ってください。どうしたいのですか？」

「どう……？」

傷を負った獅子はそこで初めて、混乱した様子でうろたえた。

イカルの左眼がうろつき、タマユ＝リを映し出す。

自分の傍らに甕依姫(ヒミカ)がいる現実がすぐにはわかりかねる風情で、脂汗をたらしながら凝視してくる。その視線の強さは生身の女には耐えがたいほどだったが、タマユ＝リは目をそらさなかった。

「己(おれ)が欲しいのは」

やがて、隻眼の男は、ガラガラの声でやっと言葉を絞り出した。

「甕依姫(ヒミカ)だ。あんたは己(おれ)の獲物だぞ。一緒に来てもらう！」

「どうやって？」

ひとを獲物扱いする男に、タマユ＝リはすぐさま切り返す。

「牢番は、今は眠ってくれていますけれど、じきに目を覚ますでしょう。この地下牢を出られたとしても、表には僧兵たちが大勢います。捕まって、そのからだでもう一度拷問にかけられたら、あなたはまちがいなく死にます。あなたが死んだら困る人たちがいるのでは？」

「ハッ」

イカルは自嘲的に吐き出した。

「そんな奴がいるものか。己(おれ)がいなくなれば、誰かが後釜に座る。それだけさ」

「そう？　仲間は？　火をつけた仲間が近くにいるんじゃないですか？」

「仲間？　フ、部下ならいるな。みんな、金で雇われた傭兵だ。己(おれ)が命令しない限り、動かない」

「連絡は取れないのですか？」

「ギタが……」

「ギタ？」

「いや」

彼はそれきり押し黙ってしまう。しばらく待ったが、彼は身を横たえたまま動かない。

タマユ＝リはそうっと近づき、とりあえず背中に触れた。

うめきはしたが、反撃してくるようなことはなかった。

手当てをするとだけ声をかけ、細かな傷を手当てし始める。なかには、女性なら動揺し気絶してしまいそうな深さの傷もあったが、タマユ＝リは慣れている。

痛みを取る香り草(ケマ)を併用しながら、淡々と治療を続けていくうちに、傷を負った獣の呼吸が安定してゆく。あらためて彼のからだを確認すると、新しい傷だけでなく、古い傷も山ほどあるとわかってきた。

治したい。

タマユ＝リは心の底からそう願う。

イカルはおそらく死にとても近いところにいたのだ。

タマユ＝リもまた、死に近い場所にいるから、わかる。

甕依姫（ヒミカ）のひたいの文身（サク）は、生と死をつなぐ証しだ。

神霊の声を聴く祭祀のときにのみ現れる、九枚の花弁を持つ花の文身（サク）。

なぜそれをイカルに見られたのかわからないが、その花の文身（サク）が現れたのなら、甕依姫（ヒミカ）が召還（よば）れたのだ。

時間があれば、ほかの傷も治してしまいたいと、タマユ＝リは思う。

だが、今はそんな古い傷に構っている場合ではなかった。

薬を塗りつけた布を腹に巻きたいと言ったら、イカルはうなり声をあげながらも、どうにかからだを起こした。手負いの獣も、相手の目的が治療だけにあると、ようやく理解してくれたらしい。

タマユ＝リの作った練り薬は癒しの香り草（ケマ）の良い匂いがして、地下牢の澱んだ臭気を消してゆく。これは鎮静効果もある香りだった。

「火は、ただの脅しだ」

低い声がタマユ＝リの鼓膜を揺らし、タマユ＝リは一瞬びくっと手を止める。

「最初の火をつけたのはたしかに己たちだ。侵入するために必要だった。だが、それを拡大させたのは僧兵どもだぞ」

「えっ？」

「命じたのは大僧正だ。あいつは下々の連中の居処がどうなろうと、気にしたりしない。己たちの行く手を阻むためだけに、火を拡げさせたんだ」

「…………」

「なんだ？　疑うのかよ？」

「いいえ」

ありそうな話である。ヨサカの大僧正は慈悲深いお方と世間一般では言われているが、そうではない証拠となる場面に、幾度となく出くわしてきたタマユ＝リだった。

「あなたは、なぜ吾を連れて行きたいのですか？　誰かに売るため？」

「ああ、そうだ。己は傭兵だからな。ズカミの領主があんたを欲しがっている。返礼は土地三反。悪くない話だろ？」

　何の迷いもなく答えを口にされ、タマユ＝リは顔をしかめてしまう。

「これまで黙っていたことでしょう？　吾に話してしまって良いのですか？」

「いいさ。あんたには一緒に来てもらうからな」

「吾(わ)があなたについてゆくと思うのですか？」

「無理やりにでも、さらっていく」

「行かないと言ったら？」

二人の視線がぶつかる。

タマユ＝リは一瞬、男の左眼がさぁっと暗く翳(かげ)ったのを見た。

「きゃあっ！」

逃れようと宙を掻いた手は、たちまち男の力に取り押さえられ、タマユ＝リは悲鳴をあげた。

「シッ！」

牢番に悲鳴を聞かれると思ったのか、イカルがタマユ＝リの口を押さえる。だが、その手に噛みつかれて、今度はイカルのほうが小さな悲鳴をあげることになる。

「ってえ！　こっのじゃじゃ馬！」

「吾(わ)は、あなたを殺せます！」

「は？」

力を弛めたイカルを押しどけ、タマユ＝リはバッと立ち上がった。

「でも、助けることもできます！　あなたといっしょにここから出ていくこともできる！

条件次第です！」

「条件だあ？」

隻眼のイカルにじろりと左眼を向けられて、タマユ＝リはごくりとつばを飲みこむ。

彼には、タマユ＝リがはったりを言っていることがわかったに違いない。

男の力をもってすれば、たとえ彼が傷を負っているとしても、タマユ＝リの細頸などひとたまりもないだろう。

だが、イカルは唇をゆがめて言っただけだった。

「いい度胸だな、餓鬼(ガキ)」

「餓鬼(ガキ)じゃありません」

「ああ、巫女(ミカ)だったな。女か。悪くない」

「悪くない？」

「己(おれ)は女が好きなんだ」

タマユ＝リは顔をしかめた。

「吾(わ)は女ではありません。巫女(ミカ)です」

「巫女(ミカ)も女だろ？　いいだろう。その条件とやらを言ってみろ」

「あなたと共に行くのは構いません。吾(わ)の香り草(ケマ)の力を使えば、脱出はそれほどむずかしいことではありません。でも、いっしょに行くのは吾だけではありません」

「あ?」

「チヌが連れて行かれたのです」

「チヌ?」

「市で助けてくれた子供です。大僧正は、子供を一カ所に集めて無理やり働かせているのです。ここから吾を連れ出すなら、吾だけではなく、チヌやほかの捕まっている子供たちも、みんな一緒に連れ出してほしいのです」

「はあ? みんなだって? いったい何人いるんだ?」

「四十…、いえ、今だと、五十人くらいになっているかもしれません」

「冗談だろ?」

「本気です!」

強い意思を剝き出しにした巫女の目に、イカルの左眼が鈍く煌めく。

タマユ=リ自身は、自分がそんな目をしていることは知らない。

タマユ=リは今こそ言わなければならなかった。

これまでずっと、大僧正を恐れて黙ってきた事実を。

「ほとんどが、親を亡くした孤児たちなのです。さらわれてきた子供も大勢います。お日さまも当たらない暗い穴の中に閉じこめられて、まともな食事も出してもらえず、ただ大僧正のために働かされます。ヨサカの山の銀を掘り出す手伝いをさせられているのです。やめさせたくて、何度も頼んではみました。でも……だめだと言われて……」

こうして口にしてみて初めて、自分がどれほど、この封印した事実を重たく感じていたかがわかってしまう。

初めてその事実を知ったときから、大僧正に逆らってでも、子供たちを逃がすべきだとわかっていた。

でも、どこへ？　どうやって？

自分自身のことすら、ままならない。

甕依姫(ヒミカ)に仕立て上げられ、自分を偽って、権力者に身をゆだねて生きるしかない情けない存在だ。

逃げたい。

だが、どこへ逃げても、甕依姫(ヒミカ)である以上、誰かに追われるだろう。

「間歩(まぶ)という真っ暗な坑道の中に、サザエの殻に油を入れた火を持って入って、銀掘(かねほり)の手子(てご)となって働かされます。昼も夜も。一度入れられたら二度と出られないと、僧兵たちが話しているのを聞いたことがあります」

「地下牢（ここ）と同じか」

タマユ＝リは小さくうなずく。

「誰も子供たちのことは気にかけません。吾（わ）は巫女（ミカ）ですから、貴族や僧兵たちの傷の手当てを頼まれることはしょっちゅうあります。でも、子供たちの手当てを頼まれたことは、ここへ来て一度もありません」

働けなくなること。すなわち、死。

タマユ＝リは一度だけ、子供を救おうと間歩に入ったことがあった。

暗闇も恐ろしかったが、子供たちを連れ出すことに失敗し、捕まった後に受けた大僧正からの報復のほうが、百倍も恐ろしかった。

地下牢にこそ入れられなかったものの、大僧正自身から受けた鞭打ちの罰は、想像を遥かに超えた恐るべき罰だったのだ。

そのときの傷痕は、今もタマユ＝リの背中にたくさん残っている。

あの鞭は、タマユ＝リの魂を大僧正という恐怖の塊の下に磔にした。

タマユ＝リは二度と間歩には行かなかった。

弱虫。

そう非難されてもしかたがない。

「しっかし、五十人か」

つらそうにからだを起こし、イカルがふうーと大きく息をつく。

「簡単に言うけどな」

「簡単だとは思っていません。でも、あなたならもしかしたらと思ったんです」

タマユ＝リは頑なな声で言った。

「無理なんですね。わかりました。では、ほかの人を探します」

「己以外の男に？　己ほどの野郎がほかにいるのか？」

「あなたが働きたくないのなら、しかたがありません」

「働くって、おまえな」

「さようなら」

「待て！」

離れてゆこうとしたところで、手首をつかまれる。

隻眼の男はにやりと唇をゆがめた。

「短気だな。餓鬼」

「餓鬼じゃないと言って……」

「無理とは言ってねえ」

「助けてくれるんですか?」

「そう言ってるだろ」

相手の軽い口調に、タマユ＝リはむうと顔をしかめた。

「あなたの言葉が嘘ではないって、どうやったらわかるんですか?」

「ハ。あんたにゃできなかったんだよな? だったら、己の言葉を信じたほうがマシだろう? 信じろよ」

「……ここの鍵は吾が持っています。そのことを忘れないでくださいね?」

暗に、命令している。夜盗団の頭領に。

自分にこんな真似ができるとは、思ってもみなかったタマユ＝リだ。

隻眼の男が嘲笑った。

「甕依姫め」

「そうですよ。吾は甕依姫です。どんな香り草でも使えます」

「あんたなら、己をどうとでもできるって?」

そのとおりだと答える代わりに、じっと相手の左眼をにらんだ。

もう、見て見ぬふりを続けるのはいやだ。

いのちを賭けるなら、今このとき、この男に賭ける。

どうしてそう思ってしまったのか、自分自身にも説明はできない。
ぼんやりとそう思った次の瞬間、タマユ＝リの口は蓋をされていた。
押しつけられてくる唇の熱さに驚いて、大きく目を見ひらく。
男の唇は切れていて、タマユ＝リの舌には血の味が移された。
果てしなく長い一瞬。
星が、入ってきたかと思う。
と、男がようやく唇を離した。
「そんな目でにらむからだ」
そんな目？
自分の唇の上で男がしゃべるなど、タマユ＝リにとっては前代未聞のできごとだ。
頭がまっしろになりかけているところを、弾力のある舌先で上唇を舐められる。
タマユ＝リがさらに大きく目を瞠った瞬間、イカルが唇を放して言った。
「わかった。条件をのもう。その子供たちとやらはどこにいる？」

4

初めのうちは、イカルたちのほうが劣勢だった。

なんといっても僧兵は圧倒的に数が多い。が、どうやって連絡したものか、馬で一斉に乗りこんできた傭兵団が土袋を投げこんで火が消し止められると、優劣が入れ替わった。

イカル率いる傭兵団の動きは俊敏で、よく統制が取れていた。僧院で働く民よりも僧院の建物を守ろうとする僧兵たちは右往左往し、銀山の護りは手薄となった。

タマユ＝リと共に地下牢を脱出したイカルは機を逃さず、半数を連れて銀山へ向かい、間歩に閉じこめられていた子供たちは次々に外へと出されている。

ころがり出てきた子供たちの中にはチヌもいて、タマユ＝リにすがってわんわん泣いた。そんなチヌをしっかりと抱きとめながら、タマユ＝リの目は、銀坑の前に群がる敵を蹴散らす馬上のイカルを映し出していた。

馬に乗って戦うイカルは、とても負傷しているとは思えなかった。馬上にありながら、さらに隻眼の身で、あの舞のごとき身のこなしは驚異だ。

彼は生まれながらの戦士なのだ。まるで動物の本能そのものといった反射神経をしている。ひとたび彼に狙いを定められたら、どんな生き物も逃げることはできないだろう。

その戦いざまを眺めていると、ふと自分が香り草(ケマ)に夢中になっているときと重なるものがあって、タマユ＝リは胸を締めつけられた。

でも違うと、タマユ＝リの裡の何かが否定してくる。

自分はあれほどに自由ではない。

彼は、夜盗のくせに平気で大僧正に意見し、対立し、自分の命さえ構わないかのように自由に刃向かった。

痛めつけられ、地下牢に閉じこめられて、激しい拷問を受けてさえ、彼は自由だ。

タマユ＝リの自由は、香り草(ケマ)に向き合っているその一瞬にしかない。

その一瞬すら、今は誰かに命じられ、命じられたことだけをする毎日だ。

「イカル…！」

従者らしき男が、離れた位置から怒鳴る。

ハッと気づくと、イカルが数名の僧兵に囲まれていた。混乱して逃げそこなった子供を二人、片腕に抱えている。

従者が駆け寄ろうとしていたが、すぐには援護できる位置にはない。

タマユ＝リはギクリとした。僧兵たちの目が赤く充血しているのを確認したからだ。

イカルを囲んでいる僧兵たちは、あきらかにタマユ＝リの香り草を摂取している。

イカルが〝呪いの香り草〟と称した強力な薬効を持つ戦闘用の香り草だ。

あれを摂取した兵士は、短期間だが一時的に強い筋力を身につけ、無敵となる。

無茶だ……！

今のイカルは手負いの獣だ。いくらタマユ＝リが応急処置を施したといっても、二人も子供を抱えて、強化された僧兵たちと長く戦えるはずがない。

「あぶないっ！」

悲鳴はまるで自分の声ではないようだった。

からだが勝手に前に飛び出したことにも気づかなかった。

「甕依姫――――！」

目の前が真っ暗になる。何が起こったのか、わからなかった。

ハッハッという獣の息づかいを感じる。むっとなまぐさい臭いが、タマユ＝リの鼻腔に押し寄せてきた。

犬だろうか？

誰かが何か叫んでいる。

〝ギタ〟……？

ギタとは誰のことだろうと考える間もなく、タマユ＝リは気を失ってしまった。

＊

ちらちらと赤い灯りが揺れている。その場所は暗かったので、タマユ＝リはまぶしさに目をすがめることもなかった。

ゆっくりと意識が戻ってくる。ひんやりとした暗い空間だった。

洞窟だろうか？　天井も壁も硬くて冷たそうな岩だ。

だが、寒くはなかった。タマユ＝リはふわふわとした温かな布団に包まれていた。その布団はあまりにもここちよくて、すっかり安らいだ気分になってしまう……。

「えっ？」

次の瞬間、自分の布団が動いて、タマユ＝リはパッとからだを起こした。

ぐおぅと低いうなり声がからだの下で起こる。

振り返ったタマユ＝リは、燃えるような二つの金色の目玉に出くわして、からだを硬直させた。

獣だ。タマユ＝リは毛深い獣を布団にして眠っていたのだった。

「目覚めたか」

少し離れた場所から声がした。見れば、一段高い岩の上に、輝く王者の場所がある。

輝いていると思ったのは、ただ油を差した灯が燃えていたせいだが、王者の居場所などと思ったのは、そこに肘をつき、物憂げに寝そべっている隻眼の男が、あまりにも超然としてタマユ＝リを見下ろしていたからだ。

「あ、あなたの飼い犬？」

「狼だ」

「おおかみ……！」

悲鳴をあげそうになって、両手をこぶしにして口を押さえる。

喉の奥でものを詰まらせたような笑い声が、岩の上から響いてきた。

「ギタは人は食わない。もっとも、己（おれ）のそばから逃げようとしたらどうなるか、わからないけどな」

ギタという響きに記憶がよみがえる。タマユ＝リは自分の背後にいる巨大な黒毛のかたまりを、おどおどと振り返った。

「ギ、ギタ……？　もしかして、吾(わ)を助けてくれたのですか？」

ぐおうとまた低いうなり声が返ってきて、タマユ＝リの胃はびくっと跳ね上がる。

だが、じろりとこちらへ向けられてきた金色の眼には、想像していたような獰猛さはなかった。

「あ、ありがとうございます、ギタ。吾(わ)はタマユ＝リ、です」

挨拶をして、おずおずと獣の巨大な頭に手を伸ばす。

「口の前にいきなり手を出すんじゃねえ。ギタじゃなきゃ嚙み砕くぞ」

「！」

タマユ＝リはあわてて手を引っこめたが、黒い狼は何の関心もなさそうにあくびをしただけだ。大きく開いた口は恐ろしい。

びくびくしながらも、タマユ＝リはあきらめずに再度、手を伸ばした。

今度は脇腹のほうから。狼は身じろぎもしない。そうっと背中を撫でてみる。

硬いだろうと思った毛は、思ったより柔らかかった。温かくて気持ちがいい。

狼の目はゆっくりと閉じていった。

そのまま、心地よさそうに撫でられてくれている。

タマユ＝リはもう、この大きくてふかふかした黒い獣が好きになっていた。

「勇敢だな」

タマユ＝リの様子を眺めていたらしいイカルが、ぼそりとつぶやく。

「ギタは八面六臂（はちめんろっぴ）の大活躍だった。おまえに襲いかかった敵を倒しただけじゃない。子らを一人残らず坑道から引っぱり出した。より幼い者のほうがギタを怖れないな。フ、いちばん小さな子供がギタの背によじ登ってからは、森の王としてのギタの権威は失墜した」

くつくつと思い出し笑いをするイカルが意外で、タマユ＝リの胸はなぜか締めつけられる。

「傷はどうだ？　シ＝カの薬で手当てはしたんだ。まだ痛むか？」

問いかけられて、ハッとした。

「あなたこそ、大丈夫ですか？　あんなに暴れて……！」

「ハ。何日経ったと思っているんだ？」

「えっ？」

あらためてびっくりする。

「吾（わ）は、どのくらい眠っていたんでしょう？」

「丸三日だな。まるで生まれ変わるかと思うほど、寝こけていたな」

「三日？　そんな……」

倒れるのならイカルのほうだと思っていたが、実際に倒れ、運ばれてしまったのはタマユ＝リのほうらしい。

しかも、手当てをされた？

タマユ＝リはこれまで、自分自身以外によって手当てをされたことなどなかった。

シ＝カ？　誰のことだろう？　薬師の名前だろうか。

「甕依姫（ヒミカ）の香り草（ケマ）も効くだろうが、シ＝カの薬も悪くねえぞ。よく眠れただろう？」

言われてみれば、タマユ＝リのからだは驚くほど軽くなっている。

タマユ＝リが動くと、背後の大きな獣も一緒になってのびをして、タマユ＝リは飛び上がりそうになった。

「ギタ！」

主が呼べば、一瞬で彼の傍へと身を翻す。

主のもとへと駆け寄った狼は、イカルの胸元にひたいをこすりつけ、イカルもまた、狼の背骨を豪快に撫で返す。このように大きな狼は初めて見るタマユ＝リにも、彼らが固い絆で結びついているのが感じられた。

なんと、この隻眼の頭領は、狼の前でなら、無邪気な子供のような笑顔をみせるのだ。

「それで子供たちは？　どうなったのですか！」

「安心しろ。ちゃんと全員無事でいるよ。親がいる者は親元へ帰した。孤児たちは、村で面倒をみている」

「村？」

「逃亡者たちの村だ。数カ所にちらばっている。傭兵は妻を持たねえのが基本だけどな。もともとの家族はいるわけだし、金を貯めた後は、傭兵を辞めて家族持ちになる奴らもいるからな。子を亡くした親も大勢いる。贅沢な生活じゃねえが、食うものと寝る場所には困らねえだろう」

「……ありがとう……！」

一瞬、自分でも何が起こったのかわからなかった。

ぱたぱたと音を立てて落ちていったのは涙だと、頬にふれてみて知った。

「甕依姫（ヒミカ）！」

イカルがひらりと岩の上からおりてくる。

どこにも無理がかかっていない、狼さながらの身のこなし方だ。

彼はタマユ＝リに近づき、躊躇なくそのあごをつかむ。

そうして上向かされても、タマユ＝リは涙を止められなかった。

「おまえは勇敢だった」

賛辞を口にされ、タマユ＝リは首を横に振る。

「吾（わ）は、臆病で弱虫な卑怯者です。以前からずっと、あの子たちが苦しんでいるのを知っていたのに、何もしようとしなかった。大僧正が怖くて、何も見えないふりをして過ごしてきました。その言い訳に、こっそり街に出て善行を施したつもりになって、それで自分を納得させていました。卑怯者です。あなたに出会うことがなければ、吾（わ）は今も何も変えようとはしていなかったでしょう。吾（わ）はどうしようもない怖がりで、自分のことしか考えない、情けないほど愚かな巫女（ミカ）なのです……！」

叫ぶように吐き出したタマユ＝リの口は、イカルによってふさがれる。

激情と唇の熱に、タマユ＝リは混乱した。

イカルの手が自分の上腕をつかんで支えていると、後から感じる。そのときにはもう、ゆっくりと離れてゆく相手の唇の熱が切なかった。

「甕依姫（ヒミカ）。おまえは己（おれ）を救おうとからだを投げだした。違うか？」

「あ、あんなひどい怪我をしていたのに、馬に乗って戦うなど、無茶ですから」

「己（おれ）が気に入ったか？」

イカルのその言葉は問いかけではなかった。相手に有無を言わせないための確認だ。

「己（おれ）もおまえが気に入った。ズカミに引き渡す前に、おまえを味見したい」

「！」

味見。

男が使うその言葉を、タマユ＝リはよく知っている。だが、その言葉をこれほど他愛なく、まるで無邪気な子供が使うかのように口にする男は初めてだった。

「どうだ？」

黒々とした左眼が、探るようにじっとタマユ＝リを見つめてくる。

タマユ＝リにとっては、息詰まるような濃厚な時間だった。

嵐のように心をかき乱される。何を考えていいのかわからないほど、頭の中でさまざまな想いが去来しては消え、最後には自分のからだがどんなふうなのかを思い出す。

タマユ＝リの唇は、幻のように、自分の意思ではないかのように動いた。

「吾（わ）は、味見などさせません」

隻眼の男の左眼は何の色も宿さない。やがて、男は言った。

「そうか。残念だな」

それだけだった。それ以上は何ひとつ強要してこなかった。

タマユ＝リはふたたび考え始める。

この男に名前を呼ばれたら、深く触れられたら、どんなふうだろう？

自分のからだは、何か変化を起こすだろうか？

タマユ＝リのからだには、権力者たちが押し付けてきた焼き鏝の醜い痕がある。幾つもだ。

当然のことながら、そんな醜いからだを見せたりするつもりは毛頭ない。

だが、万一見られたとしても、この男なら何か、タマユ＝リが想像もつかないようなやり方で、タマユ＝リを許してくれるのではないだろうか。

「――――」

タマユ＝リは、自分の頭があまりにも多くのことを同時に考えようとするのに驚愕していた。

目の前の男は、頭領とはいえ、ただの夜盗だ。

そんな男について、多すぎると思えるほど心が動くのは、不思議というほかはない。

タマユ＝リはこれまで、そのような男に出会ったことがなかった。

5

ただの好奇心だろう。甕依姫（ヒミカ）がめずらしいのだ。

タマユ＝リはそう受けとめることにした。

彼はひたすら高い報酬だけを追い求める夜盗団の頭領だ。何事も、利用価値がなければ動かない。タマユ＝リへの申し出の中に、愛情や好感があったとは思えなかった。

イカルという男はあまりにも変わっている。

通常、巫女（ミカ）に対して、男は邪心を抱いてはならないとされる。巫女（ミカ）の人ならぬ力、すなわち、神霊の声を聴く力を保つためには、巫女（ミカ）は穢れを得てはならぬのである。

それが甕依姫（ヒミカ）なら、なおさらである。

だから、変わっている。

一時的な好奇心、あるいは気の迷い。そんな不安定なものに心を動かされるタマユ＝リではない。

そして、たとえ愛情や好感があったとしても、自分がそれに値する人間ではないことも、自覚していた。誰も、タマユ＝リなどに何かを配慮し、与える必要などない。

だが、それからズカミの領主に身柄を引き渡されるまでの十日間、イカルの中にタマユ＝リに対する配慮が少なからずあったことは、認めざるを得なかった。

イカルはタマユ＝リの傷が完全に癒えたことを確認するまで、けっして引き渡しに応じようとはしなかったのである。

「おねえちゃーん」

遠くから、天使のようなチヌの声が聞こえてきて、タマユ＝リが振り返る。

木々の間から見えてきたのは、馬に乗るイカルの姿と、同じ馬の上で精いっぱい手を振る幼子チヌの姿だった。

イカルが救い出した子供たちと同様、チヌもまた、年老いた夫婦に引き取られ、ここからは離れた村で落ち着いた生活を送るようになっている。だが、時折、頭領イカルが村に顔を出すと、どうしてもタマユ＝リに会いたいと駄々をこねて、イカルの馬に飛び乗り、タマユ＝リが留め置かれている隠れ里まで来てしまうのだった。

イカルを知る前なら、傭兵団の頭領が子供のそんなわがままを許すのは驚きだと思ったかもしれない。だが、こうしてイカルのそばにいるうち、イカルが子供に対して、ほとんどの大人が示すような態度は示さないとわかってきた。

イカルは子供と同じなのだ。

子供らとまったく同じ目線で遊ぶ。初めのうち警戒していた子供たちもまた、父獅子にじゃれつく仔獅子のごとく、イカルに群がり始めるのだった。

「甕依姫はまた外に出ているのか。なぜ中で休んでいない？」

「彼女を止められる者は、あの中にはいませんよ」

イカルの不機嫌そうな声に、傭兵たちのほうを見やりながら従者シ＝カが答える。

「甕依姫どのにかかると、百戦錬磨の傭兵たちも、まるで子供あつかいですから。彼らは甕依姫どのに叱られたくて、毎日やってくるのですよ」

「毎日だと？」

イカルの顔はさらに険しくなる。

「いつからだ？　甕依姫はいつからああやっている？」

「こちらの隠れ里へいらした初日から、でしょうか」

「ああ？」

「ご懸念には及びません。ギタが常に近くにいて彼女を警護しているようですから、不埒者が甕依姫どのをさらう恐れはないでしょう」

シ＝カの言うとおりだった。傭兵たちの集団から少し離れた木陰に、狼の黒い尾を見つけるイカルである。

「ふん、甕依姫め。ギタまで取りこんだか」

「ギタがあのように女性を近づけるのは珍しいですね。これまで頭領にくっつい……、元い、ついてきた女性には、顔も見せないギタでしたのに」

「獣どうし、気が合うんだろう」

「甕依姫どのが獣ですか？」

「餓鬼だからな。餓鬼なんてものは獣と変わらねえだろ？」

「ふふ」

シ＝カがくすくす笑い、イカルが苦虫を噛み潰したような顔をした。

「何だ？」

「殿下が甕依姫どのの有利になるよう、このたびの戦いの相手を選ばれたことは存じております」

「殿下はやめろ」

「おお、これはつい。うちの頭領（おかしら）がやたらと高潔な選択をなさっておいでででしたので」

「シ＝カ…、何が言いたい？」

「まあまあ」

従者シ＝カがおだやかに微笑む。

「甕依姫（ヒミカ）どのはあなたの傷のことをとても気にしておられましたよ。心配なさらなくても、こうして戻りましたからには、まず頭領（おかしら）の治療を優先するでしょう」

「誰が優先されたいなんて言った？」

「おや。違いましたか？」

「――――」

絶句したイカルを見上げて、馬上のチヌが不満げに両手をばたつかせる。

「ねえねえ、おねえちゃんのとこ、いかないのー？」

「おっきなからだして！　子供でもこのくらいは我慢できますよ！　痛み止めの香り草（ケマ）は

出しましたから！　夕方には痛みがひきます！　今夜はよく眠ること！　はい！　次！」

治療が終わっても大げさに痛みを表現する大男を敷布の上から追い出し、次の怪我人の治療を始める。

イカルの傭兵団の隠れ家に滞在するようになって以来、タマユ＝リは休むひまもなく働き続けていた。

金になる依頼なら何でもすぐに引き受けてくる頭領と、無茶こそが命の洗濯とばかりに暴れまわる傭兵たちのせいで、数少ないタマユ＝リの薬はすぐに尽きてしまった。おかげで、治療に当たる時間以外も、香り草（ケマ）を採取したり、煎じて薬にしたりしなければならず、六日間があっという間に過ぎてしまう。

イカルはどうやら国内外のあちこちに隠れ里を持っているらしく、自分を慕って集まってくる多くの傭兵たちの家族をその土地に住まわせていた。

では、自分もそこで安穏と暮らせばいいものを、そうはしなかった。タマユ＝リを引き渡すまでの短い期間も、精鋭部隊と管理する土地を見てまわり、また新たな任を得て駆け回る。

隻眼の頭領はひとときもじっとしてはいなかった。

畑を耕し、安住する地を求める者もいれば、常に次なる戦いへと挑む者もいる。

どうやらイカルは後者だった。

「怖いな」

背後で聞き覚えのある声がして、タマユ＝リはハッと振り返る。

そうしてすぐに顔をしかめた。木にもたれて立っている武装姿のイカルが、あまりにも汚い格好をしていたからである。

「あなたは、温泉行きですよ！」

タマユ＝リはまっすぐに腕と指を伸ばし、行くべき先を指示する。今度はイカルが顔をしかめる番だった。

「ああ？」

「さっさと温泉に入って、きれいにしてきてください！　その後で、あなたにもうんと苦い香り草(ケマ)を処方します！」

「ハッハア、うちの甕依姫(ヒミカ)はおっかねえなあ。おめえら、一刻も早く逃げ出さねえと獲(と)って食われるぜ」

ドッと笑い声がして、頭領の到来を歓迎する空気が傭兵たちの間を満たす。

〝うちの甕依姫(ヒミカ)〟

いつもは耳障りな単語も、イカルにかかると棘を抜かれてしまう。

一般に〝甕依姫〟と聞けば、恐ろしいもの、近づいてはならないものと即座に判断されてしまうものだが、彼のこの言葉のおかげで、甕依姫は傭兵たちにとって、身近なものへと生まれ変わっている。

それにしても、乱暴な言葉づかいだ。

そこまで考えて、タマユ＝リはふと気づいた。

イカルの乱暴な口のきき方は、傭兵たちに合わせたものだ。彼は、タマユ＝リの前ではあそこまで乱暴な口はきいていない。

「おねえちゃあん！」

「チヌ！」

イカルに馬上から抱き下ろされたとたん、チヌが駆け出し、たちまち草に足を取られてコロンと転んでしまう。

あわてて抱き起こそうと駆け寄ったタマユ＝リに、チヌはにっこり笑ってみせた。

「ぼく、なかないよ？　おかしらはいたくてもなかないって。だから、ぼくもなかないの」

「チヌ！　がんばりましたね！　すごくえらかったですよ……！」

感動してチヌを抱きしめる。前よりずっとふっくらとしている感触があって、タマユ＝

リは胸がいっぱいになった。

「新しい家はどう？　村は？　友だちはできましたか？」

「ともだち、いっぱい！　おとうとおかあ、すごくなかよし！　ぼくもなかよしだよ！」

「ああ、よかった、チヌ！」

　子供たちを解放して良かったのだ。

　タマユ＝リはチヌの幸せが自分のことのように嬉しくなって、チヌに良い匂いのする香り草（ケマ）の香袋を贈った。チヌは大喜びで、もらった香袋を旗のようにかざしながら草原を駆けだしてゆく。

「おまえこそ、湯に浸かれよ、甕依姫（ヒミカ）」

　タマユ＝リに近づいてきたイカルが、ぼそりと声をかける。

「シ＝カの手当ては受けているんだろうな？」

　言葉で了解を得るより先に、イカルの手がタマユ＝リの肩を剝き出しにした。

　行動が早すぎて、タマユ＝リには怒る暇すら与えられない。

「まだ赤いな。だから休んでいろと言ったんだ。痛むか？」

「だっ、大丈夫です！」

　バッとからだを翻し、胸元をかき合わせる。イカルがにやにや笑って言った。

「何だ？　今さら恥ずかしがる仲でもねえだろ？」

どういう仲だという気だろう？

タマユ＝リがにらみつけると、イカルはほとんどわからない程度に肩をすくめてみせた。

「己(おれ)は女には不自由してねえが、まあ、食うにはおまえはちょっと痩せすぎだな」

イカルの言う〝食う〟が何を示すのか、わからないほど無邪気でもない。だが、艶然と微笑み返すほど大胆でもない。

「おおっと、また頭領(おかしら)の悪い癖だぜ」

「頭領(おかしら)はやめとけ、かわいい占い師さんよ」

「そうだそうだ。頭領(おかしら)は女に関しちゃ鬼だ」

「女どものほうから寄ってくるんだもんな。取っかえ引っかえ、飽きたらポイだ」

「こないだ頭領(おかしら)の居処(ヤマ)に忍びこんだ女には、なんて言って追い出したっけか？」

「〝べらべらウルせえ〟」

「そーそー！」

「やめとけやめとけ。頭領(おかしら)はモテすぎなんだ。ひでー男だ。寄ってくる女がおかしい」

さんざんである。

頭領を揶揄してにやにや笑う傭兵たちの隣で、イカルは嬉しそうに肩で応え、腰に手を当てて言った。

「もう少し太れよ。甕依姫（ヒミカ）の技で、そのくらいできねえのかよ？」

この人は、甕依姫（ヒミカ）を何だと思っているのだろう？

不信感をたっぷり宿したタマユ＝リの目を覗きこんで、イカルが噴き出す。

その少年のような顔を見て、タマユ＝リは思った。

傭兵団の中にいるときのこの人は、まったくもっていたずら好きな子供だ。チヌと少しも変わらない。すぐに人をからかって、相手の反応をみては、周りの傭兵たちと一緒におもしろがる。遊びが大好きな子供。

「怪我人が多すぎて、ほかのことに香り草（ケマ）を使う余裕なんてありません。ほんとうにひどい状態の人ばかりで呆れます」

「ああ。まぁ、今回はしかたがないんだ。だいぶ無茶をさせたしな。シ＝カに薬を渡せ。治療を急がせろ」

「え？　香り草（ケマ）の治療は吾（わ）が行います」

「おまえは休めって言ってんだよ」

「じゃあ、シ＝カさんを手伝います」

「頑固だな」

顔を近づけられて、にらまれる。だが、恐ろしいとは思わない。

タマユ＝リはイカルの顔をにらみ返し、彼の頬に小さな傷を発見した。

まださほど時間は経っていない生々しい傷だ。

このくらいなら、今のうちに美豆成（ミズナリ）の実をすりつぶした軟膏で治すことができる。

茫然と見つめたタマユ＝リは、自分のできることについて考える。

考える。一心に。

そんなことは久しぶりだった。僧院では、何も考えないようにする癖がついていた。

「まぁいいか。治療師の手はたしかに足りてねえしな」

ハッと我に返ったタマユ＝リの肩が、小さく震える。

「次の依頼もけっこう厄介だからな。戦える兵士の数が減っては困る」

その言葉に、タマユ＝リが不満げに小さな唇を歪めた。

「また戦に行くんですか？　どうしてそんなに戦が好きなのか、わかりません」

「ああ？」

うっとうしそうに前髪をあげ、イカルの左眼があらわになる。

厳しすぎて恐ろしいと思っていた唯一の眼が、その一瞬あまりに美しく、深く輝いて見え、タマユ＝リは目を瞬かせた。

「だったらおまえは？　〝どうしてそんなに香り草が好きなのか、わかりません〟」

イカルがうそぶき、タマユ＝リに物憂げな顔を近づけてくる。

タマユ＝リは頬を赤くした。

そうだ、同じだ。彼らは命を懸けて戦っている。

自分ばかりが特別なことをしているわけではないのだ。

「ご、ごめんなさ……」

「甕依姫」

ふいに、イカルの声の調子が変わる。

撥条のような男のからだが傾き、魔物のごとくタマユ＝リを自分の腕の中に包みこむ。

傭兵たちのからかいの口笛があちこちからあがったが、タマユ＝リはそれどころではなかった。

「これ以上、己を近づけたくねえなら」

傭兵たちには聞こえない低さで、男の声がタマユ＝リの鼓膜を揺すぶる。

自分のからだで傭兵たちの視界をふさぎ、男は、あろうことか、タマユ＝リの耳たぶを柔らかく囓っていた。

「さっさと己から逃げろよ」

タマユ＝リは大きく目を見開いた。

心臓が止まって、次の瞬間には爆発するかと思った。

「おねえちゃあん！　おおかみがいるよ！　ぼくたちをたすけてくれた、まっくろいの！

すごくおっきなおおかみだよ！」

「チヌ……！」

草原を駆け回っていた子供の、甲高い声に救われる。

飛びついてきた子供に手を引っぱられ、男の熱いからだから飛び出してゆく。

抜け落ちた半身。

一瞬、タマユ＝リは自分の内側が空っぽになったかのような錯覚に陥る。

幼子に握られた手に導かれ、ギタのほうへと移動していく間じゅう、抜け殻のタマユ＝リは自分を突き刺す視線にがんじがらめにされていた。

噛まれた耳たぶが燃えるように熱い。

自意識過剰だ。

隻眼の傭兵の視線を意識しすぎて、おかしくなっているだけだ。

イカルが自分にかまうのは、甕依姫（ヒミカ）がめずらしいから。

甕依姫（ヒミカ）の香り草（ケマ）の薬効が、自分たちの傭兵団にとって重要だから。

甕依姫には利用価値があるから。

ただ、それだけだ。

恥ずかしくなったタマユ＝リは、チヌと一緒にギタの毛皮に顔をうずめた。

黒き狼はまぶたを閉じたままゆっくりと巨体を上下させ、深い息を吐いただけだった。

6

さらに四日後、タマユ＝リの傷が癒えたことを数度にわたって確認させると、イカルはようやく甕依姫の引き渡しに応じる気配を見せた。

持てる薬師としての技を駆使し、ひたむきに傭兵たちの治療にあたってきたタマユ＝リの、なんとも言えず充実した時間も、終わりを迎えることになる。


月のない星明かりの夜。

夜風が蓬のにおいを運んでくる。

どこまで連れて行かれるのかわからず、馬上のタマユ＝リが不安になってきた頃、イカルとその一行は足を止めた。

茂みが揺れ、武装した馬に乗った一団が現れる。イカルたちのようなならず者の風体ではなく、きちんと鎧を着こんだ正規軍だ。

そこから、身なりのいい一人の若者が前へと出てきて、イカルに挨拶をした。イカルもそれに応じる。

「来い、甕依姫(ヒミカ)」

イカルが顎でタマユ＝リを呼んだ。彼はタマユ＝リを名前では呼ばない。

それだけの関係に過ぎないからだ。

そう思ったとたん、不思議なことに、ずきりと胸が痛んだ。

タマユ＝リは思わず顔をしかめる。こんなふうに胸に違和感を覚えるのは初めてだった。

「ズカミの領主の息子だ。おまえをズカミの領館まで案内する」

「ベベリ＝ヤと申します。お目にかかれて、大変光栄です、甕依姫(ヒミカ)どの」

見かけは立派だが、幼い声だ。年の頃は自分とそう変わらないかもしれないなと、タマユ＝リは思った。

「こいつの親父は相当に巫女(ミカ)を欲しがっていたらしいから、大事にしてもらえるだろう」

大事にしてもらえるから何だというのだろう。

結局は、みな同じだ。

タマユ＝リは物で、人はタマユ＝リをやりとりする。それだけだ。

「行け」

イカルはもはやタマユ＝リのほうなど見やりもしない。別れの挨拶も何もない。

彼は傭兵。

ただ物を売り渡し、引き替えに金を受け取るだけの男だ。

傭兵は命を懸けて闘うだけの存在。家族を持つこともない。

〝伝説の巫女(ミカ)・甕依姫(ヒミカ)を手に入れた者こそ、世界を制す〟

そうだ、あたりまえだ。

イカルという男は傭兵団の頭領なのだから、甕依姫(ヒミカ)を手に入れて大枚の報酬をもらう。

いつものことだ。

高額な取引だったのなら、引き渡された後にタマユ＝リが命を取られることもない。

イカルの言うとおり、大事にされるだろう。

何も心配はいらない。

悲しむことも何もない。

胸が痛んだのも、心が乾いてゆくように思えるのも、ただの気のせいだ。

タマユ＝リはベベリ＝ヤ皇子のすすめにしたがって馬を乗り替え、その場を離れていった。

月はなく、森は暗い。

タマユ＝リの運命もまた、暗く凝って森の奥へと吸いこまれていった。

「べつに、ご自分のものにしてしまっても良かったと思いますが」

ズカミから受け取った領地へと向かう道すがら、長髪の従者が余計なことを言った。

彼はそっぽを向いた頭領の耳に届かせるべく、さらに付け足してくる。

「いつもとは違うのですね。貴方にしては、ずいぶんと慎重な扱いをなさっておられるような」

「………」

「巫女（ミカ）はけっこう役に立ってくれたと思いますよ。我々傭兵は怪我も多いですし。その上相手は甕依姫（ヒミカ）なのですから、戦のゆくえを占ってもらうこともできたかもしれません。傭兵の仕事を選ぶ際も、どの依頼を引き受ければより高額の報酬が手に入るかなど、事前にわかっていれば、ありがたいですよね」

イカルは黙ったままだ。従者は微笑んで続けた。

「まぁ、頭領（おかしら）のお気に召さぬとあれば致し方ありません。甕依姫（ヒミカ）は怪しい術を使いますからねえ。そう、まぁ、酒の酌などはさせられないかもしれませんねえ。飲み物に何を入れられるかわかりませんからねえ」

「何が言いたい、シ＝カ？」

「いえ、何も」

含み笑いを上手に隠す従者シ＝カは、頭領のイカルとは長い付き合いだ。

イカルは相手にせずに言った。

「己（おれ）たちは流浪の集団だ。己（おれ）たちなんかと来るよりマシな人生があるだろう？　甕依姫（ヒミカ）といっても、あいつもただの人間だ。まだ子供だし、選ぶ権利は向こうにある」

「なるほど。仰せの通りです。了解いたしました」

従者は至って真面目な声で応える。

イカルは仏頂面で前を向き直した。

背後でまだクックッと笑い声がする。この男は笑い上戸なのだ。

「頭領（おかしら）！」

突然、頭上から緊迫した声がする。

崖を見上げると、捕まった伝令が足蹴にされ、最後の情報を必死に伝えようとしていた。

「ふん、ズカミか」

崖の上にずらりと並んだ正規軍の姿に、イカルが左眼を眇める。

「予測通りとは笑えるな。三反の土地を惜しんだか。ズカミの領主はやはり卑怯な小心者だったというわけか」

「次男はただの使い走り。頭領のおっしゃったとおりになりました。伝令に探らせた甲斐がありましたね」

甕依姫が手に入ったからには、次男べベリ＝ヤ皇子が約束した土地を、父親であるズカミの領主は明け渡さなければならない。

しかし、その意思がないことは、崖の上の兵隊たちがこちらへ矢を向けている様子から一目瞭然だ。イカルたち傭兵など舐めてかかっているのだ。

「捕まっている伝令はミ＝ワか？　おまえの秘蔵っ子だろう、シ＝カ？」

「はい。お役に立つまでに成長しました。彼女なら大丈夫です。私にお任せください」

「いいだろう。任せた」

イカルは指を丸めて口に当てた。

イカルの指笛は夜鳥の声に似て、敵にも知られず、木々に隠れた仲間たちに合図を送る。

そしてまた、夜を好むイカルの狼たちにも、その細く高い音は届いていた。

「来ましたね」

風を読む従者のつぶやきに、隻眼の頭領が無表情のままうなずく。

イカルは言った。

「五分で片をつける」

＊

〝甕依姫(ヒミカ)だ〟
〝甕依姫(ヒミカ)が来たぞ〟
畏怖と軽蔑、そんな色合いに染まった言葉が、ズカミの訛りと共に聞こえてくる。
粗い石作りの山城は、僧院の建物よりずいぶん小さく、どこか頼りなく感じられたが、
今からはここにタマユ＝リの居処(ヤマ)が与えられることになる。
タマユ＝リは不安げに周囲を見回した。

ここの領主は、タマユ＝リをどのように扱うだろう？

多くの領地を転々としてきたタマユ＝リは、甕依姫（ヒミカ）の待遇がそこここで異なることを承知していた。祖母と共に王城の中に豪華な一室を与えられたこともあるが、塔の上の狭い部屋や、暗い地下壕に監禁されたこともある。

いずれにせよ、囚われの身であることは変わりがない。

タマユ＝リの心に、暗い思いが押し寄せる。

イカルはタマユ＝リを手放した。別れのときも、ほとんどタマユ＝リのほうを見なかった。タマユ＝リは土地と引き替えなのだから当然だ。頭の中ではそうと理解している。

だが、感情が正常な判断を邪魔した。今のタマユ＝リは夜盗団の頭領にすら見放された、魅力のない屑のような存在なのだ……。

「これは驚いた。本当に柑子色の髪じゃ。鬘ではないのか」

「それは、のちほど確かめましょうほどに」

しわがれた老人の声と妙に甲高いところのある男性の声に、タマユ＝リはぎくりと背筋を震わせる。

振り返ったタマユ＝リは、そこに、大勢の護衛に囲まれた二人の男性の姿を見た。

ズカミの領主オンギ＝ヤと、ベベリ＝ヤの兄で後継者のヒキチ＝ヤである。

　この二人が親子であることはタマユ＝リにもすぐにわかった。姿形もであるが、そのぬめったような好色で重たい目つきがそっくりだったからである。

　タマユ＝リを連れてきた若者が、その二人の前で頭を下げる。

「父上。どうも遅くなりました」

「ベベリ＝ヤ、我が息子よ。でかした。これで我が領土は安泰じゃ」

「弟の連れてきた甕依姫(ヒミカ)が本物なら、そうでしょうな」

「本物ではないと疑うところがあるか、大切なヒキチ＝ヤよ？」

「父上、これまでのベベリ＝ヤの失敗の数々を思い出してください。よもやこの子供のような女が、本当に甕依姫(ヒミカ)でしょうか？　伝説の巫女(ミカ)ですよ？　そうめったに……」

「本物です！」

　二人の会話に、ベベリ＝ヤ皇子が必死の形相で割りこむ。

「父上！　兄上！　どうかお信じください！　傭兵団の頭領は、実力のある怖ろしい男でした！　彼に二言はありません！　本物の甕依姫(ヒミカ)を引き受ければこそ、私は三反の土地と引き換えにしたのです！」

「小さき息子よ。そのことはもはや思いわずらう必要はない」

「は？」

「そなたが心小さき者であることは承知じゃが、夜盗団ごときにひるむとは情けない。さようならず者の集団に、三反もの土地を与えようなどと、まこと言語道断」

「ち、父上、まさか……」

「そのまさかよ。今頃きゃつらは、分不相応にこのズカミの領主と取り引きなぞしようと思ったことを、大地に伏して後悔しておろうぞ。いや、もう後悔する頭もないか」

「そんな……！」

ベベリ＝ヤ皇子が、幼い顔に恐怖を滲ませる。

彼らのやりとりを聞いていたタマユ＝リもまた、息をのんだ。

——頭もない……？　殺されたというの？　イカルたちが……？

踏みしめるタイルの床が、急に傾いたような気がする。

タマユ＝リはどうにか両足を踏ん張った。

——うそ。信じません、ぜったいに……！

あの大胆不敵な隻眼の頭領が、簡単に首を刎ねられたりするものか。

ぐっと閉じたタマユ＝リのまぶたの裏に、イカルの恐ろしげな左眼の光が去来する。

「貴様のやることなすこと、後始末が面倒だぞ、ベベリ＝ヤ。これ以上、兄に苦労をかけてくれるなよ」

兄のヒキチ＝ヤがさも迷惑そうに言い捨てるのを、ベベリ＝ヤ皇子は歯がみしながら聞いている。タマユ＝リには知る由もなかったが、ベベリ＝ヤにとっては母親違いのこの兄は、常に弟を貶め、自分よりずっと下に置こうとするのだった。

ベベリ＝ヤ皇子は高慢な兄を説得するのをあきらめ、父親へと向き直る。

「父上。それで、その夜盗団を討ったという勝利の報告はあったのですか？」

「ハ。そのようなもの、聞くまでもないわ」

「いいえ！」

ベベリ＝ヤ皇子は頑なに首を振る。

「夜盗の頭領は尋常ならぬ男でした！　あなどれば、こちらがやられます！　甕依姫（ヒミカ）だけを略奪させて、報奨も与えずでは、とてもこのままで済むとは思えませぬ！」

「母親に似てきたのう、ベベリ＝ヤよ」

ズカミの領主がうっとうしげに眉を寄せる。

「おまえの母親は気位ばかり高い、陰気な女だった。ヒキチ＝ヤの母とは似ても似つかぬ高慢ちき女よ。いつも青白い顔をして、わしに説教してきおったわ」

「ち、父上。母上の顔色が悪かったのは、病のためで……」

「ああ、もう良い！　下がれ、ベベリ＝ヤ！」

ベベリ＝ヤ皇子は、やたらと背ばかり高い兄ヒキチ＝ヤとは異母兄弟。似ても似つかぬと幼い頃から言われ続けてきた不遇の次男である。領主である父は口の巧い兄ばかりを可愛がり、体力がなく、書籍ばかり読んでいる次男には使い走り以上の役目は与えない。

そんな事情は知らずとも、領主の二人の息子たちに対する不公平ぶりは明らかで、タマユ＝リにもはっきりと感じられるほどだ。

ベベリ＝ヤ皇子は耐えていた。

口惜しくても、父に口答えしてはならぬと、亡き母の遺言である。父には恭順の態度を示し、兄からは一歩退いて、うやうやしく頭をさげる他なかった。

「甕依姫は我が寝所へご招待申し上げる！　ヒキチ＝ヤ！　わしと共に来い！」

両肩を兵士に押さえられ、タマユ＝リが悲鳴をあげる。

「いやです！　お放しなさい！」

「おとなしゅうせよ、柑子色の髪の女！　そなたが本物の甕依姫ならば、我らが印を刻まねばならぬ！」

これは最悪の展開だった。ズカミの領主とその後継者は無知で、暴力こそが支配の手段と信じている蒙昧の輩だった。

こういう展開がどういう状況へとつながるのか、タマユ＝リはよく知っている。

多くの奴隷女と同じように衣を剝ぎ、肩に領主のものである証しの焼き印を押して、巫女を肉体的にも精神的にも屈服させる――祖母が生きていた頃には、多くの場所で、祖母をそうして暴力で支配しようとする男たちに出くわした。

祖母はしかし、支配されたりはしなかった。代わりに、恐怖の対象となる道を選んだ。男たちの前で恐ろしい悪鬼となった祖母の顔を、今もタマユ＝リは忘れていない。

「父上！」

ベベリ＝ヤ皇子が甲高い、悲鳴に近い声で、最後に父を呼ぶ。

「まだなんぞ言うか！」

「おっ、お怒りは覚悟の上で申し上げます！　甕依姫を常の女性のように扱ってはなりません！　甕依姫を女にしたら、神通力がなくなると聞いております……！」

「なに！　それはいかん！」

自分やタマユ＝リを暴力の下に押さえこもうとしてきた為政者を、恐怖の巫女となったコトエ＝リは、あらゆる手段を用いて脅し、完璧なまでに恐喝した。

甕依姫の名が畏れと共に口にされるようになったのは、そうした祖母のふるまいのせいもあったかもしれない。

「だが、焼き印は押さねばならん。誰がこの甕依姫の主かをはっきりと示さねば」

男たちの声が遠くなる。

今のタマユ＝リに、あのときの祖母のような力があるだろうか？

だが、迷っている暇はなかった。

いつもそうだった。自分の身と心を守れるのはただ自分だけだ。

どんな手段を講じてでも、こうして生き延びてきたではないか。

冷えた肩を自分の手で抱きしめて、タマユ＝リは自分に言い聞かせた。

心を冷やせ。

これ以上は何も考えるな。

甕依姫(ヒミカ)は永遠に生き延びる。正気を奪われてはならない。


ズカミの領主とその後継者は、本当によく似た親子だった。

奴隷女の扱い方も実によく似ている。人を眠らせる安物の香を焚いた薄暗い空間は、それだけでも反吐が出たが、二人の男の下卑た所作には心底辟易(へきえき)した。

おびえたり怖がったりして、相手を喜ばせる気はなかった。

無表情と無反応だけが、暴力に対抗し、自分の心を護る唯一の手段だ。

ヒキチ＝ヤがニタニタと笑って、タマユ＝リの上着に手をかける。

タマユ＝リはじっとしていた。

恐怖が背筋を伝って寝具の中へと入りこむ。指先も足先も氷のように冷えてゆく。

どうして甕依姫はこんなふうに扱われるのだろう？

甕依姫たる者は幾世紀も、こうして為政者の暴力の下にねじ伏せられる運命を伴ってしか、生きてこられなかったのだろうか。

からだをねじ伏せられれば、心は壊れる。

それとも、この世界の人々は、甕依姫の心は壊れないとでも思っているのだろうか。

まだだ。

止まってゆく心の中で、自分に言い聞かせる。

もっと相手が近づいてきて、タマユ＝リには何の力もないと油断しきってしまうまで、どれほどの嫌悪感がこみ上げてきたとしても、タマユ＝リは時が過ぎるのを待たねばならなかった。

＊

「おい！　甕依姫！　甕依姫ッ！」

誰かがタマユ＝リのからだを揺さぶっている。

焦点の合わない視界に、薄ぼんやりと何かの形が見え始める。

その形は次第にはっきりとしてきて、自分にぶつけられている音に意味があることを、どうにか考えられるようになった頃。

「しっかりしろ！　目を覚ませよ！　甕依姫！」

「イカル、乱暴すぎます。相手は傷ついたかよわき女性ですよ」

従者のたしなめる声に、タマユ＝リの指先が震える。

彼らは死んでいなかった。生きている。

生きて、タマユ＝リのところへ戻ってきたのだ。

ごろつきで、ならず者の、隻眼のイカル。

「見ろ！　目覚めたぞ！　おい、甕依姫（ヒミカ）！　返事をしろ！」

イカルの声がうるさく響く。声だ。生きている。

「どう……して……」

「この場所のことなら、べベリ＝ヤが知らせてきた」

イカルがその大きな手をタマユ＝リの頰に当ててくる。

「どう……し…て」

ぼんやりと同じ問いをくり返すタマユ＝リを、イカルの腕が強引に抱き寄せた。

「もっと早く来られるはずだった！　くそっ、己（おれ）のせいだ！」

タマユ＝リは、イカルがなぜ自分自身を罵っているのかわからなかった。

言葉より何より、イカルの手とからだの温もりが、タマユ＝リの固まってしまっていた心をわずかに溶かす。

「甕依姫（ヒミカ）？　おい？」

声はまだ遠くぼんやりとしている。

「己（おれ）の声が聞こえるか？　返事をしろ！　甕依姫（ヒミカ）！」

タマユ＝リは自分のからだが布のようなもので覆われるのを感じたが、声は出なかった。

布はイカルの外套（マント）だったのだが、それもこのときはわからない。

タマユ＝リは半裸だった。服は引き裂かれ、左肩は焼き印を押されて焼け爛れ、まだ少し出血しているような状態だったのだ。

「おまえがやったのか？」

「え……？」

イカルの左眼は、だらしなく涎を垂らして床に転がっている領主とその息子を映している。そちらに目をやっているうち、タマユ＝リの脳裏に現実がよみがえってきた。

べたべたと触ってくる手、身動きを封じられた自分のからだ。肉の焦げるにおい。

タマユ＝リは茫然として自分の唇に手をやった。

血の味がした。切れている。

「殴られたのか。何をされた？」

憤りに震えるイカルの声が、遠い波音のように漂ってくる。

何ヲ、サレ、タ……？

ひくりとタマユ＝リの喉が動く。

これまで息をしていなかった人形が突然呼吸を始めたかのように、大きく息を吸う音が響く。あたかも、肉体から離れていた魂が戻ってきたかのようだった。

「口…、唇に香り草（ケマ）の練り薬を塗って、待ち受けました」

タマユ＝リの声は硬かった。

目の前にイカルがいる光景が、まだ真実（ほんとう）のものと思えない。

タマユ＝リの手は必死に意識を取り戻そうとするかのように宙を掻き、震えながら何かを握りしめた。

「そ、その人たちは気を失っているだけです。わ、吾（わ）を支配しようとして、吾（わ）の唇を舐めたから」

「なんだと？」

「吾（わ）の唇にも麻痺（まひ）が残って、で、でも、吾（わ）は解毒の香り草（ケマ）を……」

しゃべろうとすればするほど、麻痺が濃くなるかのように唇が震える。

「くそっ。おまえのような子供になんということを……！」

もちろん、あんなものは口づけでも何でもない。おぞけ立つような唇の感触も、乱暴に胸をはだけられたときの衝撃も、何ひとつ、タマユ＝リ自身を傷つけはしないとわかっている。

だが、虐げられた心には、怒りと悲しみがあふれすぎて、言葉にならない。

「甕依姫（ヒミカ）」

イカルの大きな手がタマユ＝リのからだを強く引き寄せる。

タマユ＝リはそのとき初めて、自分の手がイカルの泥だらけの衣服を強く握りしめていたことに気づかされた。

「じ、自分で戦おうと思いました。吾にも考える力があるのだから、戦おうと……」

「もういい」

泥臭い男の胸に頬を押しつけられ、目の前は暗くなり、心落ち着ける闇が訪れる。

温かい。

そう感じたとたん、どっと涙があふれ出した。

「機会をうかがって反撃したか」

頭上で、男の押し殺したように掠れた声が響く。堰が切れたように泣き出したタマユ＝リを抱きしめながら、男は低い声で続けた。

「よくやった。おまえは勇者だ。その焼き印は治療して消してやる。だが、もし傷が残っても、それは傷でも何でもない。勲章だと思え」

狼の唸り声のような濁声が、タマユ＝リの鼓膜を震わせてゆく。

「汚い……」

「うん？」

「吾は汚いのです」

「なんでだ？　どこも汚くなんかないぞ」

「汚い……」

「そうか。わかった。どこが汚ねえんだ？」

「唇が…よごれて……」

絞り出すような声で言ったタマユ＝リの唇に、やさしく触れてくる温もりがあった。

泣き濡れたタマユ＝リの目が、驚きに瞠られる。

「大丈夫だ。もうきれいになった」

「……しょ、消毒のためには、紫蘇の葉や檜の精油を使わなければなりません、よ？」

「無粋なことを言うなって」

イカルは困ったように微かに笑い、驚くほどやさしく唇を重ねてくる。

「大丈夫だ。おまえはどこも汚れてねえ」

イカルはくり返した。

触れてくるのは男の唇だ。とても紫蘇や檜の精油と同じように、消毒の効果があるとは思えない。

なのに、どうしたことだろう？　どきどきして、驚きすぎて、タマユ＝リはもう他のことが考えられなくなっているのだ。

タマユ＝リは混乱した。ふたたび涙があふれてきた。

だが、この涙は、ついさっきまでの恐怖にまみれた自己嫌悪の涙とは違う。

「大丈夫だって。己(おれ)を信じろ」

ぽろぽろと涙をこぼすタマユ＝リを、イカルがもう一度ぎゅっと抱きしめた。

「おまえはおまえだけのものだ。いいな、甕依姫(ヒミカ)。何があろうと、おまえは変わらない」

タマユ＝リの喉から嗚咽が漏れる。心配して取り囲んでくるシ＝カや傭兵たちを制して、イカルはタマユ＝リのからだを抱きあげた。

彼の馬に乗せられ、運び出される間じゅう、タマユ＝リは温もりの中にいた。イカルの力強い腕がしっかりとタマユ＝リを支え、誰も彼女には近づけぬように思われた。

風が頬をなぶる。

そう長い時間ではなかったかもしれない。けれど、そうして馬上でイカルの温もりに包まれ、駆ける馬の振動を感じている時間は永遠のようにも思われ、タマユ＝リは、自分がまるで違った世界にゆくかのような錯覚に陥っていた。

草原の匂いがタマユ＝リを安らがせる。森に入れば、木々の吐息が吹きかかり、タマユ＝リはさらに深くイカルの体温を感じた。

「甕依姫(ヒミカ)」

やがて、タマユ＝リのからだは柔らかな敷布の上へ、そっと横たえられる。

それがどこかもわからなかった。ただ、イカルの声が、天から響く神霊の声にも似て、タマユ＝リの裡へと滑りこんできた。

「泣くな」

タマユ＝リは止まらない涙を拭われ、彼のほうへと両手を伸ばした。

恐ろしいと思っていた黒い眼帯に触れると、彼をより近く感じる。

イカルはタマユ＝リを引き寄せて、その耳元に囁いた。

「見ろ。おまえはもうどこも汚れていない」

イカルの熱い手がタマユ＝リの視界を覆う。野蛮な行為を思い起こさせずにいない、引き裂かれた衣も取り払われ、今はもう何もタマユ＝リを脅かすものはなかった。

「あ……」

「しーっ」

くり返される接吻が、タマユ＝リをさらに温もりの中へと連れてゆく。

イカルの唇はタマユ＝リの頰に触れ、首筋に触れ、胸の上に落款を残し、腰に触れ、腿に触れた。

そのどれもが温かな水のようで、タマユ＝リは少しも恐ろしくなかった。

「甕依姫（ヒミカ）」

名を呼ばれるたびに、眠ってしまいそうなくらい気持ちがいい。タマユ＝リはぼんやりとして、イカルの唇が自分のからだのあちこちに徴を残してゆくのを感じていた。

言葉にならない安心感と、どうしようもなくあふれてくる気持ちがあって、タマユ＝リはそれが何なのかわからない。

もどかしく、また、切なく、苦しく、そして、愛しかった。

「扉を閉めるな。己（おれ）はここにいる」

これは神霊の声だ。いつもそばに感じていた。

でも、あれはこんなに温かだっただろうか？

「己（おれ）がそばにいてやる」

誰もそばになど、いてはくれなかった。

祖母がいなくなってからは、いつもひとりだった。

「何が怖い？　もう何も怖くねえだろう？」

タマユ＝リが泣くと、イカルはそのたびに戻ってきて、タマユ＝リの頬に口づけ、なだめてくれた。

男の言葉が、まるで春の雨のようにタマユ＝リのからだに落ちてくる。

タマユ＝リを餓鬼（ガキ）と揶揄してきたからかいの色は、もうどこにもなかった。

タマユ＝リを覆うこの腕は、何もかもからタマユ＝リを遮断する力に満ちている。

その腕が作る闇の中で、タマユ＝リは存分に泣くことができる。

タマユ＝リは喘ぎ、肩を震わせ、男の胸にしがみついて激しく嗚咽した。

やがて、そうしてしゃくり上げる声が弱々しくなってきた頃。

「一緒に来い」

イカルはタマユ＝リの頬を銀の指輪を填めた太い親指でさすり、自信に満ちた声で宣言した。

「おまえを連れていくぞ、甕依姫（ヒミカ）。己（おれ）がおまえを護ってやる。他の誰にも、二度とあんな巫山戯（ふざけ）た真似はさせねえ。おまえは己（おれ）だけの甕依姫（ヒミカ）になるんだ――」

一月後　天衣無縫の青春篇

1

「頭領（おかしら）！　敵が逃げます！」

高い位置にある太陽が、水面を輝かせる。

「深追いするな、シ＝カ」

満月の日は真昼でも男たちの血が熱く滾るのか、たいていは激戦となった。

「残党狩りは、己（おれ）たちの仕事じゃないだろう」

イカルは急流の前で馬を停め、川向こうへ逃げてゆく敵を見送らせる。

敵はみな一様に貧しい身なりの農民たちで、馬に乗る者などいないに等しかった。

「ふだんは畑を耕すことしかしない者たちでしょう。胸くその悪い仕事ですね」

従者シ＝カが、頭領の気持ちを代弁する。

領主の悪政に苦しむ農民たちが一揆を起こしたのであり、その叛乱を起こした一揆衆を壊滅させてほしいという依頼を受けたのが、イカルたち傭兵団である。

「フン、傭兵の仕事に胸くそも何もあるか。雇い主は、支払い能力があれば十分だ」

隻眼の頭領が従者のつぶやきを否定する。

もともと、情け容赦ないことで知られる傭兵団だ。金子次第で、どこへでも行く。どんな相手とも戦う。どんな汚い真似もする。必要なら全滅させる。

雇い主の要望如何で、何でもやるのが傭兵だ。

イカルは常日頃からそう口にしているし、実際、その通りに行ってきた。

だが、このところのイカルの仕事の選び方は少々節操がなさすぎるのでは、と傭兵たちの間でもひそかに囁かれ始めていることを、シ＝カは知っている。

そんな頭領の唯一見える左眼は、今、激しく動く川面に向けられ、翳ったままだ。

草原と湖(ムナカタ)の国を流れる大河は、先日からの雨で水量が増えていた。

勢いを増した流れの上を赤い魚たちが跳ねている。

魚は、傭兵である自分たちだ。

雇われることが前提の傭兵である以上、流されて生きるほかはない。

幼い頃に生きる場所を奪われて以来、ずっと、そうやって生きてきた。

疑ったことなどなかったはずだ。

「こっちは、ずいぶんと馬乗りが増えたな」

陣地に戻るよう指示した傭兵たちを見送りながら、イカルがつぶやく。

「それだけ、我々の稼ぎが増えたということです。今では馬のない兵士のほうが少ないでしょう」

そう受け答えをしてから、従者シ＝カがぼそりと付け加えた。

「今回の仕事は、本当に引き受ける必要があったんでしょうか？」

頭領は無言のままである。シ＝カが珍しく踏みこんだ。

「これまでなら引き受けなかったような仕事ではと思いましたが。もしや、何か焦っておられますか？」

「焦っている？」

「甕依姫(ヒミカ)どのがいらしてから、頭領(おかしら)は変わったと、もっぱらの評判です」

「フン。どう変わった？」

「甕依姫(ヒミカ)どのに贅沢をさせるために、手に余るほどの仕事を引き受けて、傭兵団の稼ぎを甕依姫(ヒミカ)どのに注ぎ込んでいるのではと」

「私利私欲をむさぼる頭領か？　いいな、それ」

「イカル」

「言いたいことがあるなら、はっきり言え、シ＝カ。己(おれ)が戦地にまで甕依姫(ヒミカ)を伴っているのが気に食わねえのか」

　イカルの左眼はじろりと従者を見やっている。

　では言わせていただきますが、と前置きして、従者シ＝カが口を開いた。

「頭領（おかしら）が、またしても戦場に甕依姫（ヒミカ）どのを伴っていると知ったら、飯炊（めした）き女たちは荒れるでしょうね」

「荒れる？」

「頭領（おかしら）が甕依姫（ヒミカ）どのをあまりに特別扱いしているからですよ。むろん私は、多くの国々の権力者の間を転々としていらした甕依姫（ヒミカ）どののご経験が、我々に直截な提言をもたらすことも承知しておりますし、作戦の上からも、甕依姫（ヒミカ）どのを随行する頭領（おかしら）のご判断は理解できます。しかし、女たちにはそうした男の事情は伝わらぬのが常ですから」

「知るか」

　忠実な従者の言葉も、今のイカルには鬱陶しい小蝿の戯れだ。イカルは疎ましそうな顔をして、話題を変えた。

「それより、ズカミはどうなった？　べベリ＝ヤはちゃんと領主の役目を果たしているのか？」

「それはもう。こちらの人材も残してきましたからね。べベリ＝ヤ皇子、いえ、今はべべリ＝ヤ領主ですが、頭領（おかしら）には感謝しているようですよ。ただ、彼はいまだに我々と行動を共にしたい、などと言っているようですが」

　卑劣な裏切り者たちを追放したイカルは、ズカミを奪い取っても良かった。だが、そうしなかった。彼は約束の三反の土地をもらい受けると、ズカミを新しい領主ベベリ＝ヤに預けて去っている。

「ベベリ＝ヤはもうズカミの領主だろう。領主がなんで己（おれ）たちと一緒に来たがる？」

「ベベリ＝ヤどのはあなたを慕っておりますから」

「ばかばかしい」

「尊敬する者がそばにいるというのは良いことですよ。お手本になりますから」

「己（おれ）が手本だ？　尊敬？　冗談もたいがいにしとけ。己（おれ）はただの傭兵団長だ。どこの世界に自分の領地をほっぽり出して、雇われの傭兵団に加わるバカがいる？」

「どうでしょう」

　従者シ＝カがおだやかに微笑む。

「ベベリ＝ヤどのにとっては、頭領は父親のようなものなのかもしれません」

「誰が父親だ。己（おれ）はそんな歳じゃねえぞ。おまえだって似たような歳だろうが」

　最近、年齢の話題には、やや過敏な反応を見せる頭領である。どうやら甕依姫（ヒミカ）とのたかが七歳の年齢差が気になっているらしいのは、従者しか知り得ぬ私的な情報である。

「甕依姫どのへのご執着が、少し気になりますね」

「はあ？」

　急に何を言い出すと、イカルの左眼が鋭くなる。

「何が言いたい？」

「特に何も。ただ、一人の女人にここまでのご寵愛を示すというのもいかがなものかと」

「ご寵愛？　笑わせるな。女を戦地に伴うことくらい、これまでにだってあったろ？」

「ええ、そうですね。一夜限りのお相手でしたら」

「！」

「女たちもそれを承知で、後をひくようなことを申し立てる者は一人もいませんでした。互いに納得ずくの大人の関係、というやつですね」

「なんだそりゃ。己はろくでなしか」

「当然でしょう。しかし、今までは女など、それで充分だったはずです。いかがですか。そろそろ、甕依姫どのを手放すこともお考えに入れてはどうでしょう」

「何？」

「今の甕依姫どのは、我々傭兵団の旗印にするにはいささか重すぎる存在です。甕依姫どのを有しているという噂が立つだけで、我々の動きも制限されますし」

「そんなわけがあるか」

「ありますよ。甕依姫どのは高額で売れる商品ですし、怪しげな卜占で人を惑わす力を持つという話でもありますし、頭領にとっても毒のような存在になっているのでは？　彼女とて、本当に我らに気を許しているのかどうか」

「おい」

「ミ＝ワに探らせることにいたしました」

「探る？　シ＝カ？　甕依姫に何をした？」

「何もしてはおりません。ただ、ミ＝ワに甕依姫どのの護衛を命じただけです」

「ミ＝ワは伝令だろう？」

「はい、非常に優れた洞察力を持つ逸材です。仕事を変えてもうまくやってくれるでしょう。今日までは伝令の役目を全うさせますが、明日からは甕依姫どの付きの護衛となります」

「ふん。甕依姫が敵の間諜だという噂か。勝手にしろ」

会話はそこまでで途切れた。

イカルの左眼はすでに次なる戦へ向かっている。

傭兵団の頭領の胸を占めるのは、常に利でしかない。

彼の心は硬く凝って、女たちの思惑を遠く離れた場所にある。

何のために戦うのか。

そんな問いは、とうに手放した。

何のために生きるのか。

そんな問いは思い描いたことすらない。

イカルは勢いを増す大河を見つめた。

傭兵の数が増え、傭兵団が大きくなるにつれ、頭領であるイカルの力は増してゆく。

彼についてくる人間の数は、水面を飛び跳ねる赤い魚の数と同じだ。流れが速くなればなるほど、水圧に逆らえず、流されてくる魚も多くなる。

イカルはそのすべてを受けとめるつもりだ。そうするための力はつけてきた。足りないのなら、さらに自分を鍛え抜くだけだ。

ふと、高い位置で鳥が啼いて、イカルは顔を上げた。

白い羽を大きく伸ばして、宙を横切ってゆく。

誰にも頼らず、一羽だけで。

馬上から空を見据えながら、イカルは甕依姫（ヒミカ）が気になった。

気にせずにいようとすると腹が立つ。
気にしても、腹が立つ。
甕依姫（ヒミカ）の安全をそばで確かめないと落ち着きを失う自分がいる。
そばにいて欲しくないと思うことも多い。胸を掻き乱され、気もそぞろになるからだ。
しまいには、考えるべきでないことを考えさせられる。
自分は、何のために生きるのか。
イカルは愛馬の手綱を引き、大河に背を向けた。
激しい水音が遠ざかる。
長い逃亡生活の中で、イカルが得てきた教訓は、人を信じすぎず、愛しすぎず、また、
疑いすぎもしないということだ。
大勢の者たちの命が、ふたたび彼の双肩にかかろうとしていた。

2

満ち足りた時間が過ぎてゆく。

月はほっそりと欠けてゆき、また、ふっくらと満ちてゆき、今宵、満月。

夜空は明るく、巫女（ミカ）の仕事にはうってつけの夜だった。

黒狼のギタをお供にして、甕依姫（ヒミカ）は、小さな薄紫の花をつけた連銭草（カキドオシ）を採っては、次々とかごへ入れてゆく。

なかなか愛らしい野の花だが、これはとても多くの効能を持つ香り草（ケマ）だ。

花盛りの頃に採取した全草を陰干しし、煎じてお茶にして飲む。すぐおなかをこわしてしまう兵士や、風邪をひきやすい青白い顔の兵士、神経質で虚弱体質の子供にもよく効く。

腫れものや打ち身の痛みには、草を砕いてその汁を塗りつけて用いる。

鼻歌まじりに香り草（ケマ）を採りながら、タマユ＝リは自分の作った香り草（ケマ）のお茶が、神経過敏な兵士たちを楽にさせてゆく様子を思い浮かべる。

自分が役に立っているという、とてつもなく充実した実感が得られる瞬間だ。

この幸せな時がずっと続くかもしれない。

イカルの傭兵団と行動を共にするようになってからのタマユ＝リは、始終、そんな夢を見そうになっては、くらくらしているといった按配（あんばい）だった。

大勢の傭兵たちを率いる隻眼の頭領が、タマユ＝リの香り草（ケマ）を欲しがり、その効用を確認して、どうやら甕依姫（ヒミカ）をずっとそばに置く必要があると認めるという夢だ。

「ふふ」

今度は紅色の花を摘み、すうっとその匂いを存分に嗅ぐ。

この可愛らしい花の茎は、怪我をして戻ってきた兵士たちの役に立つだろう。特に、全身に好きなだけ傷を作ってくる隻眼の傭兵には、ぜったいに必要な香り草（ケマ）だ。

そう思うだけで、タマユ＝リのからだは喜びに温かくなるのだった。

イカルに救われ、行動を共にするようになって以来、タマユ＝リは深い呼吸ができると感じている。自分が必要とされる場所で、必要とされていることを実感できる毎日が、これほど充実感に満ちているとは思わなかった。

ヨサカの僧院で、なかば脅されながら、見えない相手のための香り草（ケマ）を調合させられていたときとは違う。ここでは直接兵士たちの顔を見て、兵士たちと話をしながら、香り草（ケマ）

の効能をたしかめてゆくことができる。

ただそれだけのことが自分をどれほど鼓舞するのか、これまでのタマユ＝リは知らないまま生きてきてしまったのだと、今ならわかる。

祖母コトエ＝リが生きていた頃は、祖母の陰に隠れていた。祖母が亡くなってからは、権力者たちの陰に隠され、引きこもったまま、他者との直接のやりとりを避けて生きてきた。

「いい匂い」

新しい香り草苑（ケマジ）で、みなの役に立つ新しい香り草（ケマ）が育ってゆく様子を眺めるのは、タマユ＝リにはたとえようもない幸福に思える。

香り草苑（ケマジ）を作ることを応援してくれたイカルには感謝するほかなかった。

実のところ、イカルに応援されていることは他にもある。

それは今のところ、まだあまりうまくできているようには思えないのだが、それでも、タマユ＝リの生きる希望にはなっている。

何しろ、イカルはタマユ＝リの枕となって、タマユ＝リを眠らせてくれるのだ。

そう、二人は同じ居処（ヤマ）で眠る。

イカルは、戦場に用意されているタマユ＝リの居処（ヤマ）に帰ってくるのだ。

なぜかしら？

イカルのことを考え始めると、頭はぐるぐるとめまいがしそうなほど回転し始める。

毎回、怪我をして戻ってくる隻眼の頭領を、吾はまた、叱りつけてしまうのかしら。

そんなふうにがみがみ言う甕依姫のことを、あの黒髪の頭領はどう思っているのだろう？　あんまりいつも叱りつけていると、もうタマユ＝リの居処には来なくなってしまうかもしれない？

「ああ、ギタ……！」

たまらなくなって、ギタにしがみつく。そのふさふさした毛の中に顔をうずめたとき、遠くから呼ぶ声がした。

「甕依姫――」

「甕依姫」

もう一度、今度は近くで呼ばれる。

隻眼のその男にその言葉を名前のようにして呼ばれるたび、タマユ＝リの中で、それまで嫌いだった言葉が、やさしく染みるようになった。固有の名も呼ばれず、ただその偉大なる呼称を使われているだけなのに、なぜかいつも目の端に涙がにじむ。

「イカル……」

うつむいて、彼の名を唱え返す。

馬を下りたイカルが近づいてくる足音が聞こえる。ギタはくつろいだまま動かない。

タマユ＝リもまた、動かなかった。ギタの毛皮に頰をうずめ、じっとしている。

やがて、狼とは別の熱が、背後からそっとタマユ＝リを包みこんだ。

男はタマユ＝リの腰に両腕を回して抱きしめて、タマユ＝リをギタから自分のほうへとやさしく引き寄せる。

「おかえりなさ……」

そんな彼が、唇を押しつける場所はわかっている。

左肩の後ろ側、屈辱の焼き印を押されている場所だ。

初めの頃は、痛みはないかとその都度、訊かれた。

今は、無言のままそこに唇を押しつけてこられるだけで、タマユ＝リにはそれが始まりの合図であるかのように思えてしまう。

「おまえは、すぐにいなくなるな」

「え」

「戻ったら居処（ヤマ）に姿がなかった。己（おれ）の目の届く範囲にいろと言ったよな？」

拗ねた子供のような口調だった。同じ天幕で休むようになってから、イカルが時々見せる、まるで八歳児のような幼い態度に、面食らうこともあるタマユ＝リである。

「今夜は満月ですから」

肩に押しつけられた唇を感じたまま、タマユ＝リが私語（ささや）くようにしゃべる。その声に耳の中をくすぐられたかのような顔をして、イカルが聞き返す。

「満月だから、何だよ？」

「満月の夜にしか花を咲かせない香り草（ケマ）もあるのです。花が咲いている夜のうちに採って花の汁を搾れば、貴重な薬になります」

「何を治す？」

「病んだ心を。恐ろしい思いや幻影に囚われる心を、平常に戻します」

「あー、おまえが前に、戦の恐怖で口がきけなくなった兵士に使ったようなものか？」

「そうです。あのときの香り草（ケマ）を使いきってしまいましたから、また補給しておかなければいけないのです。銀山に拉致されていた子供たちの中には、いまだに悪夢をみて夜中に泣き出してしまう子供も多いですから」

「ふん」

　タマユ＝リは子供たち一人一人に目をかけている。彼女が子供に向ける関心を好ましいと思う一方で、その関心のすべてを自分に向けさせたいと望むイカルだ。

　しかし、この自由な男には珍しく、欲望を剝き出しにはしなかった。

　何しろ、そばにはまだギタがいる。隻眼の男が戦場で多くの敵と戦っている間じゅう、甕依姫（ヒミカ）を独占している野生の守護者が。

「己（おれ）はそんなものより媚薬のほうがいい」

　香り草（ケマ）を調合し、手疵（てきず）に治療を施そうとしているタマユ＝リに、イカルが悪戯（いたずら）を仕掛ける。

「作れるんだろう？　甕依姫（ヒミカ）？」

「知りません」

　赤くなったタマユ＝リの頬を、今度は指の背で撫でてゆく。

　この男のこういうところは、嫌いだ。心臓が早駆けを始め、何も考えられなくなるからだ。

　イカルはしょっちゅう、こんなふうにタマユ＝リをからかう。昨日も、タマユ＝リの背丈のことを、ギタと変わらないと言い出して、笑いが止まらなくなっていた。

　イカルの笑い上戸には、本当に驚かされた。最初に会ったときには、こんなに笑う人だとは、思いもよらなかった。

　今も、もう少しで笑いそうだ。

「媚薬は嫌か？」

「そ……」

　危険な会話だが、たぶん、この男は途中で自分で自分のせりふに笑い出す。タマユ＝リの耳たぶは燃えるように熱くなっているのに、気分屋のイカルはお構いなしだ。

「くっ！」

　思ったとおり、イカルが笑いの壺に落ちて肩を震わせる。

「もう、ほんとに知りませんから！　勝手に笑っていてください」

　タマユ＝リはふくれっ面でそっぽを向く。

「怒るなよ」

　イカルの親指がタマユ＝リの唇を軽く撫でて行き過ぎ、タマユ＝リは息をのんだ。

「甕依姫（ヒミカ）」

　呼ぶ声は、ずいぶんと甘くなっている。

「おまえ、この先も満月の夜には出歩く気か？」

「いけませんか？」

「一人ではな。おまえを敵の間諜だと噂する奴らもいる。連中の格好の餌食になりてえか？」

「……どこに行っても、吾を嫌う者はいます。甕依姫は彼らにとって、わけのわからない怪物と同じです」

「ああ」

イカルが合点したようにうなずく。

「わけがわかんねえものには、何かわかるように名前をつけて、恐怖の対象から外すってやつだろ？　それで名前と違ったら、責めるんだよな。まぁ、勝手だよな」

同意してくるイカルを見上げる。タマユ＝リはふと、彼もまた、同じような目に遭ったことがあるのかもしれないと思った。

「イカルも、吾が敵の間諜だと思うのですか？」

「あ？　己が敵の間諜に骨抜きにされてるって？」

タマユ＝リの長い髪を弄びながら、イカルがつぶやく。

「そりゃ、やべえな」

言っていることと、やっていることが違いすぎる。

触れてくる指の速度が遅くなって、タマユ＝リの心臓はやかましく音を立てていた。

イカルの左眼がじっとタマユ＝リを見つめてくる。

「なあ、おまえが敵の間諜だとして。こっちに寝返るってのはどうだ？　己の間諜なら出入り自由だぞ。ああでも、夜の森は危険だな」

「ギタが、いつも一緒に来てくれます」

「いつも？　己よりギタのほうがいいのか？」

「え？」

イカルはタマユ＝リにそれ以上しゃべってほしくはなかった。タマユ＝リが他の男の話をするのは、まったくもって受け入れがたい。（たとえそれが雄狼であっても）

「！」

不意に、息もつかせぬ接吻で口をふさがれる。接吻のあまりの烈しさに、タマユ＝リの胸は波打ち、大きくのけぞったからだは堪え難くくねらされた。

その動きを感じ取った男のからだが、甘解い反応を起こしたのがわかる。タマユ＝リのしっとりとした唇が、月夜に開く花びらのように微かに開いてゆく。

「甕依姫」

イカルの硬い舌が甘い花びらをこじ開け、さらに奥へと押し入ろうとする。

タマユ＝リが僅かな抵抗を示し、とたんにイカルが動きを止めた。

タマユ＝リが不安そうに目を細める。イカルの手がタマユ＝リの唇を押さえた。

「おまえが嫌がることはしない。約束したろ？」

「イカル」

何度も聴かされている言葉だ。

嫌がることはしない。約束する。

はじめのうち、タマユ＝リは接吻どころか、同じ天幕の中でイカルが呼吸する音を聴くことすら苦痛だった。別の天幕を用意してほしかったが、それだけはイカルが許さなかった。彼は自分の目で確認できる範囲にタマユ＝リを置くと、最初から決めていたようだった。

しかし、タマユ＝リの想像と裏腹に、イカルがタマユ＝リを支配することはなかった。

それどころか、しばらくの間はタマユ＝リには指一本触れようともしなかった。

このひと月、殻に閉じこもろうとするタマユ＝リを、イカルは無理にこじ開けたりしなかった。

たしかに彼は、タマユ＝リの傍で眠る。

だが、ただ、眠るのだ。

　自分の居処にタマユ＝リを連れて来た最初の夜、イカルはタマユ＝リには指一本ふれることなく、適度な距離を保って、まるで兄と妹のように眠った。

　その関係は今もって変わらないのだが、少しばかり距離が縮まったのは、タマユ＝リが食欲を取り戻したのを確認してからだ。

　その夜、悪夢を見て飛び起きたタマユ＝リを、イカルは自分の腕の中で眠らせている。以来、タマユ＝リの寝床はイカルの胸となった。

　イカルという存在が、その温もりそのものが、タマユ＝リを眠らせ、くつろがせる。

　そんなイカルの献身は、戦の間でさえ続いた。

　イカルは甕依姫を戦陣に伴い、僅かの間も傍から離さなくなっていく。それについて揶揄する者や非難する者がいないわけではなかったが、イカルは自分の仕事を完璧にやり遂げることで、彼らの批判をねじ伏せた。同時に、甕依姫の香り草を傭兵たちの治療に用い、傭兵たちにとって甕依姫がそばにいることは役に立つことであって、けっして邪魔になるようなことはないという事実も認めさせた。

　イカルは常に有言実行の男なのだ。

　そういうわけで、タマユ＝リは現在、イカルの傭兵団の治療師である。

　とはいえ、タマユ＝リは甕依姫だ。彼らの戦に役立つ卜占を求められるかと思ったが、それは今のところ、甕依姫（ヒミカ）の仕事にはなっていない。

イカルはタマユ＝リをそばに置き、日々こうして彼女に用意した居処（ヤマ）を訪れ、眠る。

タマユ＝リは日々、男の肉体が傍にあることに慣れてゆく。ただのならず者だと思っていた男は、心までも逞しく、行動は人々を惹きつける魅力にあふれていた。

日増しに数を増やしてゆく傭兵団にあって、頭領であるイカルが判断を下さなければならない事案は信じられないほど多かったが、彼がそれについて不満を述べることはなかった。イカルはあらゆることに精力的に向き合い、必要とあれば、傭兵たちの個人的な相談事にも親身に応じる。

一方で、敵には容赦がなく、ときに鬼のごとき恐ろしい面を見せることもある。

やさしさと厳しさ。穏やかさと烈しさ。

傭兵たちが頭領に求めるものを、彼はすべて持ち合わせているのだ。

イカルは、辛抱強かった。

傭兵たちや戦況に対してばかりでなく、タマユ＝リという個人に対しても。

タマユ＝リに対するときの彼の辛抱強さは驚異的だった。なにしろ、奪うことこそ、彼の生き方そのものだったのだから。

イカルはタマユ＝リを腕に抱いて休む。寝床で彼女を愛玩動物か何かのように抱き寄せるほかは、タマユ＝リが警戒心を抱く必要もなかった。

それを、苦しいと感じるようになったのは、いつからだったろう？


この夜も同じだった。

タマユ＝リは戦場で作ってきたイカルの傷を幾つか手当てした後は、イカルの隣で静かな眠りに就いていた。

なぜ目覚めたのかはわからない。月が満ちてゆく音がしたのだろうか？

真夜中、ふいに目覚めたタマユ＝リは、自分のからだが冷えていることに気づいて、そっと半身を起こした。

イカルはいつものようにタマユ＝リを抱きしめて眠ってはおらず、からだが中途半端な欠けたものであるかのように感じたタマユ＝リは、振り向いて、イカルの存在をたしかめようとした。ちょうど、子が母親の位置を確かめるような無邪気さで。

次の瞬間、タマユ＝リはハッとした。

イカルが闇の中から、こちらを見つめていたからだ。

イカルはタマユ＝リから少し離れた位置に横になっていて、タマユ＝リを見つめていた。二つの眼で。

右眼が、常のように眼帯と布で覆われてはいなかった。

両眼で、視られている――。

彼の顔の右側には痛々しい刀傷が走っており、右の眼は見えているはずもない。

だが、事実はそうだったとしても、タマユ＝リはどういうわけか、イカルが両眼で自分を見つめていると感じてしまっていた。

天幕の中央から漏れくるわずかな月明かりを吸いこんで、瞳が、魂が輝く。

互いが月明かりの中に溶けだし、ゆっくりとひとつになり、大きな大河となって流れ出してゆく。

タマユ＝リにはイカルが必要だと知った。

彼はタマユ＝リの自尊心を傷つけることは決してない。たとえ、男の欲望が彼のからだを支配したとしても、心は最後までタマユ＝リを守ろうとするだろう。

イカルが、ゆっくりと立ち上がる。

タマユ＝リが、視線で彼を追う。

夜が溜め息を漏らしている。

月の光が森の迷路に二人を誘う。

タマユ＝リは薄着のまま、イカルを追って天幕の外へと出た。


神秘的な高い木々が連なる、深い森の中へ分け入ってゆく。

少し行けば、タマユ＝リの香り草苑もある。この辺りは、香りが濃い。

タマユ＝リがその香りを好むことは、イカルももう知っているのだろう。彼の足は、タマユ＝リの好きな場所をたどっているようでもあった。

タマユ＝リの夜着の長い裾が、しっとりとした草の上を擦ってゆく。

白い月光に、森のあちこちが艶めき始めている。

タマユ＝リは夢見心地で緑の匂いの中を歩いた。

木々の枝の向こうに、イカルのからだが見え隠れする。

追うと、消える。

消えたかと思うと、すぐそばで吐息を感じる。

月の光に木の葉が白く瞬いては消えてゆく。

タマユ＝リは小走りになっていた。

追いかけて、追いかけて、いつか追いついたら、そのときは。

「甕依姫(ヒミカ)……」

タマユ＝リの背後で、溜め息のように男が囁いた。

タマユ＝リは木の前で立ち止まり、そのまま動けなくなった。

緊張しているのではない。やっとそばに彼の気配を感じることができて、安堵した。

でも、安堵したとたんに心臓は高鳴って、今度は別の意味で安心できなくなっている。

その高鳴る鼓動を、タマユ＝リは存分に味わった。今しか味わうことができないことを、
タマユ＝リはそのとき、本能的に知っていた。

「抱きしめたい」

低い声で告白されたとき、タマユ＝リは思わず微笑んだ。

告白の仕方が、まるで初心な少年のようだったから。

「吾(わ)も」

タマユ＝リの答えはイカルを驚かせる。

やがて、二人は目を見合わせて、そして、二人同時に笑った。

「あなたを、心から、抱きしめたいと、吾(わ)も思います」

月光の森でゆっくりとそう告げたのは、タマユ＝リのほうだった。

タマユ＝リの大好きな香りの中で、イカルはゆっくりとふれてきた。

独占欲に満ちた性急なやり方ではなく、ゆるゆるとタマユ＝リが焦れるほどの速度で、衣のすき間から指を入れ、タマユ＝リがみずから欲しがり始めるのを待つ。

「あ……」

こうして背中からイカルにすっぽり抱きしめられてしまうと、そこだけが安全な世界になって、他のことは何も考えられなくなる。

それはタマユ＝リにとって、今ではとても自然なことで、こうしてふたりでいることも、最初に天幕の中で添い寝されたときよりも、ずっと楽になっていた。

「なんて奇麗なんだ」

溜め息と一緒に漏らされたイカルの声が、タマユ＝リの鼓膜を揺らす。タマユ＝リの胸のふくらみは彼の手に外側からふわりと覆われ、敏感な場所をくり返し、奏でるようにやさしく撫で続けながら、イカルはささやいた。

「甕依姫（ヒミカ）、知っているか。おまえは本当に奇麗だ」

夜、眠るための子守歌であるかのように、早朝、目覚めるための鳥の囀りのように、イカルは夜毎、甘い褒め言葉を雨のように降らせてくる。

そう、雨。あたたかい春の雨だとタマユ＝リは思った。あたたかな雨に濡れて、タマユ＝リのからだは穏やかにぬくもって、肌が輝くかのようにさえ思えるのだ。

ふしぎだった。イカルの手で乳房を覆われ、イカルの指先で刺激を与えられると、タマユ＝リのからだは甘く痺れたようになって、熱っぽくなり、呼吸も速くなる。

こんなことは初めてで、タマユ＝リは自分がどうなってゆくかもわからなかった。

未知のことは恐ろしいはずだ。なのに、タマユ＝リはそれを恐ろしいと思っていない。

「甕依姫（ヒミカ）」

「あ……」

「己（おれ）にさせろよ」

熱に浮かされたようにつぶやきながら、タマユ＝リのからだを自分のほうに向かせ、斜めに生えている太い樹木の幹に背をもたれさせた。

「こ、ここで？」

タマユ＝リの頬が熱くなる。

「誰も見てねえ」

それでも、天幕の中とは違うとタマユ＝リは思った。

木々が、木の葉が、虫たちが、茂みが、満月が、夜の空気が、タマユ＝リたちを凝視めている。

恥じらいに途惑うタマユ＝リに熱い口づけをして、口を開かせ、自分のからだを彼女の両脚の間に割りこませる。タマユ＝リのからだは信じられないほど簡単にイカルに導かれ、彼の指が敏感な割れ目にふれてくるのを許してしまった。

「もう、ずいぶん濡れているな」

くすっという小さな笑い声。

粘つく音を立てられて、タマユ＝リの全身がカッと熱くなる。

けれど、それほどに恥ずかしいと感じているのに、もっとふれてほしいと願ってしまうのは、自分が淫らだからなのか。

「大丈夫だ。おまえが望むものしか与えない。いつも、そうだろ？」

「………」

タマユ＝リは両腕を浮かせ、イカルがタマユ＝リの腰を支え、胸に口づけるためにからだを折るのを受け入れる。

男が口づけてくるのを受け入れる。やさしく舐めたり弾かれたりする乳首が赤くぷくりと起ち上がり、からだの準備を整えてゆくのを、受け入れる。

「甕依姫（ヒミカ）」

信じられないほどやさしい声が、夢のようにタマユ＝リをなぶる。

イカルは何度もタマユ＝リに口づけ、甘やかすように唇を弄んでから、両方の手で左の乳房を覆って、その先端を口に含んだ。すでに起ち上がっていた乳首は、今度は指ではなく熱い舌先を押しつけられて、さらに赤く充血してゆく。

右の乳房も同じようにされ、あまりの快感に目眩を起こし、タマユ＝リの腰が自然に揺れるようになると、イカルの唇はさらに深い場所を求めて下へとおりた。

夜風がさらりと脚の間を吹き抜ける。

「み、見ないでくださ……」

一瞬、正気に戻ったタマユ＝リが、恥ずかしさのあまり脚を閉じようとする。

と、腹部に淡い口づけを与えていたイカルが、その両手をタマユ＝リのやわらかな大腿にひたりと押しつけてきた。そうしてタマユ＝リの脚を開かせたままにして、男は鼻にかかったような甘ったるい声で懇願する。

「だめだ。頼むから、甕依姫（ヒミカ）。己（おれ）に任せてくれ」

男の声は低く、タマユ＝リのお腹にまで響くような深さを持っていた。

その声を聴かされただけで、タマユ＝リの太腿はゆるみ、男の手に導かれるまま、彼が望む角度にまで慎み深さを忘れて開いてしまう。淫らであることを求められ、求められてもいいのだと思えることがまた、タマユ＝リを混乱させる。

男は自分の望みが叶えられたことに悦びを覚え、やわらかく、例えようもなく繊細な花芽にそっと舌を這わせてきた。

この世でもっとも甘くて痺れる行為に、タマユ＝リの全身はさざ波を起こし、大きくのけぞる。満月の光の下で、タマユ＝リは断続的に小さな悲鳴をあげ続けた。

その甘く切ない行為は、タマユ＝リが達するまで続けられ、タマユ＝リは何度もイカルにしがみつかなければならなかった。

やがてタマユ＝リはからだの力を失い、軸を見失ってイカルの腕に倒れこむ。

「ああ、最高だ。己(おれ)の甕依姫(ヒミカ)」

あまりの快感に気を失いかけているタマユ＝リの耳に、心から感じ入ったようなイカルの声が残る。彼は冷静ではなかったし、おそらくはひどく高ぶってもいただろう。だが、それ以上、タマユ＝リに無理を強いるつもりはないようだった。

「イカ…ル…」

「いいんだ。己のやり方が気に入ったなら、それでいい」

汗ばんだ髪をひたいから払いのける指が、タマユ＝リを安らがせる。

タマユ＝リの深い部分ではそれ以上をしてもらいたい心があって、イカルに満足してもらいたい心があって、離れてゆこうとするイカルに無意識に手を伸ばす。

「甕依姫……？」

心とからだとは連動している。日々、変わってゆく自分自身に驚愕する。

タマユ＝リは、自分が変わってゆくことが嬉しかった。

ずっと誰かの支配のもとに置かれ、外に出ることを怖れ、陽の差さぬ場所でびくびくと怯えて暮らしてきた自分自身が、イカルによって変えられてゆくのが、ただもうほんとうに嬉しかったのだ。

「ああ、イカル……。吾は」

必要なのは心の言葉だ。

こんなにまで大事にされて、心の言葉を口にしないでいられるだろうか。

タマユ＝リは今、それを口にするつもりだった。この先、何が起ころうと、イカルへの尊敬の気持ちを忘れることはないし、大事にされていることへの感謝の気持ちも消えることはないと、それだけは伝えたくて唇を開きかける。

そのときだった。

高い木の上で、夜鳥の鳴き声が鋭く響く。

タマユ＝リはびくっとしてイカルにしがみついた。

「どうした？」

「……いいえ。何でも」

「もう戻ろう。己もまた明日が早い」

「あ、怪我は？」

「おまえはすぐそれだな。ここまで抱き合って、挙げ句が、〝怪我は？〟か」

ククッと喉の奥で楽しそうに笑って、イカルがタマユ＝リの頬に口づける。

「仕事病だな。いいから、安心していろ」

大丈夫だ。

タマユ＝リは寝入ってゆくイカルの横顔を見つめて、じっとしていた。

夜明けは訪れても、空はまだ蒼さを宿したままだ。

誰も、甕依姫の存在を知りはしない。

「――――」

星々は隠され、満月ばかりが皓々と輝く。

闇は光の前に屈服し、何事も怖れることはないように思えるのだった。

3

「ふう」

小さく溜め息を吐いて、タマユ＝リはピンの入った小箱を取り出した。

イカルが出ていった後には、朝の作業が始まる。

タマユ＝リは長い髪を掻きあげ、幾つかの髪留めを挿し始めた。

香り草の入れ替えもそうだが、朝には他にもいろいろと面倒な仕事が多い。

髪を整えるのもそのひとつだった。最終的には三ヶ所以上にまとめ上げて、複雑な髪型に結い上げる。タマユ＝リの長さでは、面倒をみてくれる侍女がいないと、かなりの時間がかかるのである。そして今、タマユ＝リは一人だった。

「あ、ごめんなさい、ギタ」

髪留めを一本、ギタの毛の中に落としてしまったが、ギタはぴくりとも動かない。

タマユ＝リはほうとため息をつきながら、髪留めを拾うためにギタの毛に触れた。

生き物の温もりを感じる。この大いなる獣が常に一緒にいてくれるおかげで、こうして戦地の近くにいても安心して過ごせているのだ。

「ありがとう」

タマユ＝リは誰にともなくつぶやき、温もりにそっと口づけると、夜のために焚いた香木の皿に手を伸ばし、後始末をした。香り草(ケマ)は、こうして燃え滓になっても、心を癒す心地好い香りが漂う。

タマユ＝リは、ギタの長い毛の中にふたたび顔をうずめた。

イカルに触れられた部分が熱くなる。むずむずするような甘い痺れを思い出しかけて、タマユ＝リはさらにギタにしがみついた。

〝頭領(おかしら)は、甕依姫(ヒミカ)のわがままは無条件で聞き入れる〟

〝愛妾を戦陣にまで連れてきて贅沢をさせている。甘やかしすぎだ〟

タマユ＝リが治療を施しているときに、わざわざ注進してくる者もいる。甕依姫(ヒミカ)を非難する声は、タマユ＝リの耳にも届いていた。

家族でもないタマユ＝リを戦陣にまで伴い、その天幕を毎晩訪ねることも、おそらく傭兵たちの反感を買っている。

〝己(おれ)だけの女になれ〟

混乱の中だったが、最初にそう言われたときのイカルの声の力強い響きは憶えている。

ここへ来てからも、イカルは幾度か、同じ言葉を口にしてきた。

だが、そんなことは不可能だ。

甕依姫（ヒミカ）は誰のものにもならない。

甕依姫（ヒミカ）が誰かひとりの意思に添うようになれば、世界は終わる。

それは、祖母コトエ＝リがずっとタマユ＝リに言い聞かせてきたことだった。

どんな権力者であれ、甕依姫（ヒミカ）が誰か一人を選ぶことはないし、選ばれることもない。

タマユ＝リはギタの腹からパッとからだを起こした。

タマユ＝リは天幕の垂れ幕を引き上げて、両腕を外へと差し出す。

「おはよう、おひさま！」

まだ朝は早く、空には蒼みが残っていた。

両腕に施された繊細な花の刺青（シシ）は、海と断崖絶壁（サンザッシマ）の国の貴族の嗜み。タマユ＝リがかつて皇女（ひめみこ）であったことの、唯一の名残だ。

タマユ＝リはその両腕を宙へと浮かせ、過ぎてゆく朝の時を刻んでゆく。

まもなく、最初の陽光がタマユ＝リのからだを射貫いた。

タマユ＝リはそれを心から感じて、深く息を吸う。不安は声で消すもの。

「いいお天気になりそう……！」

そうして声を張り上げたとたん、扉のすぐ横に、その影と一体化するかのように潜んでいた人間の気配に気づいた。

「イカル？　もう吾(わ)のことは構わず……」

そうして振り向いたタマユ＝リの視界には、しかし、イカルの逞しいからだではなく、すらりとした華奢なからだが飛びこんでくる。

タマユ＝リはびっくりして目を見開いた。

髪は短く切り揃えられ、重々しく武装している姿は男性に見紛うばかりだ。

「ど、どなたです、か？」

年齢も、タマユ＝リと同じくらいだ。

「お初にお目にかかる、甕依姫(ヒミカ)どの」

声も低く、硬い響きがあった。女性とは気づかれないことも多いだろう。

だが、なだらかな頬の線は少女特有のものだとわかる。タマユ＝リ自身、よく男装して僧院を抜け出していたこともあり、そういうことには敏感だった。

「ご挨拶させていただく。まだ伝令の仕事が残っているゆえ、明後日付けになるが、明後日より甕依姫(ヒミカ)どのの護衛を任ぜられたミ＝ワであります」

視線だけでなく、響く声にも、硬さと、おそらくは不満とが宿っていた。

警戒されている。いつものことだ。

護衛というなら戦士だ。戦士は二種類——甕依姫を畏れる者と嫌う者とに分けられる。

この目つきから察するに、彼女は後者にちがいない。イカルという頭領に命じられることがなければ、怪しげな術を操ると噂される異能の巫女になど、寄りつきたくもなかったはずだ。

「ミ＝ワ？　こんな朝早くから、吾に挨拶をするために、わざわざいらしてくださったのですか？　あの、うれしいです。ありがとうございます」

「畏れ多いお言葉。これは、イカルさまに命じられた己の勤めに過ぎず。気遣いの心配はいらない」

「は、はい。あの、ご苦労さまです」

タマユ＝リはどきどきしながら、手を差し出そうとする。だが、ミ＝ワと名乗った少女はタマユ＝リの手を見つめたが、取らず、地面にひざをついてしまった。

「労いの言葉も必要ない」

甕依姫に対しては、誰しもが最敬礼だ。

行き場をなくした手をぷらぷらさせながら、タマユ＝リは相手が表情のない頑なな声で続けるのを聞いた。

「己(おれ)はただの護衛だ。常にそばにいるが、いてもいないかのように振る舞ってくれて結構。己(おれ)のことを気にかける必要は一切ない。それから」

極めて事務的な声で、ミ＝ワが続ける。

「後ろに控えている二名は、同じくイカルさまによって甕依姫(ヒミカ)どの付きの侍女として召し抱えられた双子だ。ト＝セ！　チ＝セ！　新しい主にご挨拶を！」

ミ＝ワに命じられ、小柄な二人の女子がおずおずと前へ出てくる。

タマユ＝リは目を瞠った。

あごと手の甲に小さな刺青(シシ)。今はなき海と断崖絶壁(サンザッシマ)の国の縁の者だ。

タマユ＝リは思わず前へと一歩踏み出す。

どこの貴族の出だろう。海と断崖絶壁(サンザッシマ)の国にはいつ頃までいたのか。ご両親は健在なのか。今はどこに住んでいるのか。存命だった頃の祖母のことを知っているだろうか。

問いたいことが山ほどあった。

が、タマユ＝リのその想いは続かない。

双子は震えていた。二人とも両手をしっかりと握りしめ、そのこぶしをぶるぶると震えさせているのがわかる。おびえているのだ。

黒々とした眼の奥に、鈍い恐怖の光さえちらつかせているのがわかって、タマユ＝リは少なからず衝撃を受けた。

甕依姫が恐れられるのは常のことだ。今さら動揺するほどのことでもない。なのに、これほど悲しく感じてしまうのは、傭兵団の人々には、勝手に家族のような温もりを感じてしまっていたからか。

「あの」

タマユ＝リは小さく声をかけた。ただそれだけだ。

だが、それだけで十分だった。双子はあからさまに後ろへと飛びすさった。

これでは話になるまい。

タマユ＝リは心の裡で唇を噛んだが、常のとおり表情には出さなかった。

これ以上、彼女たちを緊張させたくなかった。できるかぎりさらりと平静を装って会話を済ませたかった。

だが、そんなタマユ＝リも緊張していたのだろう。次に飛び出した声は、タマユ＝リが想像するより冷たく乾いた音になった。

「吾は、自分のことはすべて自分でできますので。おふたりのお手を煩わせずに済むと思います」

4

「ソ＝キ！」

叢に隠れていた若い伝令を、イカルはほとんど振り返ることなく呼んだ。

この傭兵団の頭領は、どんな傭兵に対しても役名で呼ぶことはない。必ず個々の名を口にする。

「オンガの件はどうなった？　阿呆領主はあいかわらず館にこもったままか」

「はっ。オンガの領主はどうやら地下に穴を掘って逃れるおつもりと、領館に潜入させた仲間から連絡が入っております。その際の脱出に協力してほしいと」

「何人、脱出させる？」

「ご領主お一人かと」

「家族や臣下は？」

「すでに領主の楯となって殺されております」

「フ、からだを張って一揆に対抗している臣下を見捨てて、自分だけ助かろうという腹か？　呆れた下種野郎だな」

「心ある者たちの中には、あの領主についていこうという者は少なくなっております」

「だろうな」

「しかし、まだ領主側に旨味を覚えている心なき協力者もおりますから、そう簡単には崩れません。ただ、第一の領臣チギが草原と湖の国の王に、領主替えの正当性を訴えに出向いておりますから、オンガの領主、我々の雇い主が失脚するのも時間の問題かと」

「雇い主に失脚されたら、支払いが滞る。それは困るな。突入を急がせろ」

「は」

草の上に広げた両足を踏ん張り、馬上の頭領に上気した頰を向けていた少年が、ぴょこんと頭を下げる。短く刈りあげた頭部には、頭領からもらい受けた頭布が、誇らしげに巻きつけられていた。

「あのっ！」

言おうかどうしようか迷った末、やはり言っておこうと決心した様子で、少年がくるりと踵を翻す。

「オンガの領主は小心者で、領民を苦しめる悪政を敷いています！」

ソ＝キはオンガの出身者であった。戦の巻き添えを食らって親兄弟を殺され、村を焼き払われ、食うに困って領地を抜け出し、イカルたちの傭兵団に拾われて今がある。

「気に入らねえか」

図星を指されて、ソ＝キが絶句する。

「オンガの領主に味方したくねえんだろう、ソ＝キ？」

「はいっ、味方はしたくありません！　あやつは最低で最悪な卑怯者です！　でもっ、わかっております！　我々はただの力ですから！　どこに加勢するとかしないとか、感情に基づいた判断はいたしません！」

若い伝令は、健気にもそう述べて、ふたたびぴょこっと頭を下げた。

「すみませんっ！　出すぎたことを申し上げました！」

「言いたいことはわかった。もう行け」

「はっ！」

元気よく頭を下げると、若い伝令がその場を後にする。

「ただの力、か。あんなせりふを、餓鬼に吐かせたくはねえな」

伝令の小さな背中を見送りながら、イカルがぼそりとつぶやいた。

「我々が傭兵だということは、ソ＝キにも十分わかっておりますから。表情を隠す術も教えたつもりでしたが、まだまだのようです」

「ミ＝ワを辞めさせるからだ。あいつはなかなか優秀な伝令だった。おまえがつきっきりで訓練したせいだろう、シ＝カ？」

孤独でひたすら生意気だった少女を、伝令という難しい役目につけたのは、教育者としてのシ＝カの手柄でもある。

「ミ＝ワは、私の生徒たちの中でも特に優秀でしたが、こうした任務をこなすための何よりもの鍵となる〝情熱〟を抱かせるには、私の力だけでは足りませんでした。ソ＝キも同じですが、彼らのように目の前で親を殺された者が、ふたたび自分の力で歩き出せるまでになるには、何か大きな支えとなる存在が必要なのです」

ミ＝ワにとってはそれが、頭領のイカルだった。

打ち拉がれ、暗い眼をした少女が、イカルという希望を得て、どれほどの変貌を遂げたことか。

シ＝カはそれを誰かに伝えたくもあり、伝えず、自分の裡だけにとどめておきたくもあるのだった。

「あなたにはそういうところがおありです、イカル」

「そういうところ？」

「人を、ついていきたい気分にさせるところです。あなたについていけば、何かが変わる。良い方向に変わる――あなたは、多くの者たちにそう思わせるのです」

この類いの話になると、シ＝カは長い。イカルの従者には、秘めた野望があるのだ。

「我らの悲願をお忘れになったわけではないでしょう？　今のあなたは傭兵団の頭領などに身を窶（やつ）しておられますが、それは従来の身分とは異なる偽りのお姿。あなたにはいずれ祖国に戻り、祖国の民を導いていただくという大いなる宿願があるのです」

「ああ、うん」

主の生返事が、シ＝カには気に入らない。彼は苛立ちから、普段はけっして口にしない人物の名を舌に載せてしまっていた。

「トマ＝イどのの宮廷での地位は、さらに上がったようです」

「！」

指摘されずとも、どこの国の宮廷のことを言っているのか、イカルにはわかる。

だが、このときのシ＝カは、それすらも口にしないままでは終わらせなかった。積年の恨みというものは、一度噴出すると止められなくなる傾向にあるようだ。

「森と急流の国（ヤマトイツル）のヒルム＝チ王が、あの裏切り者をどれほど重用しているかがわかるというものですね」

イカルは沈黙した。シ＝カの話に相槌を打つこともない。その話は終わりだった。

「ミ＝ワを、今度は甕依姫の監視役に仕立てたな」

話題を変えたイカルに、シ＝カもまた、顔色ひとつ変えず、すぐさまついてゆく。

「監視役とは人聞きの悪いことで」

「その通りだろう？」

「そうかもしれませんが、ミ＝ワにも戦場以外のことを経験させてやりたいと思ったのも事実です。伝令をやらせている限り、彼女が女たちの世界を知ることはないとも思えましたし」

「女たちの世界？　こえ。足を踏み入れたくはねえな」

大袈裟に顔をしかめてみせるイカルを見つめて、シ＝カが続ける。

「主人と護衛の関係ですが、これは、なかなか面白い取り合わせかもしれません」

「ああ？」

「甕依姫どのとミ＝ワですよ。あの二人は同じ年齢です。ミ＝ワもこれまでは戦闘仲間はいても、女友だちと呼べる相手はいませんでしたし。互いに早くに家族を亡くしていますから、話も合うかもしれませんね」

「友？」

監視役が？　と問うイカルの視線に、シ＝カがうなずき返す。

「もちろん、甕依姫どのが本当に我らの味方ならという条件付きですが。女性にはやはり女性同士でしかわかり合えない事柄などもあるでしょうし？」

友と呼べる者がいなかったのは、女たちだけではない。

逃走の日々の中で、多くの友が死んでいった。

殺された者も飢えて死んだ者も、かつては友と呼べる相手だった。

どれほど時を経ようと、あの絶望と憎悪の日々を忘れることはない。

忘れるとしたら、それは大いなる裏切りだ。

冷たくよぎった感情を押し隠したせいか、シ＝カの声はおどけた響きを宿した。

「甕依姫どのとて、毎晩、突然やってくる無礼な男の愚痴だけを聞かされているのでは、ねえ？」

「何が、ねえ、だ」

そんなに愚痴ばかり聞かせていないと反論するイカルに、シ＝カが目を細める。

柑子色の髪の特別な巫女と過ごす時間が長くなるにつれ、シ＝カの頭領は少年の顔を見せる回数が多くなっている。

それが良いことなのか悪いことなのか、今はまだ判断のつかない従者だった。

「ああ、しかし、今日はあまり日が良くなかったかもしれません」

「うん？」

「飯炊き女たちが来る日ですので」

含んだようなシ＝カの言葉にイカルもああと反応し、二人の男たちが目を見合わせる。

男同士の視線は微妙なやりとりをして、やがて離れた。

その短いやりとりの間に、女同士の戦に口を挟むべきではないという共通の認識を確認したのは、ともあれ、いうまでもなかった。

*

ぽたぽたぽたと、熱い雫が衣と腕から落ちてゆく。

夜に戻ってくる傭兵たちのために作った、香り草入りの汁物だ。その鍋をぶちまけられ、タマユ＝リは、天幕の床のあちこちに転がった汁椀を茫然と見つめてしまった。

「あっらー、ごめんなさあい。そこにいらしたなんて気がつかなかったわあ」

「あらら、ほぉんとごめんねえ。いーっつも頭領のおそばにぴったりくっついて離れない人でしょお？　まぁさか、そぉんなところにいらっしゃるとは思わなかったのよねえ」

飯炊きのためと称して、夜の野営地に入りこんでくる女たちは百戦錬磨の強者が多い。生命力あふれる飯炊き女たちは、ことに獲物を横取りされることに関しては辛辣で、あからさまに攻撃的である。

危険な戦地において、男たちに恩恵を与える娼婦たちだ。

彼女たちにもまた様々な恩恵が与えられるが、中でも、金を溜めこんだ傭兵を〝獲物〟にして、彼が第二の人生を始めるときの将来の妻の座を得て安泰な家庭を築くのは、彼女たちの理想の出世街道であった。

むろん、そんな中でも最高の人気を誇るのは、頭領のイカルである。隻眼であることも、この生命力あふれる飯炊き女たちにとっては、何の障害にもならなかった。

実際、隻眼の頭領に気に入られた経験を持つ美女たちも少なくない。

そうした女たちにとって、突如現れ、頭領の寵愛を独占しているタマユ＝リは、彼女らのルールを乱す天敵に他ならなかった。

隻眼の頭領が女を引きこむのは珍しいことではない。

どうせ一時の気まぐれだろうと、最初は誰もが思った。

だが、頭領がそうした女を引きこむのは、常に一夜かぎり。しかも、頭領の天幕に直接呼ばれる。一方、甕依姫タマユ＝リは、頭領にも匹敵するような立派な天幕を与えられ、もう何ヶ月も、頭領の訪問を受け続けているらしい。

それればかりではない。隻眼の頭領は今や、戦のための陣に赴くときにさえ、タマユ＝リを伴ってゆく。かたときも彼女をそばから離さないという。

傭兵たちから知らされたその情報が、頭領の私的な座を狙う女たちを刺激した。

女たちはタマユ＝リへの悋気を隠さなかった。事あるごとにいきり立ち、タマユ＝リを見かければ、わざと聞こえるような甲高い声で言葉を交わす。

頭領がわざわざ別の天幕を用意したのは、甕依姫をいずれどこぞの権力者に高く売りつけるためだ。陣にまで伴うのは傭兵たちを鼓舞するためだ。ただそれだけ。

あの子供っぽい巫女に、女としての魅力などあるわけがない。あれはただの捕虜だ。頭領は人質として、甕依姫を自分の団に拉致しているのだ。などと。

当のタマユ＝リはといえば、まったく動じている風ではなかった。

少なくとも、顔には何も表れていない。タマユ＝リは気づいていなかったが、そのことがまた、女たちを憤らせるのである。このときも、嫌がらせを受けて濡れた衣と腕と床とを、タマユ＝リはただ黙って拭き始めた。

女たちはそんなタマユ＝リの様子を眺めて嘲笑するが、タマユ＝リの顔には、やはりどんな表情も見受けられない。その無表情が、女たちを刺激するのであった。

「何やってんだ、おまえら！」

反撃も反論もしないタマユ＝リに代わって女たちを怒鳴りつけたのは、駆けつけてきた護衛のミ＝ワである。

普段は女たちの嫌がらせなど見て見ぬふりを決めこむのだが、このときはさすがに目に余ったようだ。

「火傷(やけど)しているじゃないか！」

タマユ＝リの腕を見たミ＝ワは、顔色を変えて怒鳴った。

「ふざけるな！　己(おれ)は甕依姫(ヒミカ)どのの護衛だぞ！　イカルさまのご命令を受けて、この己(おれ)が引き受けた！　引き受けた以上、甕依姫(ヒミカ)どののからだについた傷は己(おれ)の責任だ！　いいか！　二度と甕依姫(ヒミカ)どのに手を出すな！　頭領(おかしら)に言いつけるぞ！」

ミ＝ワの剣幕が女たちを黙らせる。

が、それもほんの一瞬のことで、すぐさま立ち直った女たちは、キャーハハと甲高い嬌声をあげ、ミ＝ワをからかいながら去っていってしまった。

「くそっ。後片付けもせずに行きやがって！」

ミ＝ワが腹立ちまぎれに床を蹴り、その足先が落ちていた汁椀に当たってしまう。

タマユ＝リは手を伸ばし、転がった汁椀を片付け始めながら言った。

「あまり無理をしないでください、ミ＝ワさん。吾（わ）なら、大丈夫ですから」

「！　これのどこが大丈夫なんだ！　こんなに真っ赤だぞ！　作業なんかするな！」

タマユ＝リの手から強引に汁椀を奪ってから、ミ＝ワは自分が乱暴な言葉づかいをしてしまったことに気づいて、顔をしかめる。それでもなおお片づけ続けようとするタマユ＝リをにらみつけ、クソッと悪態をついた。

タマユ＝リは、自分の前で、そんなふうな生き生きとした態度を取る女性に会うのは初めてだった。

「あの、ありがとうございます。吾（わ）のことを心配してくださったのですよね？」

「心配するのはあたりまえだ。己（おれ）はあなたの護衛だぞ」

「そうですね。ごめんなさい。心配は、されたことがありませんでしたので」

今度はミ＝ワのほうが、顔をしかめる番だった。

目の前の小柄な巫女（ミカ）は、誰からも敬われ、贅沢三昧な暮らしをしてきたはずだ。

なにしろ、甕依姫（ヒミカ）なのだから。

ただし、この甕依姫（ヒミカ）はあまり強そうにも立派そうにも見えない。

ミ＝ワの目に映る女子は小柄で、ミ＝ワより背もだいぶ低く、腕も細くて、作業をしていても頼りなく、すぐにも折れそうに見えた。

「あ、でも大丈夫ですよ。このくらいの火傷なら、すぐに治せます。心配してくださらなくて、ほんとうに平気です」

「平気？」

ミ＝ワはムッとして彼女を見つめた。

「自分で治すつもりなのか？」

「ええ。青文字の葉をすり潰したものを使います。ミ＝ワさん？　よろしければ、手を貸してくださいますか？」

「ご命令とあらば何なりと。それと、ミ＝ワでけっこう」

「あ、それでは吾のことはタマユ＝リと……」

「甕依姫どのは甕依姫どのです」

「あら、はい。ええ。それでいいです」

ミ＝ワは仏頂面のまま、タマユ＝リの火傷をした腕の代わりになった。

作業そのものは簡単だが、片腕では時間がかかる。酒に漬けた青い香り草の茎と葉をすり鉢ですり潰し、ぬめりが出てきたところで布に塗り、患部に貼りつける。

強い匂いに、ミ＝ワは顔をしかめた。タマユ＝リは慣れているので表情は変わらない。

タマユ＝リのほっそりとした頼りなげな指先が、細やかな手作業を淡々とこなしてゆく様を見て、ミ＝ワが驚いたように言った。

「手際がいい。いつもこんなふうに、自分で自分を治すのか？」

「はい」

「あなたは甕依姫（ヒミカ）だ。ほかにも心配してくれる人がいたはずだ」

「祖母が生きていた頃は、よくかまってもらいました。でも、祖母が亡くなってからは、いろいろなところを転々としてきましたので、自分のことは自分でする癖がつきました」

「――――」

腕の手当てが終わると、すぐにまた動き始めるタマユ＝リに、ミ＝ワは顔をしかめた。

「あ、よかった、無事でしたね」

幸い、落とされた鍋も割れてはいなかった。タマユ＝リはそれを外に運び、竈にかけると、ふたたび水を容れることからやり直し始める。

「急いで作り直さないと、みなさんが帰ってきてしまいます」

夕方の風が吹き始めていた。火が消えないように風上に立ち、ミ＝ワが鍋を覗きこむ。

元のようにおいしそうな匂いがするようになるまでは、まだ時間がかかりそうだった。

「せっかく作ったものを台なしにされて、なぜ怒らない？　あなたが馬鹿にされているんだぞ？」

「慣れていますから」

「慣れて？」

　地面に落ちた汁椀を洗い直しながら、タマユ＝リはミ＝ワに笑ってみせる。

「吾(わ)は、甕依姫(ヒミカ)ですから。怖がられたり、嫌われたりすることは珍しくないことですよ」

「甕依姫(ヒミカ)だから？　何をされても黙っているのか？　この前、あいつらにつけられたひっかき傷も、まだ治りきっていないんだぞ」

「平気ですよ、このくらい。戦場に行っているみなさんの傷に比べれば、なんでもありません」

「そんなのと比べるな！　あなたは戦をしているわけじゃないんだ！　くそっ、あいつら調子に乗りやがって！　あなたもあなただ！　黙ってないで、頭領(おかしら)に言いつければいいんだ！」

「いえ。こんなことで、忙しいイカルを煩わせられません」

「こんなこと!?　それじゃ、このままにする気か！」

　ミ＝ワはまだ収まらない。怒りに駆られて語気を強めた。

「護衛になってまだ僅かしか時間が経っていないのに、そうやってあなたがあきらめるところを、己はもう何度も見た！　何度もだ！　それでいいのか！　誇りはないのか！　がまんすることが、甕依姫の誇りか！　ああ、そうか！　いずれ逃げ出して、どこか別の王侯貴族のもとへ行く気でいるから、ここでのことなど、どうでもいいんだな！」

傭兵は金子で動く。そこに誇りなどないと考える者もいるが、ミ＝ワを育てたシ＝カはそのようには教えなかった。

戦うときに何よりも重要なのは、自分自身に誇りを持つこと。

そう教わった。たとえ傭兵として雇われた者であるとしても、イカルの下で働く者は、いついかなるときも、自分の命を懸け、誇りをもって戦うのだと。

「逃げ出すつもりなどありませんし、がまんなども、してはいませんよ？」

タマユ＝リは護衛の少女がなぜ怒っているのか、わからなかった。自分の言葉で人が怖がったり、恐れることはあっても、怒ることはあまりなかったからだ。

タマユ＝リはミ＝ワを落ち着かせようと、できるかぎり静かな声音で言った。それが逆効果になるとは思いもせずに。

「吾はただ、現実を見ているだけで……」

「では、あなたは気がついていないだけだ！　自分を我慢させているということに！」

「我慢？」

「くやしくないのか？　大事な香り草入りの汁物を台なしにされたんだぞ？　戦に疲れて帰ってくる傭兵たちの心を平らかにさせて、ゆったりくつろいでもらうために作ったと、あなたは言っていた。違うのか！」

「ええ。でも、また作り直せますから。すぐにでき……」

「うそだ！　あなたが香り草を用意するのに、どれだけ時間をかけているか、己は知っているぞ。料理に使う香り草は長持ちしない。夜遅くに森の奥まで香り草を探しに行って、朝早くから調合して、料理に取りかかるのがやっと夕方だ……！」

的確に指摘されたことに驚いて、タマユ＝リが目を丸くする。

ミ＝ワが咳払いをした。

「護衛の眼を誤魔化せると思ったら、大まちがいだぞ」

実を言えば、シ＝カに命じられてタマユ＝リの動きを逐一監視していたミ＝ワだ。

シ＝カの話では、甕依姫は頭領を誘惑して言いなりにしようとする悪女かもしれない。

頭領殺害後には逃亡の恐れありという話だったが、どうも現実味がない。

この小柄で化粧っ気もない巫女は、ミ＝ワには子供にしか見えなかった。

なにしろ、飯炊き女たちのような気のきいた色目ひとつ、使えないのだから。

「ミ＝ワは、なんでもお見通しなんですね。あの、ありがとう。そんなふうに吾のことを気にかけてくれた護衛さんは初めてです」

「初めて？」

「ええ。でも、吾はほんとうに大丈夫ですから」

玉虫の翅のように色を変える不思議な虫襖の眼が、ミ＝ワを捉える。

タマユ＝リの眼に吸いこまれそうになりながら、ミ＝ワは言った。

「どうしてそんなにあいつらをかばう？　飯炊き女たちがそれほど怖いのか？」

「怖いのではありません。あの方々は、傭兵さんたちのお世話をたくさんして、団に貢献していらっしゃいます。イカルにとっても、大事な戦力のひとつということです」

「だから？　言い返しもしないで、やられっぱなしになるというのか？」

「はい」

「！」

「吾のことですよ？　なぜ、ミ＝ワがそんなに怒るのですか？　吾がそれでいいと言っているのですから、構わないでしょう？」

ミ＝ワが絶句するのを、タマユ＝リは不思議そうに見上げる。

ミ＝ワはこめかみに血筋を浮かべながら言った。

「わかった！　護衛ごときが立ち入ることではないな！　あなたは天下の甕依姫どのだ！〝自分のことは自分でできる〟んだろう！　己はいらないな！　失礼する！」

「ミ＝ワ？」

相手の激憤の理由がわからず、あぜんとしているタマユ＝リの前を、ミ＝ワがこれ見よがしに横切っていく。

そうして天幕の入り口で立ち止まると、ミ＝ワはくるりと振り返って怒鳴った。

「あなたが人をそばに置くことを苦痛と感じているのはわかった！　だが、天下の甕依姫なら、その格好はどうにかしたほうがいい！　御顔も御衣も、とても甕依姫にふさわしいとは思えない！　指先までそんなに荒らして、いいはずがないだろう！」

「あ、ごめんなさ……」

「謝罪などやめてください！　あなたがそういうふうだから、あいつらもあなたを侮るんだ！　己に悪いと思うくらいなら、身の回りの世話をする人間くらい置いてくれ！　甕依姫どのには迷惑だろうが、仕える者たちに慈悲を示してもらえないだろうか！」

「え？　慈悲？　どなたに？」

「チ＝セとト＝セだ！　職をまっとうできずに居場所を失っている！　あの小さな子らにあなたの身の回りの世話くらい、させてやってもいいだろう！」

5

「何をやっている?」

その夜、例のごとくタマユ=リの天幕を訪れたイカルは、垂れ幕を持ち上げたところで呆れて目を剝いた。

香り草(ケマ)に関するもののほかは持ち物が少なく、どちらかと言えばがらんとしていたタマユ=リの天幕の中は、今や惨憺たる有り様だったのだ。

「きゃー! まだお入りになってはいけませんっ!」

あちこちに放り出された色とりどりの布と格闘していた若い側付き女(め)が叫ぶ。

「まだですまだです! 頭領(おかしら)でも、まだダメっ! お待ちくださいっ! あっ、ああっ、きゃー!」

もう一人の、同じく少女と見まごう側付き女(め)が、細やかに装飾された髪飾りを落として悲鳴をあげ、タマユ=リの居処(ヤマ)は今、大変騒がしい。

「なんで己が追い出されるんだ？」

　こともあろうに頭領を閉め出して、側付き女たちはみずからの作業に没頭し始める。

　天幕の前に控えていたミ＝ワが、頭領に敬意を示して草の上にひざをついた。

「申し訳ありません。これまで甕依姫どのに自分たちは必要ないと思いこんでいたので、側付き女たちは今、それが誤解とわかって嬉しいのです」

「なるほど」

「どうか、もうしばらくのご辛抱を」

「いや、構わねえ。ちょうどいい、ミ＝ワ。普段の甕依姫の様子をもっと話せ」

「は？　それは、ご命令ですか？」

「命令だ」

「はあ」

　頭領の命令は絶対だ。

　ミ＝ワは頭を掻き、しぶしぶといった調子で話し始めた。

「甕依姫どのは大変に早起きでいらっしゃいます。常に用意しておかなければならない治療用の香り草が、朝早くに採集しなければならないものだからだそうです。それが、森の奥にしか生えていないのです」

「それはご苦労だな」

「もちろん、己は平気です！　甕依姫どのの護衛ですから！　でも、甕依姫どのは日中はその香り草を使った薬を作ったり、怪我人の治療でお忙しくなさっているのに、時々、真夜中まで香り草の研究に没頭されることがありますから、寝不足になっておられるのではないかと心配です」

「ああ、そうだろうな。あいつはこの天幕を抜け出すために、己に眠りの香り草を使ったことがある」

「それは、戦でお疲れの頭領を深い眠りに誘うため、と聴いていますが」

「そんなことまで、あいつはおまえに話すのか？　己に一服盛ったって？」

　イカルが顔をしかめたので、ミ＝ワは口ごもる。

「いえ。あの、護衛ですから、甕依姫どのの香り草についても、己も少し勉強しておかなければと思いまして、甕依姫どのにはその説明をしていただいているといいますか、その際に、いろいろお話しいただくといいますか……」

「ふん」

　頭領がいかにも気に入らなそうに鼻を鳴らす。

　ミ＝ワはあわてて付け足した。

「しかし、香り草(ケマ)の研究のすべては本来、頭領(おかしら)と傭兵団の先々を占うためと聴いております！　甕依姫(ヒミカ)どのは、いつも頭領(おかしら)のことを気にかけておられますので！」

「おい」

天幕の柱に寄りかかっていた頭領イカルが、うつむいていた顔を持ち上げる。

「同情はやめろ。己(おれ)が惨めになるだろう？」

「はは、はいっ！」

恐ろしく鋭い左眼に斜めに見上げられ、ミ＝ワの頰が真っ赤になった。

その様子が、円鏡に映っていた。

御簾の間からタマユ＝リが向けた視線の先に、偶然、その円鏡があった。

タマユ＝リはミ＝ワの表情をはっきりと目にすることになったのだが、ミ＝ワはそれには気づいていない。

「香り草(ケマ)の研究をしてねえときは？　あいつはどうしている？」

頭領との会話は、いつだってミ＝ワには誇らしい。

ミ＝ワは頰を紅潮させたまま応えた。

「たいていは、治療に専念しておられます。あとは、傭兵団が直轄している村へ行き、病人たちと、村に預けられている子供たちのところを回ります。みなが不自由をしていないか、栄養状態はどのようになっているか、全員の健康状態を確認できるまで戻ろうとなさいません。ひとりひとりの状態をすべて記録して、必要な者には最適な香り草（ケマ）をそれぞれに処方しようとなさるので、とてもおひとりの身では間に合いません」

「そいつは…、働き過ぎってやつじゃねえのか？」

「先ほどから、そう申し上げております！」

戦場から戻った頭領は、襲依姫（ヒミカ）に会うという目的以外には何も気にかけず、人の話なども、当然まともに聞いていない。

ミ＝ワは憤然として言った。

「遅くまで患者を診（み）て、その日のうちに頭領（おかしら）の陣まで戻るので、相当な体力が必要になります。己（おれ）には襲依姫（ヒミカ）どのがそれほど頑丈にできているとは思えないのですが！　しかも、飯炊き女たちの嫉妬も浴びて怪我までさせられて、ほんとうに大変なご様子なんです！」

「怪我？」

ミ＝ワの最後の言葉に、イカルが気色ばむ。

一瞬のうちに翳った頭領の左眼に、ミ＝ワがぎくりとして後ずさったそのとき。

「大変なことなどありませんよ。吾（わ）なら大丈夫です」

「甕依姫（ヒミカ）」

「お待たせしました」

「待たせすぎだ」

待つのは構わないと余裕をみせていたはずだが、隻眼の男はすでに忘れている。

「言っとくが、己（おれ）を迎えるのに、今後、下準備なんかいらねえからな」

イカルはどんな女にも、わざわざ華美にされるのは好きではなかった。

傭兵の身だということもある。生き延びるだけで必死だったこともある。頭領をここまで待たせるとは、どれほどたいそうなことかと思っていた。

苛立ちを露わにすることで、男の幼さを見せつけてやれとばかりにゆっくりと振り返る。

次の瞬間、イカルは言葉を忘れた。

「――――」

天幕の中央に立つのは、天女だった。

長く裾を引く衣は、染めるのにさぞ時間がかかったろうと思えるような淡い色の襲（かさね）で、

裾に向けて赤くなってゆく様子は、明け初めてゆく暁の空を思わせる。胸元では白く透ける布に金糸で施された刺繍が上品に輝き、観る者の目を奪う。

細くまとめられた甕依姫（ヒミカ）の髪の束の先には、雨の雫のような形をした宝石が飾られている。それらはタマユ＝リが動くたび、シャラシャラと美しい音を立てるのである。

そして、顔。仄紅い唇は水を載せたかのように潤っていた。白粉は斑なく艶やかに肌を演出し、頬紅があごの刺青（シシ）につながって、甕依姫（ヒミカ）の化粧は見事なまでに完成されている。このように専門家によって化粧を施され、爪の先から頭の頂まで細かく神経の行き届いた装飾を施されたタマユ＝リを、まだ誰も、見たことはなかった。

すでに陽は落ち、辺りは暗くなっていたが、タマユ＝リの天幕の中だけは煌めく別世界だ。棚の上や敷布の上に置かれた無数の獣脂の炎が揺れ、あらゆるものが光に満ちていた。

「甕依姫（ヒミカ）――」

陶然としたイカルの声音に、タマユ＝リの睫毛がぴくりと震える。

その伏せた目が開いてしまうより先に、イカルが中へと踏み込み、タマユ＝リの視界を遮ってしまった。

「よくわかった。己（おれ）を誑（たぶら）かしたいわけだな」

「頭領（おかしら）！」

「二人きりにしろ」

ミ＝ワが背後で焦ったように叫ぶのも、聞こえていない。

だが、ミ＝ワも知っていた。隻眼の頭領がいったん獲物と見定めてしまえば、相手は逃げることなどできるはずもないことを。


「ようやく己(おれ)のものになる覚悟が決まったか」

「は？」

「は？」

ふたりはまじまじと互いを見た。

「これだけ飾り立てて己(おれ)を出迎えたのは、己(おれ)の女になる覚悟ができたからだよなァ？」

「いいえ」

「いいええ？」

ほとんどタマユ＝リに襲いかからんばかりになっていたイカルは、そんな言葉など、この世に存在しただろうかと言わんばかりの表情を向ける。

　タマユ＝リはイカルの胸を押しどけ、天幕の中央柱にバッと駆け寄って言った。

「吾が着飾ったのは双子のためです。彼女たちには仕事が必要だったのですから」

「側付き女に仕事を与えるためだけに、これを着た？　髪を整え、唇を塗って？」

「はい。吾にとっては初めての、お、お友だちになりました」

「側付き女が初めての友だちか」

「いけませんか」

「女ならいい。男はだめだ」

　イカルが近づきながら凄む。タマユ＝リはむっとして背を向けた。

「動くな」

　低い声に、タマユ＝リの足がぴたりと止まる。

「己に冷たくするな、甕依姫。逆効果だ。構いたくなるだけだ」

　イカルの匂いに何かが反応している。

「脱がせるのが惜しくなるな」

　隻眼の男が口づけてきたのは手の甲ではなかった。掌だ。

　真っ赤になって手を引っこめようとしたタマユ＝リを、男はさっさと両腕で抱きあげ、寝所に運んでしまった。

側付き女たちは、それこそ真っ赤になって天幕を飛び出ていってしまう。

男の下に敷かれる形になったタマユ＝リは、美しい衣の乱れを必死に直そうとしたが、男はどこ吹く風と言わんばかりに、タマユ＝リの首筋に噛みついてくる。

「いっ」

「痛いか？」

「痛いですよっ」

「己が怖いか？」

「イカルを怖いと思ったことなどありません！　ただ、側付き女たちに、もっとちゃんと御礼を言わなければいけませんでしたから！」

しゃべっていれば、まだこのからだじゅうに火を点けていっているかと思うような気恥ずかしさに耐えられる。

恥ずかしい。いつまで経っても、どうしようもなく恥ずかしい。

なんだろう、このおかしな感覚は？

数々の国で、着飾らされて権力者たちの前に立たされ、大勢の人々の視線にからだじゅうを舐め回されたときでさえ、こんなふうに感じたことはなかった。

恐怖はいつも、自分の裡で処理できた。長い年月の間に、心を封じる術は学んできたから。

だが、こうしてイカルの重たいからだにのしかかられ、まるで獲物を捕らえておくかのように両手首を頭上でまとめられ、敷布に押しつけられ、からだの自由を奪われているのに、怖いとは少しも感じない。

これは、恐怖ではない。

この初めての感覚に対処する術(すべ)を、タマユ＝リはまだ学んでいないと感じていた。

「礼なら、己(おれ)が後で言っておこう。甕依姫(ヒミカ)にふさわしい身なりが必要だと、前から思っていたからな」

タマユ＝リは目を丸くした。

「そうなのですか？」

「なぜ驚く？　己(おれ)の女なら、それなりの扱いは当然だろう？」

タマユ＝リはさらに目を大きく瞠る。

「吾(わ)は、あなたの女ではありません」

「己(おれ)と寝ているのに？」

「イカルと寝るのは好きです。あなたのからだは硬くて、そばにあるとこの世のすべての悪から守られているように思えるので……」

言っている途中から、自分が何を言っているのか自覚されてきて、頬が熱くなる。

タマユ＝リはかぶりを振って続けた。

「でも、吾は甕依姫です」

「甕依姫も変わるぞ」

「え？」

「変えればいい。変わりたくねえのか？　支配者どもに自分の人生を牛耳られて、それで終わりか？　ああ、香り草さえありゃ満足ってか？　おまえはそれだけの女かよ？」

いったい何を言われているのか、さっぱりわからない。

腹が立って、タマユ＝リは相手をにらみつけた。

「いい目だ。最初からそう思っていた。なあ、甕依姫。気にせず己の女になれよ。己がおまえを変えてやる。養ってやる。不自由はさせねえぞ。悪い話じゃねえだろう？」

恥も外聞も、この男には関係がないのだ。

タマユ＝リはあぜんとしながら、どうにか言い返した。

「甕依姫にとっては、悪いことではないかと思います」

「何が悪い？」

「甕依姫は、誰からも自由でいなければならないのです。香り草をみなの役に立てるのが、甕依姫の仕事です。吾から仕事を奪わないでください。香り草の治療師としてなら、吾はみなさんのお役に立てているでしょう？　吾をあなたのものにはせずに、ただ治療師として雇ってくださるのがありがたいです」

「己の女を？　無理だな」

「イカル！」

　イカルがさらにのしかかってきて、顔の前に影ができる。

「隻眼の男は嫌か」

「関係がありません。あなたの眼のことなど、少しも気になりません。吾は、多くの傷ついた兵士を診てきましたし、もっとひどい傷を負った戦士も知っています」

「フン。他の男の話なんか聞きたくねえな」

　イカルの手がタマユ＝リの頬を、独占欲に満ちた仕草で包みこむ。

「働き過ぎなんだって？」

「え」

「ミ＝ワを困らせるな。真面目な奴だぞ。早くに両親を亡くして、あのシ＝カに育てられたからな。時々、固すぎてびっくりする」

　男の唇はわずかに歪む。微笑みを浮かべているとわかった。

タマユ＝リは自分の内臓のどこかが、ぎゅっと痛むのを感じる。

「あの」

「うん？」

低く聞き返してくる声に、心臓が止まりそうになる。何を訊きたいのだったか。

「言いたいことがあるなら早く言え」

顔をしかめられて、タマユ＝リはぱっと思いついたことを口にした。

「あなたの右眼！　なぜ、そのように深い傷を負うことになったのですか？　答えたくなければ答えていただく必要はありませんが」

「何だ。好奇心か」

イカルがつまらなそうに吐き捨てる。タマユ＝リは首を振った。

「いいえ。でも、そうなのかもしれません。あなたのように強い人がそこまでの傷を受けたということが、不思議で、気に掛かります」

無意識に持ち上げた手を、ぐいと摑まれる。驚くタマユ＝リを見下ろしながら、イカルはその手を自分の右眼を覆う布に触れさせた。

「何が原因か、おまえならわかるのか？」

「おそらく、刀傷。それも、比較的お若い頃に受けたものではないかと思います」

「その通りだ。なるほど、甕依姫(ヒミカ)は何でもお見通しだな」

「吾(わ)でなくてもわかりますよ？」

「フ」

イカルの左眼が細くなる。

「裏切り者に、後ろから襲われた。振り返ったのが良くなかったな」

「……………」

タマユ＝リの手が開き、イカルの眼帯にふたたびそっと触れる。まるで、たった今、自分が斬りつけられたかのような痛みを感じる。

タマユ＝リは唇を固く結び、やがて言った。

「そのとき、吾(わ)がそばにいたら救えたかもしれなかったのに」

「ハ」

イカルの左眼が大きくなる。

「おまえがいたとしても、十年前だぞ。おまえは何歳だった？」

「……六歳、です」

ほらな、とイカルが喉で笑う。

「無理だろう？」

一瞬の笑顔だ。暗い寝床で光を放つようなこの笑顔に吸い寄せられたのは、タマユ＝リだけではあるまい。

飯炊き女たちが言っていたように、きっと本当に数知れぬ女たちの心を鷲づかみにしてきたのだ、この男は。

タマユ＝リは自身を落ち着かせようとしたが、徒労に終わった。

タマユ＝リの胸の鼓動は高鳴って止まらなくなっている。

「おもしろい顔だ」

イカルに言われてハッとする。

あわてて手をひっこめようとしたタマユ＝リだが、それは許されなかった。

イカルは指を絡めてその手を掴んだまま、じっとタマユ＝リを見下ろしてくる。

「まだ見たことがない顔をした。もう一度してみろ」

「ど、どんな顔なのか、わかりません。あの、どこか怪我をなさっているのではありませんか。手当てが必要でしたら」

「たいした怪我じゃねえ。それよりさっきの顔を見せろ」

「あんまりさわらないでください。へんな顔をしてしまいそうです」

「己に反応するのか」

「うれしそうに言わないでもらえませんか」

「いいだろ、別に」

「イカル」

埒(らち)があかない。

この隻眼の頭領は時々、子供よりも子供になるような気のするタマユ＝リだった。

「おもしろい。己(おれ)の前で、特別なおもしろい顔をする女は初めてだ」

むっとした。

他の女と比べられていると思うと、今すぐ男の股間を蹴飛ばして、この熱いからだの下から飛び出したくなる。

タマユ＝リは実際、そうしようとした。

が、戦士は相手の動きに敏感だ。一瞬の後には、タマユ＝リは背中を向けて天幕の中柱に押さえつけられ、背後からイカルのひざに押さえられてしまっていた。

「い、痛いです」

「悪いことを考えるからだ」

「悪いことなんて」

「考えただろう？」

「――――」


振り向くと、間近にイカルの顔があって、唇は微笑みの形に曲がっている。

彼は静かにからだを傾け、そっとタマユ＝リの唇に自分の唇を重ねた。

タマユ＝リは目を瞠る。

怖くはない。

だが、許せない。

許してはならないという気持ちが胸の底からわき上がり、一瞬のち、タマユ＝リは思いきり、イカルを突き飛ばしていた。

「ハハッ」

突き飛ばされたイカルは、怒りもせず、ただからだを折って笑う。

たまらないほどおもしろいことが起こったかのように全身で笑う男を、タマユ＝リは理解できない。

「もう、ここには来ないでください」

「こんなに綺麗に着飾って、己の帰りを待っている女がいるのに？」

「吾は女ではありません、甕依……」

「〝甕依姫です〟？」

タマユ＝リの言葉の後半を奪い取って、イカルはニヤニヤしてタマユ＝リの顔を覗きこんでくる。

タマユ＝リは、近づいてきた男の手を、またも払いのけなければならなかった。

隻眼の頭領は、どうやら人に譲るということを覚える気がない。

「また、側付き女たちに着飾らせてもらえよ。ああ、金子には糸目をつけるなと言え」

タマユ＝リは目を剝く。

イカルの意図が読めなかった。とはいえ、これまで転々としてきた先でも、権力者たちの思考を読めたためしはない。幼少時から、周りの子供たちが何を考えているのかわからず、的外れな答えばかり返し、仲間外れにされてきたタマユ＝リだ。

甕依姫（ヒミカ）として仕えてみたところで、王や領主が何を望んでいるのか、何を言っているのかさえ、さっぱりわからない。ただ、いつまでもわからないと返答するわけにはいかないので、タマユ＝リは黙って、それらしく甕依姫（ヒミカ）の仕事をする。

すなわち、何も考えずに、彼らの言うとおりに占いや治療を施すのが常なのだ。このときも、タマユ＝リはしばらく考え、やがて、これしかなかろうと思う答えを出した。

「経済観念をお持ちでないのは頭領として致命的だと思いますが、チ＝セとト＝セは喜ぶでしょう。謹んで承ります。ありがとうございます」

深々と頭を垂れ、美しい衣装の裾をつまみ、衣擦れの音をさせながら、最大限の敬意を示すお辞儀をする。

イカルがいっそう大笑いし、タマユ＝リを困惑させたのは言うまでもなかった。

6

甕依姫(ヒミカ)が加わり、多少の箔は付いたものの、傭兵団の毎日はたいして変わらない。

イカルたち傭兵団の面々は、今日も引き受けた傭兵の務めを果たそうと、雇い主であるオンガの領主の意向に添って、戦術を展開しているところだった。

「おいっ！　どこに行く！」

やっとの思いでようやく保護したところで、突然くるったように駆け出した男の態度に、イカルは我が目を疑わずにいられない。

これがオンガ領地を守る領主の姿かと、呆れるよりも絶望に襲われる。

オンガの領館は、すでに一揆兵に囲まれていた。

よほど領主に恨みが深いのか、一揆兵は相当な数に上っている。

雨足の強まる中、決死の思いで侵入し、密かに領主を助け出したイカルたち傭兵は、弱気の塊となった領主の予測もつかない行動に、顔色を変えた。

「止まれ！　そっちは危険だ！　身を隠せない！」

殺されるぞと怒鳴ったが、雨音と恐怖に塞がれた相手の耳には届いていない。

イカルは腰の剣を抜いて叫んだ。

「くそっ！　見つかった！　誰か、あの馬鹿野郎を保護しろ！」

「ハッ！」

傭兵の中でもイカル直属の精鋭部隊が飛び出したが、時すでに遅かった。

「うわああっ！」

敵に鉈（なた）を振り下ろされて、オンガの領主が事切れる。同時に、領館の門は破壊され、怒れる一揆衆が嵐をものともせず、なだれ込んできた。

「退（ひ）け！　退路を確保！　すぐに援軍が来る！　それまで中で応戦する！」

「頭領（おかしら）！」

若い傭兵をかばってイカルが剣を振るう。頸に斬りつけられるぎりぎりのところで思いきり仰け反って逃れたが、それでも敵の切っ先が喉を傷つけ、パッと鮮血が散る。

「くっそ、痛てえっ！」

斬りつけられたのは喉ではなく、肩の前側だった。九死に一生を得たイカルを、今度は自分がかばって斬り合いながら、若い傭兵が叫ぶ。

「頭領(おかしら)！　すいませんっ、死にましたか！」

「死ぬか、バカ！　後ろにも目をつけとけ！」

「はいっ！　あっ、援軍が来ました！　逃げます！」

「おう！　逃げろ逃げろ！　素人を相手にするな！　一人も死ぬなよ！」

逃げ足が速いのも、イカルの傭兵団に犠牲が少ないひとつの理由である。

雇い主を殺されたので、傭兵団としては完全なる敗北である。

だが、傭兵たちの顔は誰も暗く翳ったりなどしていなかった。

しょせんは傭兵。

勝つときもあれば、負けて退散するときもある。命あっての物種(ものだね)である。

イカルが唱えてきたそういう信念が、傭兵たちにも行き渡っている。ゆえに気概を失うこともない。

撤退は傭兵の常であり、むしろ誇りである。

一方、そうして撤退する傭兵たちが向かっている陣――タマユ＝リたちが天幕を張り、傭兵団の補給所となっている場所にも、今や、正気を失った一揆軍が押し寄せようとしていた。

＊

激しい雨と共に、血しぶきがタマユ＝リの顔にかかる。

籠にあふれんばかりになっていた香り草(ケマ)が、地面に散らばった。

「甕依姫(ヒミカ)どの！」

ミ＝ワの剣が、宙を真横に斬る。

陣から離れた森での香り草(ケマ)の採集を終え、帰路についたところで、背後から襲いかかられた。

タマユ＝リの守護神ギタが飛び出し、敵との間に立ちはだかる。

次の瞬間、倒れゆく一揆兵に思わず手を伸ばして助けようとしたタマユ＝リのからだは腰から後ろに引っ張られて、その場に倒された。

「何をやっているんだ！　早く逃げなさい！」

バッと立ち上がったミ＝ワが、肩越しに腹立たしげに怒鳴る。

逃げる？　どこへ？

ギタの背を見つめて、タマユ＝リはぼう然と立ち尽くした。

森のあちらこちらで傭兵たちが怒鳴り合う声が響いている。縄張りを荒らされたギタが怒ってうなり声をあげている。

「居処（ヤマ）に戻ってはだめだ！」

「でも、チ＝セとト＝セは？」

「双子はすでにシ＝カのもとへ行かせた！　ギタ！　甕依姫（ヒミカ）どのを連れて森の奥へ！」

戦いの現場では、時がゆっくりと進むことはなかった。ミ＝ワは逃亡途中、さらに襲いかかってきた敵をあっという間に撃退していく。目にも留まらぬ早技だ。

「甕依姫（ヒミカ）どのっ！」

タマユ＝リが途中で足を止めた。

道の脇に、小柄な一揆兵が倒れていたからだ。

彼の前でひざをついてしまったタマユ＝リに、ミ＝ワが目を剝いた。

治療などしている場合ではないとミ＝ワの口が動く。だが、患者に集中したタマユ＝リには届かなかった。

「雨が、かかってしまいますね」

タマユ＝リは、相手のからだの上に覆いかぶさった。

この雨で地面もぬかるんでいるのだろう。敵兵は泥だらけで、見れば着ているものも穴だらけで貧しかった。

よく見ると、ひどく若いとわかる。これは、年端もゆかぬ少年だ。

どうやら戦にも慣れていない様子で、武具もまともではなかった。倒れた今も、手に握りしめているのは農具のひとつにすぎない。

少年の手からそっと農具を取り上げて、タマユ＝リはつぶやいた。

「おなかがすいているのですね。なんて軽いんでしょう」

目の前に倒れた少年兵の頭を抱えようとするタマユ＝リに、ミ＝ワはあわてる。少年兵はまだ完全には死んでいないとわかったからだ。

「そいつにさわるな！　危険だ！」

「餓えているのですよ。もう力は入りません」

一刻も早く逃がそうと戻ってきたミ＝ワに、タマユ＝リは首を振った。

「この人の手首を見てください。骨と皮ばかり。だから力が入らないのです。これ以上の戦いは必要ありません」

「な？」

「一揆兵のみなさんがこんな状態で戦っているのだとしたら、もう終わりだと思います。吾(わ)が食事の管理をしているイカルの傭兵さんたちのほうが、ぜったいに勝つでしょう」

「襲依姫(ヒミカ)どの！　敵から離れてください！　くそっ、ギタ！　そいつを襲依姫(ヒミカ)どのから引き離せ！」

「吾(わ)は大丈夫ですよ。静かにしていて、ギタ」

ギタは、頭領イカルの命令しか聞き入れない。が、タマユ＝リは例外らしく、すぐさまその命令に従った。

ギタはその大きなからだをタマユ＝リのそばに置き、タマユ＝リと少年兵をかばうかのように風雨の楯となる。タマユ＝リは汚れるのも構わず、ひざに抱いた少年兵を見下ろして言った。

「イカルからも聞いていましたから、今回の戦のことは少しは知っています。オンガの領主に虐げられた領民が武器を取って立ち上がり、一揆兵になったのですよね。それを怖れたオンガの領主が、イカルたちの傭兵団を雇ったのだと聞きました。ふだんは戦うことのない農民のみなさんです。なぜそんな恐ろしいことをしたのだろうと、吾(わ)は不思議に思っていました。領民なら耕すべき土地もあるでしょうし、家族もいるでしょうに、なぜ恐ろしい戦に出たいと思うのか」

少年兵の口からごふりと血があふれた。

タマユ＝リは迷いもせずその血を拭いながら、しゃべり続ける。

「あなたたちが敵と呼ぶこの童は、何もなければ今も平和に家族を手伝って、畑を耕していたはずです。だれかの息子なのです。殺されてほしくないと心から願う人が、この世のどこかにいるのです。この人たちはただ、お腹をすかしているだけです……！」

タマユ＝リの強い目で見上げられて、ミ＝ワが圧倒される。

「たしかに、彼らは戦に関しては、ほとんどが素人だ。己たちのような戦闘集団とはあまりに違う。殺さずに済むならそうしたい。たぶん、頭領もそう思ってる」

「イカルが？　それならなぜ？　望んでいないなら、戦いなど引き受けるべきではありません」

「おっ、己たちは傭兵だぞ！　報酬があるなら戦う！　それが己たちの仕事だ！」

「報酬のため？　それが信念ですか？　仕事は選ぶべきでは？　こんな残酷な戦いは引き受けなければいいのです」

「そうなったら、別の傭兵団が雇われるだけだ！　シ＝カも言っていた。己もそう思う。たぶん頭領は、犠牲を最小限にしようとしてるんだ」

「でしたら、殺さずに済ませるべきではありませんか」

「それができるなら、みんなとっくにそうしてる！　でも、こいつらだって真剣なんだ！　命を懸けて戦うんだぞ！　すっかり興奮してるんだ！　この状態の敵には、こっちも真剣に戦うよりほかない！　一度暴走し始めた鼠が止まんないのと同じだろう！」

「鼠の暴走……？　ああ、そういうこと……」

「あきらめろ、甕依姫(ヒミカ)どの。そいつはもうだめだ」

腹部への一撃に倒れた少年兵の命は、抱き上げたタマユ＝リの手にあふれ出し、熱い血潮となってタマユ＝リの衣を赤く染めてゆく。

命の灯火が尽きようとしているのは、タマユ＝リにもわかっていた。

「いい匂いでしょう？　おいしいお料理の匂いですよ。わかりますか？」

香(ケ)り草(マ)で作った練り香を嗅がされ、少年兵のうっすら開いたまぶたがぴくりと動く。

タマユ＝リは泥だらけの彼のひたいに手をやり、泥を除いてやった。

「大丈夫ですよ。あなたはおなかがいっぱいになって、ねむーくなったんです」

母親がそうするように撫で、姉がそうするようにささやく。

「怖くないです。みんな、一緒ですよ。父上も母上も、あなたを待っています。みんな、いっしょですから」

少年の唇がわずかに動く。汚れた頬を一粒の滴が落ちてゆく。

それが最期だった。

タマユ＝リは息絶えた少年兵のまぶたの上に手をやって、そっと撫でた。

森では傭兵たちが大勢の敵と戦っている。嵐は吹き荒れ、木々は揺れている。ギタが少年の頬をぺろりと舐める。

無数の死が、甕依姫（ヒミカ）のそばを横切っては流れてゆく。

タマユ＝リの頬に涙はなかった。死者を悼むのはまた後でいい。

タマユ＝リは顔を上げた。雨が小降りになっているのがわかる。風はまだ強いが、雨はじきにやみそうだ。

タマユ＝リは少年兵のからだを静かに横たえ、自分の上衣をかぶせると、すっくと立ち上がった。ミ＝ワが驚いて訊く。

「甕依姫（ヒミカ）どの！　どこへ？」

「ごはんを作りに」

「は？」

「調理処（カドマ）に行きたいのです。森を回って、陣の東側から調理処（カドマ）まで戻れませんか？」

「それはまぁ、できないこともないが」

ミ＝ワが自分の上衣を甕依姫（ヒミカ）の背にかけながら応える。

「陣の東にはシ＝カもいるはずだから、警護の人員も増やせるぞ」

タマユ＝リは感謝の言葉を視線にこめて、自分の護衛を見上げた。

「ミ＝ワ、お願いします。手伝ってもらえませんか？」

「どうするつもりなんだ？」

訝しげな顔をするミ＝ワに、タマユ＝リはにこと笑って言った。

「鼠たちの暴走を、止めようと思います」

＊

女たちは飯炊き用の天幕・調理処（カドマ）の奥で、一カ所に集まって膝を抱えて震えていた。

火を使う調理処（カドマ）は陣から少し外れた場所にあり、他の天幕からは離れているので、まだ敵の手は迫っていない。だが、ここにもいつ何時、猛りくるう一揆兵がなだれ込んでくるかしれない。日頃は命知らずな傭兵たちよりもずっと気の強い飯炊き女たちも、強い風の音と森から響く攻撃音に、すっかりおびえてしまっていた。

とはいえ、副長のシ＝カと護衛のミ＝ワに加え、十数名の傭兵たちに警護されてタマユ＝リが現れたのを見ると、彼女たちの幾人かはどうしても我慢できなくなるようだ。

「なんだい、たいそうな警護じゃないか。あんた、まだいたのかい？」

一番入り口の近くにいた縮れた髪の女が、憎々しげにうそぶく。

「とっくに安全な処へ逃がしてもらったのかと思ったよ。なんでもかんでも特別扱いの、伝説の甕依姫（ヒミカ）さんだもんねえ」

刺々しい言い方だった。

だが、タマユ＝リにはわかる。恐怖を抑えようとするあまり、過剰に攻撃的になるのは珍しいことではない。

祖母コトエ＝リがいたときでさえ、見知らぬ国を転々とする日々は恐ろしかった。どこに行っても、好奇と嫌悪の目を向けられる。知らない場所で、知らない人々に囲まれて、明日をも知れぬ日々を送ることは、幼い少女にとっては恐怖だった。

その恐怖から逃れるために、タマユ＝リは人々が知らない言葉を投げ返し続けた。誰にも理解されなくていい。心を凍らせ、何も感じないようになりたい。

祖母が亡くなり、甕依姫（ヒミカ）になってからは、タマユ＝リはさらに強く自分の殻に閉じこもった。一室に引きこもり、誰にも会わず、ただ香り草（ケマ）の研究ばかりに熱中した。

しかし、それほど勉強して、香り草(ケマ)のことには誰よりも詳しくなったはずなのに、タマユ＝リは今もなお、自分の力には自信が持てないままなのだ。

同じなのかも。

飯炊き女たちの顔をひとりひとり見つめて、タマユ＝リはふとそう思った。

そして、イカルのことを思った。

彼なら、どうするだろう？

傭兵たちは、イカルの噂だけを鵜呑みにしてやってくる。イカル自身からは懸(か)け離れた理想を抱かれたこともあっただろう。

けれど、彼は受け入れる。どうやっていたっけ？

「良かった。みなさん、お元気そうですね」

タマユ＝リは小花の可愛らしい刺青(シシ)で飾られた両手を合わせた。内心どきどきしていることを隠して、穏やかな顔でにっこりと笑う。

「だれも怪我をしていませんね。良かったです。ほんとうに」

警戒心を露わにしてくる女たちを前に、タマユ＝リは、今度は退かなかった。

ミ＝ワがそんなタマユ＝リをじっと見つめている。

シ＝カもまた、自分の教え子と、その教え子が主人と定めた女性を、興味深く眺めている。

やがて、タマユ＝リはまっすぐに女たちに向き合って、言った。

「手伝ってください。あなたがたの力が必要です」

＊

警護の傭兵たちが鼻をひくつかせる。

風は轟々と渦を巻き、自然は穏やかな心地になるにはあまりにも苛酷な状況だった。

当然、漂ってくる匂いなど、感じる余裕などあるはずもなかったのだが。

「こりゃなんだい？　ずいぶん臭いね」

大鍋を柄の長い木杓子で撹拌しながら、赤髪の飯炊きの女が顔をしかめる。

強烈な匂いだった。隣に立って、次々に香り草（ケマ）を放りこんでいたタマユ＝リが、ひたいの汗をぬぐいながら言う。

「みなさんには、この香り草（ケマ）の匂いはきつく感じられるかもしれません。だけど、戦いで気が昂ぶった方々はそこまで感じません」

「はーん？　つまり、香り草ってのは、そのとき受けとめる人の状態で変わってくるものだということかい？」

「そういうことです。よかった！　美しい味になりました！」

木匙で汁物をすくい、小さな木椀に入れて味見をしたタマユ＝リが明るい顔になる。

「信じられないね。ほんとにおいしいのかい？」

「貴重な香り草を絶妙な均衡で混ぜ合わせてあるんです。おいしいに決まっています」

「なんだよ。自慢かい？」

「自慢してもいいくらいだと、吾は思います。どうですか？」

味見などするものかと言っていた女だが、すでに木匙を自分の口に運んでいる。

「あらま。ほんとにおいしい」

「えっ、ほんとうかい？」

「ああ、信じられないよ。こりゃウマい」

「香り草のてんこ盛り汁が？　うそだろ」

「たしかにいい匂いだけど。どれ」

女たちが次々に味見をするために群がってくる。

　そうして味見をした彼女らの頬が紅潮し、口々に汁物のふしぎな味について語り始めるのを見たタマユ＝リは、深々と頭を下げた。

「みなさんのおかげで、すごくおいしく、そしてすばやく仕上がりました！　ほんとうにありがとうございます！　みなさんが大鍋を運んできてくれて助かりました。これだけあればきっと、一揆兵のみなさんもお腹がいっぱいになると思います！」

「そりゃまー、そうだろうけどさ」

　汁の中のよくわからない具材がおいしいと、味見を越えて熱中してしまっていた飯炊き女が、ふと顔をしかめて言った。

「けど、本気かい？　ほんとーに敵がここに来て、のんびり汁をすすったりすると思ってんのかい、あんた？」

「そうだよ。敵は一揆兵だ。訓練された兵士じゃない。ただの命知らずさ。領民の分際で、領主に刃向かう覚悟を決めたんだ。命がけだよ？　いくら目の前に食べ物があったって、落ち着いて食べたりできないよ」

「食べるさね」

　同じく食べることに夢中になっていた別の女が、横やりを入れてくる。

「なんでよ？」

「これ、おいしーもん。戦とか、忘れちゃいそうなおいしさだよ」

「単純だねえ」

「おなかがすくって、単純じゃん？」

「たしかに」

女たちがうなずき合う。

「いや、だけど、そううまく事が運ぶかねえ。だいたいさ、男ってのはさ……」

女たちが異なる意見を交わし始め、その場はあっという間に騒がしくなった。つい先ほどまで、調理処（カドマ）の隅に隠れ、黙りこんでいたとも思えない元気さだ。

入り口を警護しているミ＝ワも、ぽかんとして彼女たちを眺めている。

汁物にたっぷりと入っている香り草（ケマ）にも滋養強壮の成分があったが、彼女たちをどんどん元気にさせてゆく真の原因は、このおしゃべりではないだろうかとタマユ＝リは思う。

「みなさんには、これから森の奥の洞窟まで避難していただきます。シ＝カさんに頼んで、護衛をつけてもらいました。みなさんに付き添う護衛の傭兵さんたちは、特別な強者ばかりです。みなさんは安全です！」

タマユ＝リはふたたび、ぺこんと頭をさげた。

「みなさんに手伝ってもらえて、ほんとうに嬉しかったです。ありがとうございました。

このご恩は一生忘れません」

「大げさだねえ。それで、あんたはどうすんの？　甕依姫（ヒミカ）さん？」

「そうだよ。あんたは逃げないの？」

「吾（わ）は、イカルの巫女（ミカ）ですから。イカルが戻ってくるのを待ちます」

「ふーん。律儀だね」

「みなさんも同じでしょう？　みなさんの〝いい人〟が戻ってくるまで、安全なところで待っててくださいね？」

「ふん。自分も一緒だって言いたいのかい？　甕依姫（ヒミカ）が？」

「なんだ、のろけかい？」

「甕依姫（ヒミカ）も隅に置けないねえ」

　一斉にからかわれて、タマユ＝リは赤くなる。そのようなつもりはなかったのだが。

「ねえ、でも危なくない？　一揆を起こした連中、腹が減りすぎて相当頭にきてんじゃない？　ここに残ったら、そいつらに何されるかわからないよ」

「それは大丈夫です……」

「大丈夫じゃないだろ！　あんた、実は男、苦手じゃん！」

「えっ？」

タマユ＝リは目を瞠った。

「何まぬけな顔してんの？　あたしらがそういうの、見抜けないとでも思った？」

「あたしらはね、兵隊さんらの心に寄り添うのがお仕事なの。あんたが男に触られそうになるたんびに固まってんのくらい、お見通しよ」

女たちはけらけらと笑って言った。

「だから、イカルさまがあんたをおそばに置くのが気に入らなかったのよね。あんたみたいな未通女(オボコ)がおそばにいても、しかたないじゃない？」

「そうそ、イカルさまがお気の毒というか、あたしらのほうがお役に立てるのにってね」

「でも、あたしらには、こういう臭～い汁物を作る特技、ないもんねえ」

親指で背後の大鍋を指さし、女たちが大笑いする。

豪快で、あっけらかんとした強い女たちである。女たちの笑顔に囲まれ、タマユ＝リは自分が今や、女たちと同じように元気になっていると感じていた。

女たちの連帯感に巻きこまれたのだろう。

心地が好かった。

永遠にこの場にいたいと思うほどだった。

「甕依姫(ヒミカ)どの、ご準備はよろしいですか？」

そのとき、武装したシ＝カたちが入ってきて、なごやかな空気が一変する。

女たちの目が、生命の力を宿してギラギラと瞬く。

女たちの開戦である。


「しっかりね」

「はい」

「なんかあったら、あたしらを呼びな。男どもなんざ、尻を蹴っとばしてやるからさ」

「ありがたいです」

「男になんか負けるな」

「はい」

「あの香り草汁（ケマウ）、腹持ちも良さそう。後でうちの人にも飲ませてやって」

「わかりました」

「戻ったら、香り草（ケマ）入りの料理、教えてくれる？」

「はい。ぜったいにお教えします」

飯炊き女たちはそうして甕依姫タマユ＝リに声をかけ、肩をたたきながら、次々に天幕を後にしてゆく。

調理処の入り口に立っていたシ＝カは、先刻からふしぎなものでも見るような思いだった。先ほどまで天幕の隅で恐怖に震えていた飯炊き女たちが嘘のようだ。

彼女たちは生来のたくましさを取り戻し、今や快活に笑っていた。

甕依姫は女たちの笑顔の輪をつなげ、自分の作戦を成功へと導こうとしている。

「これは、甕依姫どののお手柄かな」

思わずそうつぶやいた師匠を、隣に立って同じく甕依姫を見つめていたミ＝ワが振り返る。

「まちがいなく」

断言してくる弟子の言葉の強さに、シ＝カが微かに肩を揺らす。

そうして彼はふたたび、眩しげに甕依姫のほうを見た。

柑子色の髪をぎゅっと一つにまとめ、草の根色の衣の袖を巻き上げて、甕依姫は一人、天幕の中央で最後の準備に取りかかっている。

ヨサカの大僧正に飼い殺しにされ、ズカミの領主親子に手込めにされかけて、すっかり痛めつけられた憐れな少女はそこにはいなかった。

ふしぎな強さを持った大人の女性が、凛としてそこに立っている。

外は嵐。

頭領不在の陣地に、怒れる一揆衆がなだれ込み、傭兵たちと激闘をくり広げている。

だが、この調理処(カドマ)には、当然あるべきもの——恐怖、がなかった。

どの顔にも、恐怖の色は見られない。

「！」

風の合間に聞こえてきた狼の咆吼に、タマユ＝リが顔を上げる。シ＝カが言った。

「ギタが戻ってきたようですね。相当怒っていますよ。頭領(おかしら)がいない隙に勝手に縄張りに入りこまれている状況ですから。敵がへたにあなたに近づけば、その敵を嚙み殺してしまいかねません」

タマユ＝リは首を横に振った。

「ギタには、吾(わ)のそばに来てもらってください」

「おそばに？　しかし」

シ＝カは、抑制の効かなくなった狼が甕依姫(ヒミカ)のそばにいることを懸念している。

だが、タマユ＝リは言った。

「大丈夫です。後ろに控えているように頼みますから」

「えっ？　甕依姫（ヒミカ）どのは、狼と話ができるのですか？」

　頼むという言葉に違和感を覚えたシ＝カが訊く。タマユ＝リはにこと笑って答えた。

「一方通行ですけど。吾（わ）の言葉を聞いてくれるギタのほうが何倍も賢いんだと思います。人間は、狼の言葉はわからないのですから」

「………」

　こういうところだ。と、シ＝カは思う。幼い頃のイカルと同じだ。

　そうだ、この二人は似ているのだ。

　あらためてシ＝カは思った。二人とも、人よりも獣のほうが賢いという。それは事実であろうが、尊大な人の身でそれを直感的に把握し、認めている者は少ない。

　彼らはごく自然にそれを成し遂げる。

　それゆえに、ギタもこの二人には心を許すのであろう。

「シ＝カさん、準備終わりました！　よろしくお願いします！　ここに、一揆衆のみんなを招き入れてください！」

　ハッとして顔を上げる。シ＝カの目に、煌めく星のような女性の顔が映り、シ＝カは眩しくて目を細めた。

「承知いたしました、甕依姫（ヒミカ）どの」

天幕の外は、にわかに騒がしくなっている。傭兵団に追いこまれた一揆衆たちが、こちらへ向かわされているのだろう。

敵を一人も殺さず、一人一人に巫女(ミカ)の食事をふるまう。

これは、近来、稀(まれ)にみる戦法だ。こんな戦法は聞いたことがない。

シ＝カは自分がわくわくしていることに気づかされた。

伝説の甕依姫(ヒミカ)の存在など、むしろ疎ましく思っていたのに、今は彼女に期待しようというのだろうか。

ずいぶんと都合の良いことだ。

天幕に入ってきた狼の金色の眼がじろりと動き、そんなシ＝カの心の揺れを映し出す。

シ＝カはほんの一瞬、自分も同じ気持ちだよと言われたような、奇妙な錯覚に囚われた。

やがて、時が移る。

ギタがタマユ＝リに寄り添うようにぴたりと付くのを確認したところで、シ＝カは言った。

「彼らにはこう言いましょう。甕依姫(ヒミカ)の食卓へようこそ、と」

7

一昼夜も続いた一揆兵との戦いは、夜明けと同時に終決した。

どちらにも勝者はいないという奇妙な終わり方だった。

最前線から戻ってきたイカルの精鋭部隊は、陣に戻ると、頭領の命令で全員が武器を下ろした。目の前に、敵はもはや存在しなかったからである。

「痛って……！」

「動かないでください！」

いつになく鋭いタマユ＝リの声が、イカルを静かにさせる。

治療のためにイカルの天幕に呼ばれた後も、何かと人の出入りがあったのだが、今ようやく二人きりになったところだった。満身創痍で天幕に戻ってきたイカルは、かんかんになったタマユ＝リの手当てをうけることになる。

「泥だらけじゃねえか。己の手当てより、まず自分をどうにかしたらどうだ？　一応、甕依姫ちゃんなんだからさ。もーちっとマシな格好があるだろ？」

〝甕依姫ちゃん〟

いちいち、腹の立つ男である。

泥だらけなのは自覚していた。すぐにイカルの治療に取りかかったので、自分のことは後回しになっているだけだ。それでも、治療にあたる両手は清潔にしている。そもそも、治療のためにいちいち着飾るつもりはなかった。

「怒ってんのか？　なあ。甕依姫」

「知りません」

ぷいとそっぽを向いた甕依姫の横顔に光るものを見つけて、イカルが左眼を眇める。

「悪かった。もう怪我しねえよ」

「うそです。怪我はするでしょう」

「たしかに。けどまあ、ここまでひどいのはやめとくさ。これじゃ、おまえと遊べそうにもねえしな」

「？　吾は遊びませんよ？」

「おまえとは、何でも遊びさ。とにかく、もう怪我はしねえ。約束する」

「守れない約束をしないでください」

「どうにかするって」

「気をつけてくだされぱいいだけです」

「気をつける気をつける」

「口ばっかりですね！」

タマユ＝リが唇をゆがめるほど、イカルの怪我はひどかった。若い団員をかばったせいもあるが、その後も、一揆衆を傷つけずにオンガの領地を抜けるために、自分のからだを張った戦い方をしたせいだった。

「あーあ。叱られるし、痛てえし、稼ぎもねえし。今回はろくでもねえな。傭兵団の面目まるつぶれだしよ」

とはいえ、とりあえず傭兵団の犠牲はゼロだからな。よしとすべきか？

痛みのせいで気を失うのを回避しているのだろう。黙々と治療を続けるタマユ＝リに、イカルが軽口を叩き続けている。

「ま、言い訳しても仕方ねえな。己たちは失敗した。反省は次に生かす。でも、甕依姫、おまえは成功した。そうだろ？」

「え」

「シ＝カから聞いたぞ。ミ＝ワもおまえをほめちぎっていた。あいつとはずいぶん仲良くなったんだってな。ああ、そういや、ギタからも聞かされたな」

「ギタから？」

「敵に噛みつくのを我慢するのが大変だったとさ。唸りながら愚痴っていた」

「………」

タマユ＝リの手がぴたりと止まる。

「甕依姫？」

「…………怖かった…」

掠れた声は小さく、イカルの耳には呼吸音ほどにしか届かない。

イカルが聞き返そうとするより先に、タマユ＝リがしゃべり出した。

「一揆兵のみなさんは、ものすごく怒っておられました。怒りがからだを押しつぶしそうなくらいです。吾の話など、誰も聞いてくれないと思いました……！」

「待て。待て待て待て。泣くな。おい。タマユ＝リ」

甕依姫ではなく、名で呼ばれたのは、このときが初めてだった。

　呼ばれたとたん、タマユ＝リの肩が激しく震えた。

　これまで我慢してきたものが、一気にあふれそうになる。イカルも激戦から戻ってきたばかりだと、タマユ＝リは必死に耐えた。が、だめだった。

「あ、あなたがいなかったせいですよ……！」

　絨毯の上で握りしめた自分のこぶししか、見えなくなる。タマユ＝リは、少女のようにボタボタと涙を流し、これまで誰にも言えずにいた愚痴を吐いた。

「吾(わ)は困りました。とても、困ったんです……！」

「！」

　イカルが目を瞠る。次の瞬間、タマユ＝リの震える肩は背後からイカルに抱きしめられていた。

「悪かった。許せ、甕依姫(ヒミカ)。己(おれ)はまた間に合わなかったってわけだよな」

「ちがいます」

「ん、何が違う？」

「ごめんなさい。ただの八つ当たりです……」

「ああ、いいさ。八つ当たりしろ」

「香り草(ケマ)を使うと決めたのは吾(わ)なのですから、イカルのせいではないです。吾(わ)のせいです。

みなさんにうまく伝えられなかったのは、吾の……！」

イカルの腕の中に閉じこめられて、タマユ＝リは堰を切ったように気持ちを吐き出した。

ここは安全地帯。

何を言ってもいい。どんなに理不尽なことも言っていい。

この世にそんな場所があるなど、これまでは想像すらしたことがなかった。

言葉は、最初はあまりうまく出てこなかった。だが、一度吐き出し始めると止まらなくなった。

「昔からだめ……。吾の言葉は、ほかの人には通じません。ですから、話はしません。しないことにしました。愚かです。だれかに自分の話を聞いてもらおうという努力を放棄したのですから。それについて考えることもやめました。考えないのは……、吾が、悪いのです……！」

「でも今回は、聞いてもらえたな？」

イカルは、洟をすすりながらうなずくタマユ＝リを両ひざの間にはさんだ。子供にするようにぽんぽんと背中をたたきながら、相手を落ち着かせる低い声で後ろからささやく。

「おまえは、敬意を示したくなるほど堂々としていたってさ。シ＝カが感心していた」

イカルにほめられ、タマユ＝リは子供のように嬉しくなっている自分を感じる。

まるで、祖母にほめられたときのように嬉しい。

タマユ＝リは黙って、頭上から降り注ぐイカルの声に耳を傾けた。

「自分が研究してきた香り草（ケマ）のことや、みずから研究しつくした料理のことを、おまえがあまりにも真剣に語りまくるから、一揆の連中もビビッて、途中から怒っているのを忘れたようだったってよ」

「そんな」

「己（おれ）にも想像がつくぜ。それに、相当好（い）いニオイだったらしいな、おまえの香り草汁（ケマウ）は。同じ場に居合わせた傭兵たちが漏らしていた。天国にいるような心地だったらしい。腹が鳴って、順番を待つのが大変だったってさ。そうなのか？」

タマユ＝リは小さくうなずく。

「みなさん、同じようにお腹を鳴らしてくれていました」

「ああ。一斉に腹を鳴らしたのが合図になったって？　笑えるな」

タマユ＝リの後ろに控え、今にも一揆衆に襲いかかりそうになっていたギタでさえ、その瞬間にはポカンとしたのだ。それまで、天幕の中に溜まり溜まって、もはや爆発しそうなほどだった殺気が、一気に消えた瞬間だ。

「いい作戦だ。こっちも向こうも、腹が減るのは同じだからな。敵も味方も、平等に腹が

すく。おまえの香り草汁は最強の武器だ。それが、傭兵たちと一揆衆たちを一つにしたんだからな」

きっかけは、腹の鳴る音だった。だが、敵と味方との間の張りつめた空気を本当に弛めたのは、タマユ＝リたちが作った香り草汁の香りと味である。

最初は、シ＝カたち傭兵団に取り囲まれ、ギタにも唸られ、追い詰められた一揆の残党は、半ば脅されて、やむにやまれず香り草汁を口に含んだ。

その瞬間に、奇跡は起こる。

これが毒でも、彼らは最後の一滴まですすっただろう。実際、そういう覚悟で飲んだと後から告白した者もいた。

そういう話のすべてを、後からシ＝カに聞かされたイカルであった。

「すげえな、甕依姫」

イカルはタマユ＝リのほっそりとしたうなじに唇をつけ、感動をこめた声でくり返した。

「たいしたもんだ。おかげで己も助かったよ」

「え？」

「オンガの新しい領主と取り引きができた。この後、オンガはしばらくは安定しねえだろう。傭兵が必要になるってことだ」

「もしかして、オンガの新しい領主様に、イカルたちが雇われたのですか？」

「そういうことだ。昨日の敵は今日の友だな。おまえのおかげだ、甕依姫（ヒミカ）」

「吾（わ）が、傭兵団の役に立ったということですか？」

「助かったって言ったろ？」

「吾（わ）は、よけいなことをして、イカルたちの邪魔をしたのだと思っていました」

「逆に、襲いかかってきた連中をあの場で皆殺しにしていたら、今の新しい領主との駆け引きはできなかった。だから、助かった。おまえはおまえの香り草汁（ケマウ）で戦に勝ったんだ」

「勝った……」

「そうだ。甕依姫（ヒミカ）、おまえは己（おれ）の誇りだ」

乾きかけていた緑色の瞳から、またしてもぶわりと涙があふれる。

イカルが動揺を見せて言った。

「なんで泣くんだ？」

「わ、吾（わ）が誇りだなんて。そんなこと、これまで誰にも言われたことはありませんでした。あなたはおかしいですよ、イカル」

「は？　誰にも言われたことがない？　甕依姫（ヒミカ）が？　それはねえだろう？　王侯貴族に養われて、おまえは代価を払ってきたはずだ。国のゆくえを占うこともあると聴いたぞ。ありがたいじゃねえか。誇りに思って当然だ。ああ、つまり、連中は褒め言葉を口にしねえドケチ野郎ばっかりだったってことだな？」

イカルがタマユ＝リを笑わせようとしているのがわかる。

振り返ると、イカルが頬の涙を拭ってきて、タマユ＝リの心臓は跳ねあがった。

距離が近すぎて危険だと思うのに、一方ではホッとしている自分がいる。

背中をイカルに覆われていると感じるだけで、安全だと思うのだろうか。

戦いの中だけで生きてきたようなこの男と一緒にいることが、安全？　今も血の匂いがするような、この男のそばにいることが？

「何おまえ、料理、得意だったわけ？」

イカルの口調は、ずいぶんと寛いでいる。そのことを誇らしく感じている自分がいるのも感じた。

「そんなことはありません、かも？」

隻眼の男の胸を背もたれにして、天幕の天井を見上げているタマユ＝リもまた、自分でも信じられなかったが、寛いでいた。

「〝かも〟？」

「祖母と一緒にいた頃は、誰かが用意してくれていましたから、吾が料理をする機会はありませんでした。でも、お城の調理処(カドマ)には、少しの間ですが、入り浸っていたことがあって……」

「城？」

「いえ。なんでもありません」

「甕依姫(ヒミカ)？」

「――今はもう、ない国です」

沈黙に促される。だが、強制ではない。

タマユ＝リはそんな思いがけないやさしさに導かれ、暗闇にぽつぽつと言葉を紡いだ。

「吾(わ)が生まれた国は、海と断崖絶壁(サンザッシマ)の国といいます。ご存じですか？」

「ああ、聞いたことがある。ずいぶん前に滅んだ国だな。あまり大きくはない、海沿いの小国だったか？」

「はい。あの頃、ばばさまは海の見える塔の上に住んでいて、いつも香り草(ケマ)の研究に没頭していました。吾(わ)は、ばばさまの秘密の部屋が大好きで、毎日訪れていました」

「ハハ、想像がつく。おまえはめちゃくちゃ好奇心むきだしの子供だったんだろうな」

「ええ。吾(わ)はとにかく香り草(ケマ)に夢中でしたから。他のことはどうでもよかったのだと思います。香り草(ケマ)について、思いついたことをなんでも口にしてしまう子供でした。他の子供たちが香り草に興味を持たないのが、不思議でした。吾が話す言葉を理解する者もほとんどいませんでしたが、気になりませんでした。もちろん、友は一人もいませんでしたし、甕依姫を継いでからは、もっと疎遠に……。吾は、会話を成立させる方法を学んでこなかったのです」

「そうか？　これは会話だろう？」

「ですから、これは、イカルのせいなのだと思います」

「己のせいだって？」

　タマユ＝リの言葉がおかしかったのか、イカルが両肩をすくめて笑う。

　胸の痛む過去も、イカルと同じこの空間で口に出すと、なんでもないことのように思えてくるのは不思議だった。鎮静の香り草を焚いているせいなのか、イカルの腕の中にいるせいか。おそらくはその両方だ。会話が恐ろしくない。

「でも、調理処の料理師とは仲よしになったんです。吾が小さいときからお城にいた人で、お髭まで真っ白なおじじです。お料理のことはなんでも知ってました。何をきいてもすぐに答えが返ってくるんです。吾がお料理の基礎を教わったのは、そのときです」

「その成果が、今回の香り草汁か」

「はい。車葉草という貴重な香り草を使いましたが、これはめったに手に入らない香り草なんですよ。ばばさまから託された種を大事に育てて、最近やっと収穫に成功したのです。ふふ、優秀でしょう？　褒めたくなりませんか？」

「ああ、褒めてやる。よくやったな。さすがは己（おれ）の甕依姫（ヒミカ）だ」

「！」

思えば、冗談などもほとんど口にしたことのなかったタマユ＝リだった。こういう切り返し方をされても、どう反応していいかわからない。

真っ赤になって黙っていると、イカルがタマユ＝リの向きを変えさせた。

顔が近い。鋭い左眼が見つめてくるのがわかる。強い視線だった。

息苦しいような沈黙が流れる。タマユ＝リの心臓はドキドキと音を立て始めていた。

「いつ、己（おれ）のものになる？」

「………」

「おまえはもう己（おれ）のものなのに、おまえは己（おれ）の女にはならないと言う。それとも、己（おれ）が国を手に入れたら、おまえは完全に己（おれ）のものになるのかな？」

「吾（わ）に、その国をくださるなら」

とたんに、イカルが破顔した。

「とんだ野心家だな、甕依姫（ヒミカ）」

まだ笑っている。タマユ＝リはぷいと顔をそむけて言った。

「そんなにおかしいですか？　吾だって、自分の国が欲しいのです」

「おかしなことを言う。おまえはこれまで多くの支配者の寵愛を受けてきたはずだ。富や権力なら、望めば与えられただろう？」

「吾が望むのは、そのようなものではありません」

「では何だ？　おまえは何を望む？」

「みんなが家族のように手を取り合い、安心して、笑い合って暮らせる国です。誰かの言いなりになったりせず、自分で考えたことを、みんなと相談しながら協力しあって実行できる、そんな国が欲しいと思います」

「家族のような国、か？」

それまで好奇心に満ち、からかうような様子でタマユ＝リを見つめていたイカルが黙りこむ。ふたたび訪れた沈黙に、タマユ＝リは困惑した。

「おかしいでしょうか」

「いや。そんな国ができたらな」

溜め息を吐くかのように、イカルがぽつりとつぶやく。

「脱げよ」

「え？」

「汚れた衣を替えろ。己（おれ）がからだを拭いてやる」

側付き女（め）たちに任せるべきだと、タマユ＝リは主張した。チ＝セとト＝セの話もした。イカル自身、傷の手当てをしたばかりだ。ゆっくり休むべきだ。そうも言った。

だが、聞き入れられなかった。イカルは強引にタマユ＝リの衣を剝ぎ、薄物一枚にすると、熱い湯に浸した布を絞り、ゆっくりと丁寧に、タマユ＝リの身の汚れを拭ってゆく。

後ろを向かされ、薄物は肩から滑り落とされた。

首から肩、肩から腕。

傅（かしず）かれることには慣れていた。様々な権力者の下で養われ、甕依姫（ヒミカ）の存在に畏れを抱く下女たちが、タマユ＝リの世話をすることもめずらしいことではなかった。人前で肌を晒すことも、慣れていると言っていい。

でも、これはそういうこととは違うと感じる。

暗い天幕の中で、香り（ケマ）草を香らせるための獣脂の灯りが、タマユ＝リの肌の上で穏やかに揺れていた。

　肌の上で、水の粒が鈍い光を帯びながら転がり落ちてゆく。

　まるで、儀式のようだとタマユ＝リは思った。神に捧げる前に、生贄(にえ)を清める儀式だ。

「美しいな」

　不意に、イカルが溜め息のようにつぶやきを漏らす。彼の視線はタマユ＝リの白い両腕に向けられ、その腕を飾る花の刺青(シシ)を褒めているのだった。

「これは、何の花を象ってあるんだ？」

「桔梗(ツシ)です」

「桔梗(ツシ)？　海と断崖絶壁(サンザッシマ)の国の国花がたしか、桔梗(ツシ)だったな？」

「よくご存じなのですね」

　タマユ＝リは驚かずにいられなかった。イカルは当然だと言わんばかりの偉ぶった顔をして、タマユ＝リを見下ろしてくる。タマユ＝リが目を細めて言った。

「だって、海と断崖絶壁(サンザッシマ)の国は、今はもうこの世にはない国ですよ」

「そんな昔のことじゃねえだろう？　己(おれ)の国とも国交があったはずだ」

「イカルの国？」

　口を滑らせたとでもいうように、イカルはチッと小さく舌打ちする。

「昔の話だ」

「聞かれたくない話は聞きません」

タマユ＝リが賢く口をつぐむ。そんなタマユ＝リの腕をつかみ、桔梗（ツシ）の刺青（シシ）を見下ろしたまま、イカルが左眼を細めた。

「海と断崖絶壁（サンザツシマ）の国の王族だったか？」

「え…」

「国花の刺青（シシ）を身に着けられるのは王族だけだ。そうだろ？」

「………」

「〝聞かれたくない話は聞きません〟か？　己（おれ）は聞きたいときに聞くぞ」

「イカル」

「己（おれ）の話も聞いていい。己（おれ）は森と急流（ヤマトイツル）の国の王宮で生まれた。腹違いの弟に父を殺され、叔父に裏切られて国を追い出されるまでは、けっこう平和に暮らしていたな」

イカルはほとんどひと言で終わらせたが、それがどれほどの重みを持つ言葉か、わからないタマユ＝リではなかった。

噂は耳にしていたから、やはりという思いもあったが、それ以上に、イカルの覚悟がつらくて、どんな生き方をしてきたのだろうと思わずにいられない。

「おまえは、海と断崖絶壁（サンザッシマ）の国の皇女（ひめみこ）だったんだな？」

隻眼の男の左眼は鋭かった。

いい加減な答えでは納得しそうもない。

タマユ＝リは自分の腕の刺青（シシ）を見つめながら、しかたなく言った。

「……十一番目ですから、皇女と言っていいかどうか」

「何番目だろうと、皇女は皇女だ。国が滅びて、それからどうした？」

「ばばさまに連れられて、城から逃げました。でもすぐに捕まってしまって。ただ、ばばさまは高名な甕依姫（ヒミカ）でしたから、殺されるようなことはなく、吾（わ）は、その後もばばさまと一緒にいろいろなところへ行きました」

「甕依姫（ヒミカ）を欲しがる者が多かったということか」

「はい。今と同じです。いえ、ばばさまの香り草（ケマ）の卜占は吾（わ）よりずっとすごかったので、ばばさまのほうが引く手数多だったと思います」

「権力者たちが欲しがるのはいつも、怪しげな占い師ということだな」

「ばばさまの香り草（ケマ）の卜占は、怪しげなどではありません！」

「そうか？　己（おれ）は、卜占に頼るような弱腰野郎を頭に持ちたいとは思わねえけどな」

敬愛する祖母の力を否定されて、タマユ＝リは唇を噛んで相手をにらみつける。

イカルが肩をすくめて笑った。

「そう怒るなって。己はそういうのが嫌いな性質なんだ。おまえのばばさんを侮辱する気はねえよ。ほら、そっちの腕も出せ」

イカルがタマユ＝リの左腕を引っぱり、さっさと拭き始めながら言う。

「ばばさんが好きなんだな。まぁ、わかるよ。己にも祖母はいた。何にでも好奇心を持つ祖母は、己にもいろんなことを教えてくれたよ」

「ほんとうに？」

祖母について語るイカルの表情は明るくて、タマユ＝リの警戒心を薄れさせる。

「同じですね。吾も、ばばさまからたくさんのことを教わりました」

「それで？　おまえはいつ、祖母から甕依姫を受け継いだ？」

さらりと問われるようなことではないが、今、この空間では、なんでも話せるような気にさせられている。そういうところが、イカルは巧い。

「海賊の島でばばさまが亡くなられて、すぐ。もう五年以上前になります」

「海賊の島？　年寄りにあの島の環境は厳しかっただろうな」

思いがけずやさしい言葉をかけられ、目頭が熱くなる。

「ばばさまはもうずいぶん弱っておられたのに、あの島の人たちは、ばばさまを冷たい地下の部屋に閉じこめたのです。ばばさまの容態は急激に悪化しました。吾(わ)も、たくさん香り草(ケマ)の薬を調合しましたが、だんだん、召し上がることもなくなって……」

言葉が途切れる。イカルは先を急がせることはなく、タマユ＝リの頬を零れ落ちた涙を、ただ静かに指ですくって時を待った。

「それから、おまえ一人で生きてきたわけか」

言われたとたん、タマユ＝リの表情が凍りつく。

何をして生きてきたのか。そう問われている気がした。

「甕依姫(ヒミカ)？」

祖母が他界してからは、毎日が恐ろしいものでいっぱいだった。

助けはなかった。

祖母の背中に隠れて生きてきた自分が、いかに甘ったれだったかという事実を突きつけられた。タマユ＝リはただ、ひたすらに甕依姫(ヒミカ)を演じた。多くの権力者たちが甕依姫(ヒミカ)に望むとおりに、彼らの先行きを占い、祖母を真似て、真似て。

「どんな奴の昔話も、言うだけなら簡単だな」

イカルがぼそりと言葉を吐き、タマユ＝リはハッとした。

同情しているのだろうか。傭兵団の頭領には、どんな昔話があったのだろう？

「吾(わ)の背は、みにくいでしょう」

背中を拭き始めたイカルに、思わずつぶやく。焼き印を押された背中だ。他にも、鞭で打たれた傷も残っているはずだった。

「まだ痛むか？」

「少し」

すぐさまイカルの手の力が弛められる。

タマユ＝リはくすぐったくて、つい笑ってしまった。

「なんだ？」

「大丈夫です。シ＝カさんのお薬も効きましたし、もうそれほど痛くはありません」

「ふむ。ならいい」

そのまま背中を拭き終わると、イカルはタマユ＝リの背中をぽんと叩いて言った。

「おまえの背中は奇麗だ。何の問題もない」

「！」

そのたったひと言で、一瞬のうちに涙があふれる。

悟られまいと噛んだタマユ＝リの唇に、イカルの視線が吸い寄せられた。

「――」

居処（ヤマ）の中を沈黙が支配する。滑らかな頰の上で、ふたたびこぼれ落ちそうになった涙の粒を、今度はイカルの舌が舐め取った。

タマユ＝リの濡れた目に、微かな驚きと微かな陶酔とが交互に表れる。

視線は絡まり、互いにどこにも行けなくなった。

タマユ＝リは、自分の剝き出しになった肩を急に意識する。その場を離れようとしていたイカルは、逆にタマユ＝リのほうへと近づいてゆく。タマユ＝リはくらりと目眩を覚えた。

唇と唇とが触れ合う。小鳥が餌を啄むように、こつんと重なり、また離れることを繰り返し、訪れる波のように口づけ合う。

互いの体温まで移し合っているかのようだった。

憐れみから始まった口づけは罪の味がして、溺れそうになる。

言葉を交わさない分、肌を交わさなければいてもたってもいられぬような、せっぱ詰まった何かがそこに在って、タマユ＝リは追い詰められた。

あと一秒でもこの口づけを続けたら、何かが溶けて、消えてなくなるかもしれない。誇りや生き方や、これまでにタマユ＝リが大切だと思ってきた何かが。

「っ」

そのとき、イカルが痛みに呻いた。

はっと、タマユ＝リが息を吸う。

「あとは自分でやれ」

イカルが目を逸らし、ほっとタマユ＝リのからだが弛む。

「はい」

タマユ＝リは頭を垂れた。

これ以上、近づかなくて良かった。これ以上、心を奪われなくて良かった。もっと、触れて欲しかった。

「この布は、いい匂いだな」

見ると、イカルはチ＝セたちが用意した籠の中から、タマユ＝リの着替えを取り出している。自分の頬に衣を押し当て、くんと嗅ぐ仕種をしたイカルに、タマユ＝リは一瞬、目を奪われた。

「香り草を、焚きしめているのです。ト＝セも手伝ってくれました」

「側付き女たちにも香り草を教えているんだな。——楽しいか？」

「はい。とても」

「なら、いい」

「はい。あの、ありがとうございました」

「うん」

イカルの厚みのある唇が動き、何か言いたげに見えた。が、そのとき、居処（ヤマ）の入り口に立っていたミ＝ワが何やら伝えてきて、そちらに気を逸らしてしまう。

また作戦会議だろうか。

相手は傭兵だ。戦となれば、そちらに集中するのは当たり前だとわかっていた。

そんなことで、これほど孤独を感じるのは、まちがっている。

隻眼の頭領はすでに完全に背を向け、タマユ＝リとの時間など、すっかり忘れ去っているように見えた。いや、見えるのではなく、そうなのだ。

タマユ＝リはキッと自分を戒めた。

今の自分に必要なのは、甕依姫（ヒミカ）に戻ることだ。冷静さを取り戻し、甕依姫（ヒミカ）の目で見つめることだ。

彼の怪我は、そこまで楽観できるものではなかった。前の傷も癒えきってはいないうちに戦うからだ。

香り草（ケマ）で治りを早めることはできても、怪我は本来、ゆっくりからだを休めることで、みずから治癒していくものだ。

この隻眼の頭領に、落ち着いて眠る暇はあるのだろうかと懸念せずにいられない。

そもそも、彼には甕依姫を洗っている時間などなかったのではないだろうか。

なぜ、こんなふうにからだを拭いてくれたりしたのだろう？

そんなことを考え始めて、タマユ＝リがようやく甕依姫の心を取り戻すことに成功しそうになったときだった。

「なあ」

居処から出て行く間際に、イカルが思い出したように振り返る。

「甕依姫は、誰かのものにはなれねえんだよな？」

「え？　あ、はい」

「なら、己がおまえのものになろう」

「……え？」

タマユ＝リの頭が言葉を捉え直して、その意味を解するより先に、次の言葉がタマユ＝リの心の鼓膜を揺らした。

「イカルがタマユ＝リに妻問いをする。次に会うときに答えを聴かせてくれ」

8

数日後。

「わかった！」

タマユ＝リの髪や爪を整えていた双子の側付き女(め)・チ＝セとト＝セが、びっくりして手を止める。

ミ＝ワである。

タマユ＝リの天幕の入り口に控えていたすらりとした立ち姿の護衛が、華やかな柑子色の髪を複雑に編みこまれようとしている主人のほうへ、つかつかと歩いてくる。

そして、化粧机の前に座っているタマユ＝リに向かって、ついぞないような調子に声を張り上げて言った。

「己(おれ)に話していいぞ！」

「えっ？」

「ここ数日、あなたはおかしな顔をしている！　何かをむりやり心に閉じこめているからだ！」

「ミ＝ワ」

タマユ＝リは一瞬ぽかんとし、それから、顔をくしゃりと歪めた。

「うわ」

ミ＝ワがあわてて駆け寄り、座っているタマユ＝リの頭を両手で抱きかかえる。

大量の涙が、タマユ＝リの頬に川を作り出していた。

「二人にしろ」

「はーい」

双子が見事に声を調和させ、ぱたぱたと足音をさせながら天幕を後にする。

そうして居処（ヤマ）にミ＝ワと二人だけになることが、いつのまにかタマユ＝リをくつろがせるようになっていることに、当人たちはまだ気づいていない。

タマユ＝リは、その安心できる場所で、堰を切ったようにしゃべり出した。

「吾（わ）が堕落していることはわかっています。そのせいで、多くの人々を危険にさらすかもしれないことも」

そうして吐き出したとたん、タマユ＝リは自覚した。

　イカルに心が傾くにつれ、罪悪感も大きくなる。そのことを、自分はこれまで誰にも話せずにいたのだと。

「吾(わ)は、どうしてもイカルを拒むことができないのです。これまでは、どんなに偉い人に命じられても、たとえ宮殿を与えると言われても、ばばさまに指示されたとおり、しっかりと拒むことができていたのに、どうしてこうなってしまったのかわかりません。たぶん、吾(わ)は堕落してしまったのです。イカルが吾(わ)に話しかけてくるだけで、ものすごく嬉しくなるのです。いつもは笑わないようなことでも、ひどく笑ってしまって、まるで感情が少しおかしくなってしまっているかのようなのです」

　タマユ＝リは、絶体絶命の場所に追い詰められた子鹿のように苦しげに訴え続ける。

「反対に、イカルが吾(わ)の居処(ヤマ)に来ないときは、淋しくて、イカルのことしか考えられなくなりますし、イカルが立ち去るときは、からだが二つに引き裂かれるかのように感じて、時々、いいえ、毎日、泣いてしまいます」

　ポロポロと涙をこぼしながら、タマユ＝リは震える喉に手を当てて言った。

「こんなに情けないことは初めてです。時々、イカルのこと以外、何も考えられなくなって、香り草(ケマ)の調合の手も止まってしまうのです。治療のための薬は常に不足していますし、良くないことはわかっていますが、誰に告げるべきなのか、わかりませんでした」

「己に言えばいい」

頭を抱えられていて、ミ＝ワのおなかにひたいを当てているから、泣き顔は見られずに済む。タマユ＝リは子供のように洟をすすりながら言った。

「ミ、ミ＝ワは護衛ですから、こういう個人的な話は聞かせてはいけないのだと思っていました。それにあなたは、吾の監視役でもあるのでしょう？」

「！」

知っていたのかと驚いて見つめてくるミ＝ワに、タマユ＝リはうつむいた泣き顔をおずおずと上に向けて言った。

「あの、あたりまえだと思っています。国王陛下や領主様のもとに預けられるときにも、必ず監視役はつけられていました。大切な主君を守るためですから、当然のことです」

「ユ＝リ！」

ミ＝ワがたまらずタマユ＝リの愛称を叫んで、ぎゅっと抱きしめる。

「申し訳ない！」

「ミ＝ワ？」

「あなたにそんなふうに思わせていたなんて、己の職務怠慢だ！」

「そんなことはありません。ミ＝ワは、おのれの職務にとても忠実で立派ですよ？」

「いいや、違う。今の己の雇い主は頭領だが、頭領の望みは、己があなたの心までも護衛することだと思う」

「心までも?」

「そうだ。だから、シ＝カには報告の義務があるが、己が護るべきあなたの心を暴いて、その心の中身を報告することはしない」

「ほんとうに?」

「陽の神に誓って約束する」

「まあ、ミ＝ワ……!」

この身ばかりでなく、心まで護るというミ＝ワの言葉は、タマユ＝リの胸に響いた。

タマユ＝リは自分がどれほど誰かにすがりたかったか、誰かに相談したかったか、しみじみと思い知る。ミ＝ワの存在が、今はこれ以上はないほどありがたかった。

「じゃあ、言いますけれど」

タマユ＝リは自分が甕依姫である以上、誰か一人の所有物になることはできないこと、心を委ねる相手を作って油断してはいけないこと、甕依姫の務めを忘れてはならないことなどを説明した上で、イカルのもとを去ろうと思っているのに、いまだにできないでいることを告白する。

じっとタマユ＝リの言葉に耳を傾けていたミ＝ワが、そこで首を傾げた。

「なんで去るんだ？　せっかく、飯炊き女たちにも認められたのに？」

「認められた？」

「あいつらはもう、あなたに意地悪はしないと言った。それどころか、あなたの役に立ちたいと話していたぞ」

「うそ……」

「嘘をついてどうする？　飯炊き女たちはあなたの香り草（ケマ）の処方に心を動かされたんだ。あなたに香り草（ケマ）について教えてもらいたいものだが、忙しそうだから無理だろうとも言っていたぞ」

「まあ。そんなことはありません。香り草（ケマ）のことなら、吾（わ）がいくらでもお教えします」

「では、そう言ってやればいい」

「は、はい。うれしいです」

「同じように、頭領（おかしら）にも思うことを言えばいい」

「言えません！」

「なぜだ？」

「わかりません。でも、イカルを前にすると言えないのです」

「毎晩、からだは一つに重ねて寝ているのに、心は一つに重ねられないのか？」

「ミ＝ワ……！」

隣で寝ているだけですよ。寝相が悪いのはイカルのほうですし、などとぶつぶつ言い訳するタマユ＝リである。

そうして真っ赤になったタマユ＝リのあごをくいと摑み、ふたたび上向かせると、ミ＝ワは真剣な表情で言った。

「己の心も告白する。己は、シ＝カに心を注いでいる。いずれはシ＝カと家族になりたいと、心から願っている」

「えっ」

タマユ＝リがぽかんとする。

「ミ＝ワはシ＝カさんが好きなのですか？　あら？　イカルではないのですか？」

「イカルは頭領だ！　畏れ多い！」

「えー？」

これは、ともだち同士の恋の打ち明け話だ。

タマユ＝リは少なからず興奮した。そんな経験は一度もないからだ。

わくわくと目を煌めかせていると、ミ＝ワが顔をしかめた。

「うう、こんな話をする必要があるのか。つまり、己は、幼い頃からずっと、シ＝カ一筋なんだっ」

ゴホンと咳払いして、ミ＝ワが続ける。

「だが、シ＝カにはまともに相手にしてもらえない。女には見えないんだろう。実際、そう言われたからな。子供扱いされているのも承知している。それでも、そばにいるからいいんだ。でも、だから、ユ＝リの気持ちも少しはわかると思う。自分が相手に嫌われたらと怖いんだろう？」

「怖い……。はい、とっても怖いです。イカルを必要だと思えば思うほど、失ってしまうことを想像して、恐ろしくなります」

「うん。己もいっときはそうだった」

「ミ＝ワも、同じなのですか……」

「うん。己の人生にはシ＝カが必要だと思いこんでいて、シ＝カに否定されたら、己が消えてしまうと想像して恐ろしかった。でも、だからといって逃げ出すのは違うと思う」

「ミ＝ワ」

「よく考えないといけない」

「あ」

「ん？」

「イカルにも、最初に会ったときに言われました。自分の頭で考えろと」

「そうか」

ミ＝ワがうれしそうな顔をする。

「そうだ。頭領（おかしら）から教わったことだ。でも、一人で考えるのがむずかしいときは頭を幾つも合わせてみろとも言われた。己（おれ）の頭では、ユ＝リの助けにならないか？」

「もちろん、なります！」

息せき切って応じたが、タマユ＝リには自信がなかった。

「でも、情けない話ですが、自分のことを誰かに相談したことなど、今まで一度もなくてですね……」

「じゃあ、これが最初だ。ユ＝リはどうしたい？　頭領（おかしら）のそばから本気で離れたいと願っているのか？　みんなからも離れて？　チ＝セやト＝セや、己（おれ）からも離れて」

見つめられて、タマユ＝リは強く首を横に振る。

「いやです。みなさんとずっと一緒にいたいです……！」

「それなら、そこは居場所なんだ。自分の居場所を、自分から手放すのか？」

「え」

タマユ＝リの眼から涙があふれた。

思えば、一人でいることこそが甕依姫(ヒミカ)の義務なのだと思って生きてきた。

誰かと心を寄り添わせることがなくても、それがあたりまえだった。

自分が誰かと共に生きることなど、祖母と離れてからは一度も考えたことはなかった。

それが不自然なことだったのだと、今こうしてイカルたちと共に行動するようになって、初めて思い知らされる。

「……でも、イカルの妻問いを受け入れてしまったら、甕依姫(ヒミカ)の義務を放り出すことになりはしないでしょうか」

そこで、ミ＝ワが大きく目を見開いたことに、タマユ＝リは気づかない。ミ＝ワはまだ、イカルがタマユ＝リに妻問いをしたということまでは聴かされていなかったのだ。

ごくりと唾を飲み、甕依姫(ヒミカ)の護衛らしく正気を取り戻して、ミ＝ワが訊ねる。

「甕依姫(ヒミカ)の義務とは？」

「国の大小に関係なく、生きとし生ける者のために香り草(ケマ)の治療を施すこと。国の利害に関係なく、人の世の未来を占い、人々の暮らしを助けること」

「そうか。では言うが、頭領(おかしら)は国など持っていないぞ。問題ないのでは？」

「え。そう思いますか？」

タマユ＝リが目を瞬かせ、あごに手をやって考えこむ。

と、ミ＝ワの喉が震えているのがわかって、タマユ＝リは赤くなった。

「なぜ笑うのですか？」

「あなたが、頭領(おかしら)の妻問いを受け入れたがっているように見えるから」

ミ＝ワの間違いのない言葉に、タマユ＝リはいっそう赤くなる。

ミ＝ワがさらに後を押した。

「ご自分を偽るほうが、甕依姫(ヒミカ)の義務に反するのでは？」

親友の言葉が、そのとき、タマユ＝リの心をふわりとやさしく包みこんでくるようだった。

タマユ＝リは唇を噛み、イカルに贈られた髪飾りに手をやり、大切に思えるようになった人のことを思う。

「わかりました。これ以上、自分を偽るのはやめにします」

次の瞬間、タマユ＝リの口は、これまで一度も抱いたことのない情熱と共に、生き生きと言葉を紡ぎ出していた。

「今夜、イカルが戻ってきたら、自分の正直な心を、ちゃんと言葉にして彼に伝えようと思います……！」

*

昼間はイカルのことばかり考えて、失敗も多かった。
妻問い——結婚の申込み——。
イカルはなんという立ち去り方をしただろう。
待ち遠しいような、まだ来てほしくないような、そんな惑いの中、ようやく夜が来る。
月はふっくらと満ちてゆくときだ。星もあちこちで瞬き始めている。
すべてのいのちに祝福されているような、そんな気がするタマユ＝リである。
「イカル、ああ、イカル」
足りないのはただ、今、イカルの体温がここにないことだけだった。
「早く、帰ってきて」
恋する乙女の言葉を思わずつぶやいてしまって、タマユ＝リは真っ赤になる。
誰にも聞かれていなかったかと、あわててちらっと周囲を見回したときだった。

「甕依姫（ヒミカ）――！」

イカルの黒馬が木々の間から姿を現す。まるで神の降臨かと思えるほど鮮やかだった。

「ミ＝ワにここだと聞いた。仕事は終わったのか？」

馬上のイカルは戦装束のままだった。戦場から戻ってすぐ、タマユ＝リを探して、まっすぐに森までやってきたのだ。

「あ、あの、お疲れさまです」

タマユ＝リは、どうにも恥ずかしくて顔を上げることもできずにうつむいた。だが、イカルは思う以上に速く愛馬から下りると、つかつかとタマユ＝リに近づいてきた。

「疲れてねえ」

いきなり高く抱きあげられて、タマユ＝リは目を丸くする。

「おまえの返事を聞きに来た。聞かせてくれるんだろう？」

「！」

ミ＝ワが何か言ったのかもしれないと思い当たる。そういえば、森に行くときにはいつもしっかりと付き添ってきていたミ＝ワが、今は姿も見えない。

「あ、あの、あの」

しどろもどろになってしまう自分が信じられない。

どんなときにも、どれほど身分の高い相手の前でも、冷静に訓示を垂れてきた甕依姫(ヒミカ)はどこへ行ったのか。

「早く聞かせろよ、なあ、タマユ＝リ。おまえの返事を聞くために、全速で戦に決着をつけてきたんだ。どうだ。己(おれ)はかわいらしくねえか？」

自分で言うかね、と自分で自分を笑う。

皆に恐れられる隻眼の頭領には、こういう少年くさいところがある。

愛しさでいっぱいになったタマユ＝リがくすっと笑うと、イカルが嬉しそうにその顔を見上げて言った。

「笑ったな。いい返事だな」

「イカル」

涙が出てきて、そのことにもびっくりする。

「タマユ＝リ」

イカルがゆっくりとタマユ＝リを下ろし、そっと自分の前に立たせた。

「ああ、こりゃねえな」

イカルは戦装束のひとつである革の手袋を急いで外す。そうして、恋人の涙をぬぐうのは自分の役目だとばかりに、タマユ＝リの濡れた頬に指の背を滑らせた。

「満月か」

イカルは満足げに夜空を見上げると、みずからの命でもある剣を抜き、タマユ＝リの前にその鞘と剣を十字に重ねて置いた。

「いい頃合いだ。正式にいくぞ」

磨き抜かれた銅剣は、月の光をタマユ＝リの足元で反射させて、嬉しげに輝く。

イカルは一歩後ろへ下がると、十字の中央に手を置き、タマユ＝リの前で頭を垂れた。

「傭兵団の頭領、隻眼のイカルが、甕依姫(ヒミカ)タマユ＝リに妻問いをする。さあ、返事を聞かせてくれ」

「はい、お答えします」

否という返事はもう、タマユ＝リの頭になかった。

「このようなあやしき身分の女子(おなご)でもかまわぬとおっしゃるのでしたら、タマユ＝リは心からお願いします。どうか、吾(わ)をあなたの妻に迎えてくださいますよう」

「是！　是！　是だ！　やった！　己(おれ)にはおまえしかいないんだ！」

驚くほど大きな歓声を上げ、ふたたびタマユ＝リを高く抱きあげた。

「タマユ＝リ！」

月夜に、タマユ＝リの柑子色の髪が長くひるがえる。

「己の妻だ！　妻だぞ！　イカルの妻、タマユ＝リ！」

待ちわびた答えを得た男の喜びようは、タマユ＝リの想像を超えていた。

「ああ。もうどうしようもねえ」

タマユ＝リを羽交い締めにし、何度も確認するように抱きしめる。

「タマユ＝リ、大事にする。絶対におまえを傷つけないと約束する。だから」

イカルは、溜め息と共に心からの言葉を漏らした。

「もう己を止めるな。いいな？」


互いに抱きしめ合った瞬間から、もう一刻の猶予も残されていないことがわかっていた。

天幕まで待つことができなかったのは、あながちイカルのせいばかりでもなかったろう。

森の木々の作る暗がりが恋人たちに好都合な闇を生み出していたし、枝の間から降り注ぐ月の光は、生命の始まりの時を予感させる静寂となって、レースのように美しい寝床を彼らに提供していた。

ゆったりと天を向いて二方向に伸びる木の股が、今の彼らにはやさしい寝床だ。

「脚を開けよ」

低い声でイカルが命令した。

それが命令ではないことも、タマユ＝リにはすでにわかっている。むしろ、懇願に近いかもしれない。

「こ、ここで？」

タマユ＝リの声が掠れる。それも恐れのせいではない。欲望のせいだと知っている。

「寒いか？」

「いいえ、少しも。でも」

「誰も見ていないぞ」

それでも、天幕の中とは違うとタマユ＝リは思った。

木々が、木の葉が、茂みが、満月が、夜の空気が、タマユ＝リたちを凝視めている。

「甕依姫。頼む。おまえを味わいたい」

隻眼の頭領が懇願し、タマユ＝リの耳たぶを甘く噛む。

タマユ＝リは声にならない小さな悲鳴をあげながら、命令に従った。

今、男の両腕はタマユ＝リを背後からすっぽり包みこみ、タマユ＝リのからだを一本の太い木の前で羽交い締めにしている。タマユ＝リがわずかに脚を開くと、武骨な男の両手が上から下りてきて、タマユ＝リのやわらかな太腿にひたりと押しつけられた。

タマユ＝リはあまりの恥ずかしさにうつむいてしまう。

「イ、イカル……」

「だめだ。脚を閉じるな」

男の声は低く、タマユ＝リの腹にまで響くような深さを持っている。

「甕依姫(ヒミカ)タマユ＝リ」

イカルはまるで吸血の生き物のように、タマユ＝リの首筋に噛みつく。衝撃を受けてタマユ＝リがのけぞると、イカルは敏感なその場所を丁寧に舐めてつぶやいた。

「己(おれ)が、わかるか？」

「……ええ」

厚みのある戦闘服を通しても、男の熱はどうしようもなく伝わってくる。

タマユ＝リは感覚を遮断しなかった。それどころか、自分の背に押しつけられてくる大きくそそり立ったものの重みと硬さを、もっと感じたいとさえ思っていた。

「己が怖いか、タマユ＝リ」

「いいえ」

自分から感じたいなどと思うのは初めてで、タマユ＝リの頬は恥ずかしさに火が出るかと思うほど熱く、そのこと自体には戸惑いを覚えずにいられない。

だが、恐ろしさはまったく感じなかった。

それはイカルがこれまでずっと時をかけてきたからだと、タマユ＝リにもわかった。

イカルはタマユ＝リがズカミの山城で、いや、これまでに囚われてきたあらゆる場所で味わってきた恐怖が薄れるのを、待ってくれた。年頃の少女が大人たちに無残に踏みにじられてきた心を取り戻すのを、ずっとずっと待ってくれたのだ。

「吾は」

ゴツゴツした樹皮の上に両手を突っ張り、無意識のうちに男のからだに腰を押しつけながら、タマユ＝リは応える。

「何も怖くはありません」

「では、これをどう思う？」

「ふ、太くて、頑丈」

「頑丈？」

フと男が喉の奥で笑う様子が、振動で伝わってくる。

「そうだな。もっと硬くしようか？」

まだ？　と思うと、タマユ＝リの背筋はぞくりと震えた。

それに応じるかのように、イカルの指がタマユ＝リの太腿に食いこむ。

「おまえが望むだけ、己をやる」

男の熱はいのちそのものだった。

「おまえが欲しくないなら過剰には与えない。おまえが選べ、タマユ＝リ。おまえの主人はおまえだけだ。誰もおまえに強制することはできない」

男の声は運命そのものだった。

「甕依姫」

彼は気に入りのその呼称をくり返す。

呼ばれるたび、深く癒されてゆく魂の色が透けて見える。

「己が好きか」

「――――」

耐えられなかった。

閉じていた心が溶け、あふれてしまう。

ぱらぱらと頬をころがり落ちてゆく滴に動揺し、タマユ＝リは男の腕の中でいやいやをした。

「わ、吾は」

「うん？」

「あなたが見たいです」

くすっと笑う声がした気がする。

希望はすぐに叶えられた。イカルは軽々とタマユ＝リの身を翻し、樹木に背を預けさせ、自分のほうへと向き直らせた。

「これでいいのかよ？」

雲間に隠れていた満月が現れる。

隻眼の男の顔がそこにあった。

タマユ＝リは初めて男と真正面から向き合った気がして、大きく息をのむ。

そうして興奮しながらも、自分の中のどの部分かが凪いでゆくのを感じる。

最初から、そうだった。

タマユ＝リは思い出す。

最初の日、この背の高い隻眼の男は、タマユ＝リをカッとさせるのと同時に、冷静にさせ、強くさせた。

それはおそらく、男の言葉が真実(ほんとう)だからだ。そこにかけらの嘘もないからだ。

「己(おれ)にさわるか?」

これも真実だ。タマユ＝リの中に残っていた恐怖の最後の薄いかけらは、昨夜、戦場の暗がりでイカルが溶かした。戦場に香り草(ケマ)を持ちこみ、危うい戦況を好転させた甕依姫(ヒミカ)を、イカルは叱りつけ、直後に暗がりに引きずりこんで深く唇を奪った。

「甕依姫(ヒミカ)」

タマユ＝リが手を伸ばし、包みこむようにふれると、イカルが心地よさそうにため息を吐く。

タマユ＝リはじっとそのイカルの顔を見つめた。

この顔を見つめていられる時間が好きだ。

たまに閉じて眉根を寄せる左眼も、陽に焼けた精悍な頬も、硬そうなあごも、ざらざらした厚みのある唇も、何もかもが好きだ。

いつからこんなに好きになったのだろうと、タマユ＝リはふしぎに思った。

「つ」

手のひらに直(じか)に伝わる体温に興奮する。つい強く握りしめて、イカルにしかめ面をさせてしまう。

「容赦がないな」

いつも容赦がないのはイカルのほうなのに、そんなことを言われて、タマユ＝リはなぜか嬉しくなった。

衣が張りつめ、飛び出したがっているのがわかる。イカルのいちばん敏感な場所が自分の自由になることが、これほどの悦びを与えてくれるとは思いもしなかった。

「甕依姫(ヒミカ)、おまえは己(おれ)を殺せる。そうだな？」

「殺せます。すぐにも」

イカルの大きな手で頭を包まれる。その仕種が気に入っているということも、彼にはもう知られてしまっているのだろう。

「己(おれ)のからだはおまえのものだ。全部、おまえの好きにすればいい」

イカルはタマユ＝リの濡れた眼を覗きこんで、そう言った。

「今は」

タマユ＝リが不安げに掠れた声を漏らす。

「吾(わ)は満月の香り草(ケマ)よりも、イカルが欲しいです。動物たちのように、あなたとひとつになれたらどんなふうだろうと想像しています。こんなふうに思うのは…、吾(わ)がおかしいのですか？」

イカルの左眼が大きく見開かれる。タマユ＝リはぞくりとした。

その興奮が、おそらく相手にも伝わる。

次の瞬間、タマユ＝リのからだはイカルの両の腕に深く抱きしめられていた。

タマユ＝リの両腕が羽のように広がってゆく。そうしてタマユ＝リをまるで宙を泳ぐかのように大きくのけぞらせて、イカルはタマユ＝リの頭部の向こうでつぶやいた。

「どうして欲しい？」

「イカル、イカル。あなたの為し方で繋がらせて欲しいです」

強い力で抱きしめられて、あまりの幸福に喘ぎながら、だが、タマユ＝リはほんの僅かも迷わずに言い放つ。

「吾はきっとあなたの為し方が気に入るでしょう。何をされても、それがずっと好きだと思います」

男の鼓動がタマユ＝リの胸を貫いてゆく。タマユ＝リは精いっぱい力をこめ、妖艶ささえ滲ませながら、男の肩に自分の腕を回した。

「あなたが吾にすることは、吾の望みそのものです。間違いがありません」

「間違いがない？」

イカルの唇からくすりと笑い声が洩れる。

香り草の研究者さながらの口調だった。

そうだ、タマユ＝リとは希有な女で、常に探究心にあふれる研究者なのだ。そういう場では、それこそ常に戦士といってもいい存在だ。

こんな場面で、イカルはそうと感じて驚いた。

そう感じることが、今、なぜこれほど自分の胸を熱くするのか、言葉にはできない。

実際、言葉にする余裕もなかった。

「わかった。おまえの望む通りにしよう」

男の声はくぐもって、よく聞き取れない。

聞き返そうと動いたタマユ＝リの唇は、相手の唇に覆われた。

そうして唇をふさがれたまま、タマユ＝リは花嫁のように彼の腕に抱きかかえられ、夜露をしのぐ場所へと移動させられてゆく。

イカルの温もりに包まれ、静かにまぶたを閉じる間際、タマユ＝リは男の片眼だけの目尻に光るものを見た気がした。

満月の見せた夢かもしれなかった。

9

上空に、ぽつりと黒い点が現れる。

それは次第に拡がり、やがて大きな雲のようになってこちらへ向かってきた。

鴉の大群である。

無数の黒い翼が宙を斬り、もくもくと漂う黒煙となって尊き森へと急降下してゆく。

目指す先には豊かな緑があり、轟く滝が待ち受けているはずだった。

先頭の鴉が先触れとなって、急降下する。が。

彼がみずからの役目を果たすことはなかった。

そこに、待ちわびた水はなかった。

豊かな緑の森と何本もの豊かな滝はすでになく、そこには涸渇した地面がゴツゴツした岩とともに剝き出しになっているだけだった。

災いは天からもたらされ、地へと蔓延ってゆく。

鴉の大群はそのまま全群が降下を始め、まもなく次々に地面に激突し始めた。

渇いた大地は大量の鴉たちの血を吸いこみ続け、やがて、ふたたび沈黙が訪れる。

風が舞う。

かつて滾々と清水が湧く泉があった場所には、さらさらと細かな砂が流れ始めていた。


「ここもか」

先鋒隊の一人が、荒れ果てた村を見回しながらつぶやく。

「もう人ッコ一人、残ってやしねえ。前に立ち寄ったときは、飲み屋のオヤジも元気で、女たちが全力で歓迎してくれるいい村だったのによ」

「井戸に、毒を投げこんだな」

井戸の前でクンと鼻を鳴らした傭兵が、嫌な顔をする。

「ヒルム＝チは自分の命令に従わない民を決して許さない。そんな裏切り者が一人でも出たら、そいつは当然縛り首、家族もだ。その上で、難癖をつけてそいつのいた村を丸ごとつぶしにかかる。――噂は本当だったんだな」

「そんなっ」

歳若い少年兵が義憤に頬を赤らめる。

「みんなを守るはずの王が、自分の国の民にそんなことをするなんて……！　今はどこも水が出なくて大変なんじゃないですか！　この近くの水源も涸れていました！　作物も育たなくなっていたはずです！　ヒルム＝チ王の課す重い税なんて、ここの人たちに払えるわけがないですよ！」

「ああ。生きていけなくなって、家族を連れて夜逃げしようとしたんだろう。吊されていた者たちの中には、子供もいた」

「反吐が出るぜ。うちの頭領（おかしら）は絶対許さねえぞ」

「どこも水不足ってときに、貴重な井戸に毒入れて皆殺しかよ！　なんてことしやがる！　人でなしのヒルム＝チ王め！」

イカルの名の下に集まってきた傭兵たちは、ならず者と蔑称で呼ばれ、忌み嫌われる乱暴者の札をぶら下げている一方で、義賊のごとく、貧しき下々の民の心に寄り添う義の者たちである。

「シッ！」

先鋒隊の中でも慎重な男が、緊張を高めて周囲を確認する。

「めったなことを言うな。どこで誰が聴いているかわからないぞ。あの若い傀儡の王が、ここまで森と急流の国（ヤマトイツル）を拡張させてきたのは、タレコミの成果だ。ヒルム＝チ王の間諜（ゼン）はどこにでも潜んでいると聞くからな」

「なんでそんな胸くそ悪い奴が、このでかい国の王なんだ？　さっさとぶっ殺して、頭領（おかしら）が王位を取り戻すべきじゃないか？」

「え？」

「だって、うちの頭領（おかしら）は、実は、森と急流の国（ヤマトイツル）の正統な後継ぎなんだろ？」

「その噂、俺も聞いた。それが本当なら、俺たちは国王直属の部隊ってわけだよな？」

「そうさ。俺たちも、もうたかが傭兵だとか、家族も作れねえならず者だとか言われずに済むってもんさ！　なんてったって、うちの頭領（おかしら）は国王陛下だ！」

「おい！　その話は口にするなとシ＝カ副長が……」

「誰が何だって？」

背後から響いてきた抑揚のある声に、先鋒隊の傭兵たちがザッと居住まいを正す。

「頭領（おかしら）！」

青毛の馬がぶるると嘶く。青みを帯びた艶やかな黒。

荒々しく気を吐く黒馬に跨がっているのは、隻眼の頭領イカルだ。

背後には、手練れの精鋭部隊がずらりと馬首を並べて付き従っている。

「すみません！　任務中に余計な口を叩きました！」

訪れる予定のなかった頭領の登場に、傭兵たちが顔色を変えている。

「謝る必要はない。報告しろ」

傭兵団の数も膨れ、統率者としての仕事も十倍以上に膨らんだイカルは、時間を無駄にしなくなった。以前はシ＝カが横から文句をつけるほどだった寄り道も、今では少なくなっている。

それはすなわち、反発と孤独と怒りに押し上げられた少年期の終わりを示していた。

イカルは今や、余裕という衣を纏う統率者だ。彼は他の者に任せるという、上に立つ者のやり方を手にし、そうした技を優雅に使いこなすようになっていた。

「村長が吊された？　己たちを雇うはずだった男が殺されたのか。領主にか？」

イカルは今や、自分の団の人間を大いに信用するようになっていた。

イカルを慕う部下の一人が、そんな頭領の問いにすぐさま応える。

「はっ。遺憾ながら」

「村長の一家は皆殺しにされました。この辺り一帯を統括する領主の命令のようですが、背後でその領主を操ったのは、この国のヒルム＝チ王です」

「ヒルム＝チ王は、自分に逆らう者には容赦いたしませんので」

「そのようだな」

頭領の声に暗い憤怒が滲み、そばにいた傭兵がぎくりと目を瞠る。そのとき、崩れかけた家屋を観に行っていた歳若い少年兵が、甲高い声で叫んだ。

「子供が！　兄弟のようです！　親のからだに庇われ、二人ともまだ息があります！」

「救え！」

「ハッ！」

クナト＝イ王子が生まれた国、かつてその地から追われた森と急流の国（ヤマトイヅル）では、現在、ヒルム＝チ王の恐怖政治が各地を席巻していた。

ヒルム＝チ王に忠誠を誓った領主たちは、誰もがその恐るべき暴力の前にひれ伏し、曲がった政道を押しつけられても、異を唱えることはしなくなっている。

軍事力のみに力を注ぐ王の下、民の生活は虐げられ、先祖伝来の田畑は荒れ、美しき土地が砂地へと変わろうとしていても、ヒルム＝チ王がみずからの施政を改める気配はなかった。それどころか、軍備の充実のためにさらに重い税を取り立て、逆らう村々には密偵を送り、壊滅的な打撃を与えている。

人々は常に見張りが潜む生活に慣らされ、今や立ち向かう気力さえ失い始めていた。

「頭領(おかしら)！」

　歳若い少年兵が泣きそうなしかめっ面を向ける。

「こんなひどいことをする王がこの世にいるなんて、信じられません！」

　くやしげにそう言い放った少年兵の視線の先には、担架に乗せられ、瀕死の状態で運び出されてゆく子供たちの姿があった。

「上に立つ者には下々の者を守る義務があると思います！　それができていないこの国の王は、ただちに報いを受けるべきです！」

　隊長が止める間もなく、恐れを知らない少年兵ははっきりとそう言い放つ。

　イカルはしかし、表情を変えなかった。

　甕依姫(ヒミカ)という旗印を得たこともあって、この頃には大軍団となっていた傭兵団の頭領は、付き従う者たちの前で動揺を見せることはなくなっていた。

　彼は大軍団の統率者であり、最終決定権を持つ者であり、多くの子らの親がそうであるように、傭兵たちを率いる責任を負っていた。

『あなたは、慕われているのです』

　いつだったか、自分のために命を投げ出し、重傷を負った傭兵のことを思って苦しむイカルに、タマユ＝リが言ったことがある。

『吾(わ)は、戦陣にも、ご家族のみなさんが過ごす村にも行かせていただいていますからわかりますが、イカルはみなさんから、まるで親であるかのように慕われています。もちろん、この団には戦で親をなくした遺児たちも大勢います。でも、慕われる理由はそれだけとは思えません。あなたは希望なのです、イカル。男子(おのこ)たちは、あなたを慕って、傭兵団に加わろうとみずから武術を勉強します。女子(おなご)たちは、あなたの絵姿を彫った装飾品を首からさげ、傭兵さんたちが無事に帰ってくるよう、祈りをこめて日々の仕事をこなします。お守りなのです、あなたという存在が』

〝お守り〟

タマユ＝リの言葉が、イカルの裡で深く響く。

イカルには、ヒルム＝チ王のこの暴挙の意味がわかっていた。

これは、イカルたち傭兵に突きつけられた脅迫状だ。

ヒルム＝チ王は恐らく、傭兵団の噂を耳にしている。イカルの傭兵団が急速にその数を増やし、今や国境を越えた多くの領主たちに明らかな力を及ぼし始めているからだ。

この森と急流の国(ヤマトイツル)でもあちこちに出没し、多くの戦果を上げていた。

目立たないはずがなかった。

問題なのは、その目立つ傭兵団を率いる隻眼の男の正体を、ヒルム＝チ王とその周囲が見抜いているかいないか。

「全戸、確認終わりました！」

傭兵が走ってきて、これ以上この場に留まる必要がないことを頭領に告げる。

イカルは部隊長に頷いてみせ、馬の首を翻した。

「長居は無用！　陣へ戻るぞ！」

「ハッ！」

そうして進もうとしたイカルの黒馬が、ふと動きを止める。

イカルは愛馬の首を叩いて機嫌を伺う。

「アグイ？　どうした？」

「頭領（おかしら）！　あれを！」

遠見が何かを指さして叫ぶ。

「！」

イカルもまた、馬上からその恐るべき光景を目撃して、目を眇めた。

「なんだ、あの大軍は？」

なだらかな丘陵地帯の上部から、うねって流れる大河のごとくにあふれ出してくる人馬が見える。

追っ手だろうか。イカルたち傭兵団には敵も多い。どこぞの領主か、それこそヒルム＝チ王の命令で派遣された部隊かもしれない。

「数が、多すぎる……！」

「頭領（おかしら）！　我々では太刀打ちできません！」

「太刀打ちできない？　またあっさりと白旗を揚げたもんだな」

馬上のイカルが、クッと喉で笑う。

傭兵たちが唖然として頭領を見上げた。

彼らの目に、頭領はこの非常事態にも落ち着き払っているように映る。隻眼の頭領は落ち着いた声で続けた。

「いや、おまえたちは正しい。こっちの手勢は見てのとおりだ。このまま対決したところで、己（おれ）たちは全滅するね」

絶体絶命。

だが、そのような事態を目前にして、イカルの唇に宿ったのは不敵な笑みだった。

「よし。相手の正体を見極めよう」

「頭領（おかしら）⁉　おっ、お待ちください！」

「危険です！　頭領（おかしら）！」

黒馬のたてがみが風になびく。

馬の歩を進めようとする頭領に、若い歩兵たちが悲鳴に近い声をあげた。

一方、イカルの側近たち、精鋭部隊にはわずかの変化も見られない。ただ、頭領の後を静かに付き従ってゆく。

戦況がどうなろうと、彼らにはイカルの意志がすべてである。

たとえ、みずからの死が目前に迫ったとて、彼らが動揺を見せることはない。だからこその精鋭である。

時が過ぎた。

イカルの黒馬はすでに敵の先頭へと近づきつつある。

が、敵の一群がイカルたちに襲いかかる様子はなかった。

遠矢ひとつ飛んでこない。

第一に、士気を鼓舞する呼子隊の姿も見えない。

「？」

「頭領（おかしら）！　下がってください！」

敵の大軍から飛び出して疾走してくる数騎の塊があり、イカルの親衛隊がさすがに色めき立つ。

だが、飛び出してきた騎兵団は、イカルの馬から離れた場所で止まった。

と、全員が馬を降り、その場でザッとひざまずく。

「敬礼！」

大きな声が響き、騎兵たちの中央で、もっとも立派な分厚い上着を身につけた大柄な男性が、さらに深々と頭を垂れた。

今にもひたいが地面につきそうな勢いだ。

「我らに敵意はござらん！」

よく響く豊かな音量の声が、戦場となりかけていた草原に響きわたる。

優れた武将のみが許される九色の肩章布をなびかせ、男は言った。

「お久しゅうござる！　我が愛すべき甥子（おいご）どの！　クナト＝イ王子殿下――――！」

一週間後　疾風怒濤の朱夏篇

1

華美なものはどこにもなかった。

すべては、生活のためにもっとも使いやすいように工夫されている。

丘陵を利用して見事な長い石塁を築き、その上に建てられたイイヅカ領の城は、機能美に満ちていた。

巨大な門を抜け、鶏や鶉たちが駆けまわる城壁内通路を案内されてゆく道中、タマユ＝リを一番驚かせたのは、子供と中人、大人、老人と、それぞれの年代に向けた高さの水飲み口があったことだ。たったそれだけのことのように思われるかもしれないが、そこに費用をかけようとする権力者には、これまで会ったことがなかった。

この館の持ち主は、人々の暮らしに即した細やかな配慮を行き届かせる人物のようだ。

イイヅカの領主——トマ＝イ。

かつて、クナト＝イ殿下と呼ばれていたイカルの過去を知る人物である。

「甕依姫（ヒミカ）どの！」

「おっと」

居館へ向かう一群より遅れていることをミ＝ワに指摘され、あわてて正面に向き直ったところで、どしんと誰かにぶつかる。

「す、すみません」

「よそ見をしておったな、柑子色の髪のちいさいお嬢さん」

相手のほうが大きすぎるのだと思う。見上げるような大男だ。

タマユ＝リは実際のところ、首をのけぞらせて相手を見上げねばならなかった。

「だっせえ」

タマユ＝リの背中を受けとめたイカルが、耳元でささやく。

愛撫のようなからかい口である。タマユ＝リの頰はたちまち赤く染まった。

「ようお越しになった、クナト＝イ王子殿下！　なんとまぁ、兄君に似ておいでか！」

「その呼び方はできればやめてもらいたい。他の者たちが混乱する」

「これは失敬！　今はイカル、だったな！　亡くなられた御友人の御名とか！」

大男のトマ＝イは、声も大きい。

長く縮れた髪は何本にも縒られ、毛先に虹色の布を巻きつけて飾られている。

豪奢で派手な色合いの上着が不思議と落ち着いた色彩に見えるのは、この男の存在そのものがどっしりとした威圧感をもたらすからであろう。

「二度とまみえることはないと思っていた甥子どのと、こうしてふたたび同じ場の空気を吸うことができるとは！　このトマ＝イ、感無量！」

「己も同じだ。もう二度と会うことはないと思っていた。トマ＝イ叔父上――」

二人の男はがっしりと互いを抱擁し合う。そんな筋骨隆々たる男たちにはさまれて目を白黒させているタマユ＝リを、ミ＝ワが護衛の役目とばかりに引っぱり出した。

「兄君がご存命ならば、今の殿下を観たときの歓びはいかほどであったことか！　兄君のご無念を思い出さずにおられんぞ！　ささ、こちらへ！　宴の間にて、遠き旅路の疲れを癒されるがよかろう！」

感動の対面は続く。

トマ＝イの居館は宴の間といっても、やはり華美なものではなく、機能性にあふれた造りのものだった。だが、訪問者に敬意を示したのだろう。柱の前に花を生けた花瓶を見つけたタマユ＝リは、目を輝かせ、付き添ってくれているミ＝ワに、生けてある花の説明を始めてしまう。

タマユ＝リの無邪気な熱心さは、人目を引きつけるほどのものだったが、当人にその自覚はない。気づいたのは、さすがに目敏いトマ＝イだ。

　武装した精鋭部隊の中に混じって移動する小柄な女性に目をつけて、彼は言った。

「先刻から、わしの足元で動いておられるこの愛らしき女子はどちら様じゃ？　イカルどのの気に入りかな？」

　トマ＝イの言葉には暗に〝愛妾〟という言葉が含まれている。

　タマユ＝リは慣れていたが、イカルは慣れていなかった。

「取り消せ。己の妻だ。名はタマユ＝リ。己たちの団の進むべき道を示す甕依姫だ」

「なんと！　妻!?　いや、その前に、こちらがご高名な甕依姫どのか……！」

　大仰な反応をくり返しているが、どうやらこれがトマ＝イという男だ。

　大きなからだを大きくゆすり、広く両手を広げて驚きの表情を作り、吼えるかのように大声を張り上げる。

　大げさといえば大げさだが、どこか憎めない雰囲気が漂うのは、悲哀の色が垣間見える黒々とした眼のせいだろう。

　同じ色合いの眼を、タマユ＝リは見たことがあった。

　イカルの左眼だ。

「話は聞いておるぞ！　そなたたち傭兵団が、無名にも拘わらず、各国から一目置かれるようになり、あらゆる権力者からの要請を受けるようになったのは、かの襲依姫が守護についたせいじゃとな！」

「吾は何も……」

「しておらぬと申すか？　なるほど、謙虚という美徳！　これは大きな財産を手に入れたものよ！　のう、クナト＝イ！　ハッハッハ！」

やはり王子の元の名を口にしてしまうが、気づいてもいないのか、大声で笑う。

トマ＝イはイカルを広い宴の間の中央、一段高くなった場所に案内した。

見上げれば、その中央部分だけ天井が円形に刳り抜かれたように高く、不思議なことにぼうっと明るい。

温かな薪を囲って、丸く編んだ円座が十名分ほど置かれている。

イカルを奥側の大きな円座に座らせると、トマ＝イもその左隣に座った。

そうして座ったイカルが、ぎろりとタマユ＝リを視線で促す。

空いている右隣に座れということだろうが、タマユ＝リは躊躇した。その間に、トマ＝イの側の親族がイカルの右隣を占めてしまう。

タマユ＝リはあわてて引き下がろうとしたが、それはトマ＝イの家来が許さず、結局、イカルの対面の円座に招かれた。

イカルがちらりと視線を上げ、タマユ＝リの位置を確かめる。

視線が鋭い。機嫌が悪そうだ。と、そのイカルが不意に口を開いた。

「盃を交わす前に、叔父上の真意を聞こう」

「ふん？　真意とな？」

「そうだ。叔父上。罠か？」

単刀直入な問いに、一座が響めく。

「己(おれ)たちをおびき寄せて、ヒルム＝チに引き渡すか？」

まっすぐ自分を見据えてくる甥子に、トマ＝イの顔が苦々しげに歪んだ。

イカル直属の親衛隊が、秘かに腰の剣に手をかける。

本当に罠かもしれない？　とタマユ＝リにまで思わせたところで、トマ＝イが破顔した。

「ハッハッ！　まさに！　そう疑うも無理はない！」

あいかわらずの大声が、その場に響きわたる。

「わしは森と急流の国(ヤマトイツル)の重臣、ヒルム＝チ王の腹心の臣と謳われる者！　甥子が生きのびているとは露知らず、こうしてふたたびまみえるまでは、わしも半信半疑であった！」

タマユ＝リはじっとその大きな男を見つめた。

トマ＝イの言葉に嘘があれば、手持ちの香り草(ケマ)で直ちに眠らせ、この場を離れることもできる。

が、その必要はないようだと判断した。それまで、ただ愛想が良いばかりだったトマ＝イは、今や浮かれた笑顔を消し、声音も真摯なものへと変えて続ける。

「最強の傭兵団という触れこみは、ヒルム＝チ王も知るところとなったが、その頭領が、かつて森と急流の国（ヤマトイツル）の王位継承者だった者ではないか、という噂が飛び交い始めたのは、ごく最近のことよ。わしは細心の注意を払って、噂の出所を調べ始めた。じゃが、イカルという名の頭領の出自は、誰も知らなかった。その頭領の居場所も刻一刻と変わり、一向につかめなかった。業を煮やしたわしは、敵に最強の傭兵団の噂を流したのじゃ。敵はそなたたちを雇い、こうして会うことができたというわけよ」

「その敵――己（おれ）たちの雇い主は、己（おれ）たちが行くより先に惨殺されていた」

毒を投げこまれた井戸、遺体の山と、吊された村長と村長の家族。

イカルの左眼の奥に静かな怒りの炎がちらつく。トマ＝イは、なぜか圧倒される自分に戸惑いながらうなずいた。

「ああ、わしも報告を受けた。王の名を穢す胸の悪くなるやり方よ。助けが間に合わず、村人たちには申し訳ないことをした」

「……ヒルム＝チは、いつからこうなった？」

イカルの問いに、トマ＝イの頬がぴくりと動く。イカルは言った。

「あいつは、己に成り代わりたがってはいたが、そこまで愚かじゃなかったはずだ。あいつに何があった？」

「母御を亡くした」

「亡くした？　王太后カダメ＝チが、死んだのか？」

「ひと月ほども前のこと。もっとも、これは極秘事項よ。ヒルム＝チはあれで、自分が王太后の権力の陰に隠れて生きてきたことは自覚しておる。今、王太后を亡くしたことが他国の王や自国の領主たちに知られれば、いっせいに攻めてこられるかもと怯えておるのだ。今のヒルム＝チは、猜疑心に満ちあふれた悪鬼よ。城の奥深くに閉じこもり、黒衣に身を包んで、誰の言葉も信じようとせぬ」

「ふん。悪鬼か。鬼に申し訳ねえな」

イカルは、もはや完全に傭兵団の頭領の顔に戻っている。

左眼をぎらりと鈍く光らせて、イカルは低い声で言った。

「それを己に話したってことは、つまり、己をこのままここから出す気はねえってことだよな、叔父上？」

「うーん。わしではヒルム＝チを止められん。ヒルム＝チに代わる者が必要でな」

「ふ、己をあんたの手駒にしてえわけか」

「またずいぶん口が悪くなったものよの、クナト＝イ王子殿下」

「修羅場をくぐらずに生き延びることができていたら、もう少し上品なままでいられたかもな。叔父貴、こんなならず者に何をさせたい？　今の己はただの傭兵だぞ？」

「ただの傭兵にヒルム＝チが目をつけるかね？」

「一介の傭兵団長が、かつて自分たちが国から追い払った王子だということに、ヒルム＝チはもう気付いているのか？　いや、あんたは腹心だと言った。そうか。あんたが己の捜索を頼まれたな？」

「さすがは我が甥子。勘がいい。そうさな。ヒルム＝チはわしの報告を待っておろうよ。わしも多くの領地に民を抱える身。王の信頼を裏切れば、イイヅカの領地も領民もすべて召し上げられ、家族は皆殺しにされよう。ヒルム＝チは自分の民など道具としか思っておらん。つまり、わしはどうあっても報告せねばならんのだ」

「つまりあんたは、また己を売るわけか」

「――――！」

　遠く苦々しい過去が二人の間でよみがえっているのは、そばで見ているタマユ＝リにも伝わってきた。

この二人は、ただ叔父と甥という関係だけでなく、過去に何か大きなわだかまりがあるのだ。

二人はにらみ合い、宴の場にしばし、緊張した沈黙が生まれる。

先にその沈黙を壊したのはトマ＝イだった。

「わしがかつてそなたを売ったのはこの日のため、と言いたいところだが、説得力はなかろうな。むろん、わしとてそのような詭弁が通るとも思っておらぬ。甥子どの、腹を割って話そう」

イイヅカの領主トマ＝イはどうやら開き直ったようだ。

対面でタマユ＝リが息をのんで見守る中、過去は過去、今は今よとつぶやいて、トマ＝イは脅しの響きさえ宿しながら言った。

「必要なものは何でも揃えさせよう。見てのとおり、武器も食糧も潤沢だ。兄君亡き後、王妃だったカダメ＝チに媚びを売ってこの命を長らえ、どうにか回してもらった領地がどれほど不毛なものだったか、今となってはわかるまい。現在のイイヅカの富は、勤勉な我が民のもたらしたものでもある」

「あんたはその領地を何よりも大切に育ててきたんだろうな。わかる。かつての叔父上もそうだった。あんたの領民は幸せだろう」

「その通りだ、甥子！　そのわしがそなたに与えることができる最大のものは、何だと思う？」

「ヒルム＝チに報告するまでの時間、か？」

二人が目と目を見交わして、二人だけにわかる頷き方をする。

この二人は、互いのことが手に取るようにわかるのだ。

タマユ＝リは自分が羨ましげな目を向けているのではないかと思った。

「できるかぎりの時間稼ぎはしよう。とはいえ、ヒルム＝チは馬鹿王だが、馬鹿ではない。むしろ、そなたのことでは妙に勘が鋭くなるところがあるようだ。わしの裏切りも、そう遠くなく、ヒルム＝チの知るところとなろう」

トマ＝イがイカルを見つめ、イカルの左眼がぎろりと反応を返す。

「イカル、そなたがこれまでどれほどの苦労を重ねたか、想像もできんほどだ。だが、これはそなたに残された最後の機会だ。王子に戻れ、クナト＝イ。いや」

しんと静まり返った宴の間に、イイヅカの領主が深く息継ぎをする音だけが響く。

トマ＝イは言った。

「王だ。森と急流の国（ヤマトイツル）では、今こそ正統なる後継者が王位を奪還するのだ——！」

＊

「あいかわらず食えねえオヤジだ。昔とまったく変わってねえな」

色とりどりの柔らかな敷布を重ねた寝床で、イカルがタマユ＝リに問いかけてくる。

低い、溜め息のようなその声に耳元をくすぐられ、タマユ＝リはイカルの胸に顔を埋めた。


この夜、イカルとその一行は、トマ＝イの居館に居処（ヤマ）を与えられた。

イカルとタマユ＝リは、もっとも上位の者のための居処（ヤマ）を用意され、ようやく二人きりになってくつろいでいるところだ。そこは、決して華美ではなかったが、あちらこちらに細やかな配慮と工夫を施した見事な居処（ヤマ）であった。

「あれじゃ、脅しじゃねえか」

「でも、トマ＝イさまはご自身の領民を、とても愛しておられるように感じました」

「ああ、まぁな。叔父上は大貴族だが、みずから農作業にも手を出すほど、民の暮らしを第一に考える男だ。そのあたりも昔のままだな」

「あの、」

そこまで言って、口ごもる。クナト＝イ王子という存在について問うことには、まだ垣根があるような気がしていた。

「聞きたいことがあるんなら聞けよ。かわいいタマユ＝リ」

自分の腕の中にあるタマユ＝リの頭を撫で、ひたいに口づけてイカルがしゃべる。

「なんでも答えてやる」

「ほんとうに？」

「ああ」

鍛えられた硬い上腕に口づけ返し、そんな親密すぎると思えるしぐさにさえ慣れてきた自分に驚きながら、タマユ＝リが口を開いた。

「それでは伺います。〝また、己（おれ）を売るのか〟とは、どういう意味ですか？　以前も、トマ＝イさまにそのような目に遭わされたことがおありだということですか？」

「気になるのか」

「はい。トマ＝イさまがあなたの右眼について何もお尋ねにならないことも、気になりました。その右眼の傷は、クナト＝イ王子でいらした頃にはなかったはずです」

「なるほど。甕依姫の観察眼か。たいしたもんだな」

わずかな沈黙ののち、イカルは言った。

「己の右眼を斬ったのは、トマ＝イ叔父だ」

「えっ？」

衝撃的な答えに、タマユ＝リが絶句する。

「ど、どうして……？」

「今は亡き王妃カダメ＝チは、王宮から逃亡を図った己を、草の根を分けても探し出せと命じた。叔父貴はその命令に従った。まだ叔父貴の裏切りを知らなかった己は、のこのこと出ていって、叔父貴の前で無防備に背を晒した。で、斬られた」

何でもないことのように簡単に言う。それがなおさら裏切りの傷の強さを思わせて、タマユ＝リは耐えられない。

「当時は、己を斬ることで、王妃カダメ＝チに自分が味方であることを示したかったんだろう。トマ＝イは昔から食えない男だが、隻眼になった己を逃がしたのも、たぶんトマ＝イだ。今、己と組みたいと言ってきたのも、あながち嘘じゃねえだろう。伝令が報告してくる森と急流の国の現況は、どれも悲惨でな。トマ＝イのイイヅカの領地も、この数年でずいぶん目減りしているらしい。ヒルム＝チ王に対抗する勢力があれば、乗り換えたいと思っても不思議はないかもしれねえ」

淡々と説明しながら、タマユ＝リのからだを覆う美しい布を一枚ずつ剝ぎ取ってゆく。これはイカルの趣味に近い。贈り物をしてタマユ＝リをこれでもかというほど着飾らせ、愛らしくさせておいて、髪飾りに至るまで、ゆっくりと自分の手ではずしてゆくのだ。

考えてみれば、甕依姫(ヒミカ)として許してはならないことを許しているわけだが、どうしてこの隻眼の男にだけは心が震えてしまうのか、タマユ＝リ自身にも説明はつかなかった。ただ、揺らぐ心のままに、押し寄せるイカルという波に打たれてしまうのだ。

「甕依姫(ヒミカ)、どう思う？」

問いかけながら、腹ではすでに決めている。この男はすでに決意していることを、ただ確認するためにいつもこうして質問してくるのだ。

背後から自分を抱いている男の腕に唇を押し当てながら、タマユ＝リは、好きでたまらない人の声に耳を傾けた。

「トマ＝イ――亡き父の弟は、とにかく愉快なことを好む性質(たち)で、昔から巫山戯(ふざけ)たことばかり言う男だった。めったに本音を口にしない。温和な父でさえ、あの弟にはさんざん悩まされてきたと言っていたくらいだからな」

そうつぶやきながら、イカルの男らしい手は、ほとんど無意識にタマユ＝リの乳房を弄っている。人の館だ。タマユ＝リは声を漏らさないようにするだけで精いっぱいだったが、イカルの言葉に深く響くものはあった。

亡き父。その父の弟。

こうもはっきりと、森と急流（ヤマトイツル）の国時代の自分自身のことを、イカルがみずから語るのは初めてではないだろうか。

聞き手が自分であることが嬉しくもあり、一方で、何か不安定な未来が近づいてくるようでもあり、微かな不安に震えてしまう。タマユ＝リは、イカルの温もりの中にさらに深く潜りこんだ。今夜のイカルはひどく無防備だ。

「心底いいかげんな野郎だと思ったこともある。だが、後から考えれば、叔父貴の選択はいつも裏に意味があった。その叔父貴が接触してきた」

居処（ヤマ）の天井に、タマユ＝リが調合した香り草（ケマ）の煙がゆらゆらとたなびいてゆく。

どんな場所に移動しても、タマユ＝リはもっとも質の良い香り草（ケマ）の一番良い部分を引き出して、イカルのいる空間をくつろぎの香りで満たした。それが頭領たる身に与えられるべき待遇であり、甕依姫（ヒミカ）の夫たる者の特権である。

「己（おれ）の母方の一族は皆殺しにされたが、トマ＝イは王太后となったカダメ＝チにも気に入られて、森と急流（ヤマトイツル）の国の家臣団の中に残った。己（おれ）はそれを承知していた。叔父貴も傭兵団を率いているのが己（おれ）だということを知っていたはずだ。だが、これまではそれを外に漏らす様子はなかった。あの頭の良い男は、ならず者の集団なんぞに興味はないからな」

タマユ＝リの手を取る。

その指の背に口づける。

いつも思うのだが、イカルは驚くほど丁寧にタマユ＝リのからだを取り扱う。

どんな場所でも、彼に敬意を払われていないと感じることは一度もなかった。

「もう、離れて十年以上になる。今さらなぜだ？　ならず者の集団に興味はないんじゃなかったのか？　甕依姫（ヒミカ）の協力を得て、傭兵団の力が増したからか？　あるいは、ただの気紛れか？」

ひとり言のようにつぶやきながら、タマユ＝リの両腕を開き、寝床にそのからだを磔にして、癖のような愛撫を始める。自分の重たいからだを押しつけ、タマユ＝リの両脚を勝手に開き、みずからの腰を埋めてゆきながら、イカル自身は政治的な検討事項を頭の中に思い描いて、止まることがない。

タマユ＝リは何も拒まず、受けとめて、ただ、衣擦れの音が風のように響くのを聴いていた。

二人の男女の呼吸の音が、少しずつ、波のように重なり合ってゆく。

男は独占欲を剝き出しにできることで安心し、より逞しく、より大胆になった。そして、二人ともに、どこまでも自由だった。

からだを重ねることで、これほどの自由を感じることができるとは、タマユ＝リには信じられない出来事だった。

初めてのときもそうだったが、今も、奇跡のようにしか思えない。

甕依姫（ヒミカ）という畏怖の対象としてではなく、愛しいものとして触れられる。そんな経験は一度としてなかったからだ。壁を突き崩されて初めて、自分がどれほど強く、〝人〟に対して壁を築いてきたかを思い知らされた。

「あるいは、本気でヒルム＝チに愛想を尽かしたか」

イカルがどれほど長い間、ただ独りで多くの相手と戦ってきたかがよくわかる。

彼は心の言葉で一人一人を説得し、大勢の信頼を勝ち取ることに成功してきた。傭兵団をここまでにしてきたのは、やはりイカルという男の底力だ。多くの者たちが、彼のそばなら自分の居場所があると信じて集まってきて、ようやく今のイカルがあるのだろう。

「甕依姫（ヒミカ）、おまえの意見は？　叔父の真意はどこにあると思う？」

彼が求めるのは、意見であって、占ではない。

この男はいまだ、甕依姫（ヒミカ）の卜占を信じようとしないのだから。

「……この場所が、答えかも」

「うん？」

「ここはトマ＝イさまのご領地。与えたのは、ヒルム＝チ王です」

「ああ。なるほど。ヒルム＝チの間諜が潜りこんでいるから、叔父上もまともに話せていない、か？」

「はい。どこか二人だけで会える場所で話をすれば、トマ＝イさまも真意をお話しになるかもしれません」

「そうしよう」

「あ」

イカルの頭が下がってゆく。厚みのある唇が、当然のようにタマユ＝リの乳首を覆い、独占欲たっぷりにしゃぶり始める。

弾力のある舌先が、敏感になりすぎて苦しくさえある突起に幾度も巻きつき、圧をかけ、吸い、弾き、時間をかけて舐め、あまりの刺激にそれが赤く熟れて勃ちあがってゆくのを楽しんでいる。

「で、も、森と急流の国の宮廷の現状も、もっと知っておかなければ……」

「ああ。ヒルム＝チ側の情報も、同時に掻き集めておく必要があるな。今の戦力はどれほどなのか。減っているのか、増えているのか。国の乱れの原因は真にヒルム＝チなのか、だとすれば、今の宮廷がどうなっているのか。裏切り者はどれほどいるのか」

タマユ＝リは腰をよじらずにいられなかった。そんなふうに胸を弄ばれるだけで、タマユ＝リの秘部がたまらずに充血してゆくのを知っているのかいないのか。

いや、知っていて、無意識なのだ。無意識に女を高めてくる。

その本能のなせる業は、もはや見事という他はない。なんという男の無邪気さか。

「叔父貴の戦力も精確に把握しておきたいな」

つぶやいてくる唇のざらりとした感触に、びくんとあちこちが跳ねる。

タマユ＝リは、たまらずにイカルのやり方を非難した。

「吾のからだで考えないでください……！」

「ああ」

無意識に動いていた指をぴたりと止めて、イカルが顔を上げる。

「悪かった。集中しよう」

なんとも無邪気だ。

その悪びれなさに、タマユ＝リはあっけに取られつつも、相手の可愛らしさを認めずにいられない。

イカルはタマユ＝リより七歳上だが、時々、まるでずっと年下の子供のように思えることがある。彼の横暴な言い方にムッとすることはあっても、誰もが彼を許してしまうのはそのせいではないだろうか。

「……ふ」

乱れていた呼吸が落ち着いてくると、タマユ＝リの背にふれていたイカルの手がふと止まる。そうして彼は、自分の腕の中に閉じこめた女の耳元に、低い声で囁いた。

「濡れすぎだ」

男の言葉を額面通りに受け取って、タマユ＝リの全身がカッと燃える。

正気を取り戻したタマユ＝リは、あまりの恥ずかしさにからだを丸めようとした。が、からだごと乗り上げてきたイカルに膝を割られ、重たい膝を両腿に押しつけられて、それはかなわない。

「褒(ほ)めているんだ。閉じるな、己(おれ)のかわいい甕依姫(ヒミカ)」

いちばん好きな言い方で、甕依姫(ヒミカ)と発音される。何度も呼ばれてきた呼称だが、毎夜新しい響きを発見するのには驚かされるほかなかった。

「おまえは本当にかわいい。どうしてそんなにかわいいんだ？」

タマユ＝リの頬を手で包んだり、指の背で撫でたりしながら、男が溜め息まじりにくり

返す。慣れない褒め言葉の響きを受けとめる耳がまた燃えるようで、タマユ＝リは耳たぶまで真っ赤になった。

「甕依姫(ヒミカ)」

それに気づいた男が耳たぶを噛み、からだの重心を移動して、また囁く。

「おまえを味わいたい。脚を開いて己(おれ)を入れてくれ」

「だめ。声が」

「安心しろ。口を塞いでおいてやる」

欲望に満ちた相手の左眼に魅せられて、タマユ＝リの唇がうっすらと開く。

淫らな言葉に反応して、誘い返してしまう癖までついた。

求められたら、恥じらいながらも少しずつ応じてみせる素直さも身につけた。

味見などさせないと拒絶したあの時が、もう遥か昔のことのようだ。今となってしまえば、頑なに閉じていた自分のからだのことも、夢の彼方のもののように思える。

天井の向こうで星が流れてゆく。

星が実際に目に見えるわけでもなかったが、こうしてイカルを迎え入れるとき、タマユ＝リはいつもそうして星の存在を感じた。

イカルという輝きが自分の内側に入ってくるような、そんな気がするのだろうか。

夜が更けても、この晩のイカルは行為をなかなか終わらせなかった。

幾度も幾度も求められ、足の爪一枚から髪の毛一本に至るまで、自分の肉体のすべてがイカルのものにされてゆくようになると、夜はようやく吐息となって溶け出してゆく。

戦いを生業とする男は、昼間は男たちと命のやりとりをし、夜は女と命の営みをして内なる生命力を取り戻す。

初めての夜を迎えたときから、そうして命を交わすやり方は変わっていなかった。

一方、イカルが自分を抱きしめるやり方は少しずつ変わっている。

「あ、あ、イカル…、イカル……！」

「そうだ、己（おれ）を呼べ。己（おれ）だけを呼び続けろ」

「だ…め、…吾（わ）はもうだめです、もう……」

「大丈夫だ。おまえはまだ深くなれる。己（おれ）を感じろ、己（おれ）の可愛いタマユ＝リ」

頭上から響く名を呼ぶ声が、タマユ＝リを煽り立てる。

タマユ＝リはさらに大きく両脚を開き、男の律動を身の内深くに受け入れた。

出し入れされるたびに激しい振動が伝わり、灼熱の塊を腹からそのまま呑みこむかのようにさえ思えてくる。

恐ろしいほどの快感だった。男を呑みこむことがこれほどの快感を伴う行為だったとは、つい最近まで想像することもできなかった。

招かれたばかりの居館でイカルを受け入れ続けながら、タマユ＝リは途切れ途切れに思う。

イカルは激しい男だ。

むろん、最初から容赦はなかった。けれど、それでもまだタマユ＝リを知り尽くしていない分、彼の為し方には惑いがあり、手探りでタマユ＝リという花の花片を一枚ずつ剝いでゆくような、わずかなもどかしさがあった。

それが、今ではすっかりなくなっている。

遠慮することなく、貪るときはひたすら貪り尽くし、タマユ＝リが自分の声の大きさに戦いても許すことは決してなく、ただ己の欲望を打ちつけ続ける。

そうすることに、イカルから一切の迷いはなくなっていた。

イカルの迷いが消え去れば、タマユ＝リの裡の惑いもきれいに消え去る。

タマユ＝リは花開いた。

初めてのときから、あっという間だった。若さも手伝ってはいたが、互いの日常を実際に間近で見てきたことも大きかった。

そのことで二人の精神的な結びつきが強まり、今はもう、大いなる安心感がタマユ＝リという大輪の花を開かせるのだ。

「もっとだ。己にしがみつけ、タマユ＝リ」

もっと。

もっと深く。

もっと強く。

繋がりたい。

なれるものなら、ひとつになりたい。ひとつだけに。

初めて森の木の上で結ばれて以来、共寝できるときにはほぼ毎夜、イカルはタマユ＝リという女の柔らかく華奢なからだを自分の硬く熱い男のからだの下に敷き、激しく攻め、己だけの恋人だと抱きしめて寝た。

もう十分だろうと思うほど責めても、次の日にはもう足りなかった。

今も同じだ。

この渇望の感覚はいつまで続くのか。

「甕依姫(ヒミカ)……」

夜の静寂に、細かい悲鳴が薄く混ざって伸びてゆく。初めて訪れた居館だ。タマユ＝リは声を抑えようとした。

が、イカルはそれを許さなかった。雄の本能だ。

「叫べ。もっと」

聞け。タマユ＝リを花開かせたのは自分だ。他の誰でもなく。

「ひ」

喘いで震えたタマユ＝リの喉に、喰らいつくかのように口づけてくる。

身を翻(ひるがえ)され、背後からそれまでより深く穿たれて、タマユ＝リは身も世もなく叫んだ。

イカルの欲望の強大さに、タマユ＝リの欲望もまた大きく膨らむ。

ときにそのあまりの烈しさに気を失うこともあったが、それもまた恐ろしいほどの快楽を伴ってのことだった。

それでも、今日はまだましなのだ。少なくとも、二人のからだは室内だ。

イカルが森でしたいと囁けば、タマユ＝リは愚かにも応じてしまう。

その森で自分がどうなるかわかっているのに、逆らえない。

深い碧の谷から小さな白い花が一面に咲く南の斜面にかけて、香り草(ケマ)だらけの森だ。

いつもの親しみのある森の中で、タマユ＝リは自分を保っていられない。

奔放になったタマユ＝リに、イカルは幾度も自身を奮い立たせて挑んでくる。そうされれば、タマユ＝リが応えずにいられないことを、彼はもはや知り尽くしていた。

「そうだ。タマユ＝リ、己をおまえの裡に刻め。己を決して忘れるな」

幾度となく突き上げ、タマユ＝リの全身を揺らしながら、男はつぶやく。

「己のものだ。己の甕依姫。己から離れるなよ」

何を言われているのか、タマユ＝リにはわからない。わからないまま突き上げられ、悶えさせられ、喉が嗄れるほど悲鳴を上げさせられて、最後は男の腕の中に倒れこむ。

「タマユ＝リ」

タマユ＝リはすでに意識を失っている。

ぐったりと力を抜いた女の柔らかくしなやかなからだを、イカルはしっかりと抱きとめた。

男の左眼から熱く滴り落ちるものがある。

なぜ泣けるのか、イカルにはわからなかった。

両親を喪い、すべてを奪われたときも、一度も濡れたことのない片眼だ。

抱きしめることが恐ろしかった。温もりを感じることが、恐ろしかった。

これは、喪失の予感だ。

イカルの脳裏に過去が甦る。

宮廷での満ち足りた日々の記憶だ。奪われることなど永遠にあるまいと思われていた幸福の数々、一瞬にして打ち砕かれた父王の肉体、あらゆる権力に裏切られ、両手を砂のように流れ落ちてゆく愛する者たちのいのち、いのち、いのち。

たった今、愛を交わした甕依姫(ヒミカ)たる者もまた、喪われゆくいのちの象徴だ。

イカルは、指の背でそっとタマユ＝リの頬を撫でた。

「大丈夫だ。己(おれ)たちは離れることはない」

つぶやいた言葉の端から、死の気配があふれてゆく。

どれだけ願っても報われなかった。

絶望という名の亡霊が、夜に彷徨い歩く。

多くの魂の燦めきが、クナト＝イ王子の生きたからだを突き抜けてゆく。

それらは館の柱を駆け上がり、遠く、白く瞬く星々の光となって散っていった。

2

風が吹いていた。

かつて森と急流の国（ヤマトイヅル）の王城を追われ、わずかに生き残った騎士たち、そして幼いギタと共に崖の上に立った夜が、ふたたびイカルの前に迫ってきている。

以前とは違うのは、イカルの背後には、味方する者たちが大勢付き従っているということ。その誰もがその目に絶望ではなく、希望という光を宿していること。その希望に満ちた目の先には、襲依姫タマユ＝リの姿があるということ。

「奇麗だな」

風になびく柑子色の髪の向こうに、蒼い山々が煌めいていた。

イカルの声に、タマユ＝リが振り返る。微笑んでいる。頭領と襲依姫（ヒミカ）が満ち足りた笑顔で見つめ合い、力強くうなずく。それだけで、兵士たちは鬨（とき）の声を上げるのであった。

「頭領（おかしら）！　東の部隊、配備完了の報が届きました！」

「西の部隊も配備完了です！」

準備の整った陣には、さらに万を超す傭兵団が控えている。無敵と呼ばれるまでになった傭兵団が着々と戦闘準備を整えてゆく。

精鋭部隊を連れたイカルは崖の上にいて、馬上から眼下のその様子を見守っている。そんな頭領の黒馬から半馬身離れたところに、タマユ＝リを乗せた白馬が待機していた。

ギタの姿は視界にない。が、甕依姫（ヒミカ）の守護神は自分の主から目を離すことはない。おそらく崖の中腹の緑の中に身を潜めているものと思われた。

「壮観ですね。我々に運が向いてきたということです」

「シ＝カ」

従者シ＝カが感極まり、声を震わせている。彼は続けた。

「トマ＝イさまが注目するほどに、我らの戦力はもはや無視できないほどになったということでしょう。我らの悲願が叶う日も遠くはないということです、殿下」

「それは、どうかな」

「は？」

シ＝カがイカルの真意を問おうと口を開きかけたところで、トマ＝イが数騎の親衛隊と共に現れる。と、イカルがちらりと自分のほうを見やったのに気づく。タマユ＝リはすっとその場から離れていった。

「クナト＝イ！　これでもうヒルム＝チを倒す準備は整ったな！」

「叔父貴」

イカルが肩越しに叔父を見やって応える。

「こんな派手な真似をすれば、ヒルム＝チはあんたの裏切りに気づくぞ」

「うむ。ヒルム＝チとはもはやこれまで。これ以上、我が民に手を出させはせぬ！」

その強い口調に、トマ＝イの意思は見え隠れする。だが、イカルは微笑まなかった。

「あんたがそう口にすることも、向こうには了承済みなのか？」

「何？」

トマ＝イはハッと顔を上げる。

周辺からは、人の気配が消えていた。

気づけば、従者シ＝カの姿も見当たらない。

ただ二頭残った馬の首を並べ、二人だけが眼下に広がる森と大地を見下ろしている。

トマ＝イのひたいに、うっすらと汗が滲んだ。

「人払いをしたのか。いつのまに……」

「叔父上」

イカルの声ではなかった。これは、クナト＝イ王子の声だ。

トマ＝イもまた、その僅かな変化に気づいたのだろう。日頃の巫山戯た表情は消え、彼はすでに、かつて自分が裏切った甥とまっすぐに向き合っていた。

「父が生きていたとき、叔父上はしょっちゅう城を訪れ、己の弟や妹たちを笑わせてくれた。父も母も、叔父上が来ると場が明るくなると言って喜んでいた。己は、叔父上を信じたい」

「だが、信じられんのだな」

「己は、裏切りには慣れている。だから、それが裏切りかそうでないかの見分けも、以前よりはずいぶんつくようになったと思う」

「荒くれ者ぞろいの傭兵団の頭領だからな。それなりに経験を積んだというわけか」

どちらも剣には手をかけていない。だが、二人の間には切っ先を重ね合わせているかのような緊張感が張っていた。

「わしをどうするつもりだ？　わしだけを始末したところで無駄ぞ。おまえたちは囲まれているのだ」

「そういう感じだな」

イカルは王子の眼で眼下を見つめている。まったく動じる様子はない。

トマ＝イの喉がごくりと動いた。イカルが口を開く。

「人質を取られているようだな。己をヒルム＝チ王に差し出せば、あんたの家族が助かる、か？」

イカルの指摘は的を射ていた。

トマ＝イが絶句して、甥子をにらむ。

「だが、それだけじゃないだろう。叔父上。己の何が気に入らない？　己が、親父の息子だからか」

「ああ、そうだ！」

いつのまにか追い詰められた気分になっていることが、トマ＝イには不思議だった。兄王の死後、ヒルム＝チ王に取り入って生き延びてきた。そのときから、口も八丁、手も八丁、追い詰められた気分になったことなど、一度もなかった。

なのに今、年下の甥子の静かな質問に、もはや完全に追い詰められている。トマ＝イは自分がしゃべらされていると感じながら、そのままあふれ出てくる気持ちを吐露した。

「兄と兄弟でいることが、昔から気に入らなかった！　たかが二歳年上だというだけで、兄者ばかり重用され、わしは常に二の次に置かれた！　皆を笑わせ楽しませるだけが次男の役目か！」

「その通りだ。あんたの役目はみんなを笑わせることだけだった」

「！」

「叔父貴。あんたにはそれができた。己(おれ)は、あんたが好きだった。いつも、城にあんたがやってくる日を楽しみにしていた」

　ふたたび、イカルの声に戻っている。それはすなわち、凄みを帯びた頭領の声ということでもある。

「己(おれ)たちに寝返れよ、叔父貴」

　イカルは鋭い左眼をトマ＝イにぎろりと向け、はっきりと言い放った。

「あんたの言った通り、森と急流(ヤマトイツル)の国は危急存亡の秋(とき)にある。今、何かを変えねえと、この国は滅びる。人間の力をぜんぶ掻き集めても足りねえ。そのくらい、この国はやばいところにいる。ここまで生き延びてきたあんたなら、わかっているはずだ。そして己(おれ)も、同じく生き延びてきた」

「クナト＝イ……」

「あんたが提案したんだ、叔父貴。己(おれ)に、この森と急流(ヤマトイツル)の国の未来を引き受けろと」

　イカルの強い左眼に、トマ＝イが釘付けになっている。息をするのも忘れたかと思うほどの強さで、二人はにらみ合っている。

「引き受ける。あんたが守ろうとしている家族も領民も、引き受ける。あんたはそんなことは望んでいないか？　叔父貴」

「クナト＝イ、わしは……！」

「イカルだ。クナト＝イの血は残っているが、己はイカルだ。今の己では、あんたの力にならねえか？　己たちは、本当に手を組めねえのか？　トマ＝イ」

「――」

トマ＝イはぐっと黙った。

心はなかなか落ち着かなかった。不意を突いてしゃべらされたことにも動揺している。

眼下では、森と急流の国の国王軍が、鶴翼の陣形を取ろうとしているのがわかる。

トマ＝イは叫んだ。

「なぜ、おまえがわしを許すと信じられる？　おまえの右眼を奪ったのはわしだぞ！」

「ああ。でもあのとき、あんたは己を殺せたはずだ。手加減したろ？」

「するか！　こっちもせっぱ詰まっておったんだ！　手加減したように見えたのなら、それは、おまえの腕がわしの腕を上回っておったということよ！」

「ふーん？」

イカルの唇はニヤニヤと笑っている。トマ＝イは、大柄で甥子の倍の年齢に至っているはずの自分が、十に満たない小さな子供にでも戻ったかのような気分に陥らされた。

「くそっ！」

イカルの黒馬がヒンと高く嘶く。それに合わせるようにして、トマ＝イがみずからの手を差し出した。

「そちらには甕依姫（ヒミカ）がいる。旗印になっていただくだけで、味方の兵士らは士気を鼓舞され、敵の兵士らは恐れを抱くであろう。より有利な側につくのは、わしの定石！」

がしりと手を組む。

離れて二人を見つめていたタマユ＝リは、隻眼の男が不敵に笑うのを見た。

そこにはもはや、かつて国を追われた弱々しい少年の姿はない。

美しい毛並みの黒馬に跨がっているのは、イイヅカの領主トマ＝イを寝返らせ、その大軍をみずからの戦力とした大胆不敵な頭領だ。

名を、ただ、イカルという。


森と急流（ヤマトイヅル）の国の国王軍が総崩れになる様が、タマユ＝リの目にも見て取れた。

イイヅカの領主の裏切りは国王ヒルム＝チを激怒させたが、時すでに遅く、森と急流の国の戦力は、トマ＝イの離脱によって半分以下にまで急激に低下した。

イカルとトマ＝イの複合軍は時を逃さず、攻勢に転じる。

イカルの傭兵団はその道中で、さらに数を増やした。ここには甕依姫の働きもあった。ヒルム＝チ王による厳しい締めつけと、干ばつによる生産性の低下に追い詰められた村人たちは、飢えて死ぬか自殺するか、一揆に加わり国王軍に殺されるかという究極の選択に直面する。

飢えに苦しむ子供たちにまず手を伸ばしたのは、甕依姫と、甕依姫を応援する飯炊き女たちだ。彼女たちは村を回って子供たちに、そして飢えた大人たちにも施して回った。

やがて、彼らはイカルの傭兵団の噂を耳にする。一揆に加わるほかにも、自分たちで自分たちの暮らしを勝ち取る方法があるのだと、彼らはそこで初めて知るのだ。

イカルの傭兵団はさらに膨れ上がる。そこへ、トマ＝イの率いるイイヅカ領主軍が加わり、ここで数の上でも国王軍を圧倒することとなった。

イカルたちの快進撃は続く。

甕依姫の香り草が彼らの進むべき道を示し、その勢いは止まるところを知らぬかのように思われた。が。

国王軍との激戦が半月以上も続いたある日、異変は起こる。
無敵とすら謳われるようになりかけていた傭兵団が、大敗北を喫したのである。
イイヅカの領主トマ＝イの失策が原因であった。

3

びくりと狼の耳が動く。

うらうらと陽の差す香り草の森の中には、チ＝セとト＝セのやりとりが聞こえている。

負傷者が増え、治療用の香り草が足りなくなっているのだ。このところは飯炊き女たちにも手伝ってもらっているのだが、まだまだ人手も不足している。

連日連戦の疲れから、ギタの背にもたれてうとうとしかけていたタマユ＝リは、びくっとして顔をあげた。

（血のにおい……！）

「ギタ？　どうし……」

黒い馬が一頭、木々の間から現れて、タマユ＝リはハッと目を瞠る。

誰か、馬の背に乗っている。まともに乗馬してはいない。

倒れているのだ。黒装束の男が一人、黒馬の背にからだを預けて移動していた。

「イカル……？」

黒馬の腹から滴り落ちるものがある。伏せた男が出血しているのだとわかった。

タマユ＝リはぞっとして駆け寄ろうとする。が。

「近づいてはなりません！」

従者シ＝カが傭兵たちを引き連れ、その場に現れる。

「シ＝カさま、いったい何が……？」

「トマ＝イ様の軍が作戦通りに現れなかったのです。おかげで、こちらの傭兵たちに甚大な被害が出ました」

「そんな……」

「今のイカルには、私以外の者は近づけません。どうぞお任せください、甕依姫（ヒミカ）どの」

タマユ＝リたちが茫然として眺める中、シ＝カが一人でイカルの黒馬に近づいていく。

「イカル？　下ろしますよ」

「う…ぐっ」

「！」

見つめていたタマユ＝リは、思わず口を覆った。イカルの腹に生々しい鮮血を見たからだ。

大柄なシ＝カは、事もなげにイカルの重たいからだを馬から抱え下ろし、草地に横たえようとした。が、イカルが、がしりと彼の片腕をつかんでその動きを制する。

「待ち伏せされていた」

「ああ、恐れていたとおりのことになったのですね」

「己と一緒に行った連中は全員、殺られた」

イカルが掠れた声でつぶやき、シ＝カが耳を近づける。

「ソ＝キが己を谷に突き落とさなかったら、今頃、己は生きていなかった…」

ソ＝キはイカルの忠義な仲間だった。若く、いつも前向きで、伝令から親衛隊に格上げされたときは、涙を流して大喜びしていた。

イカルの親衛隊の顔を思い浮かべ、タマユ＝リは蒼白な顔でイカルを見守る。

これほど消沈しているイカルを見るのは初めてだった。

「シ＝カ、あ…あ、シ＝カ…！」

横たえようとするシ＝カの手を振り払って、ふらふらと歩きだそうとして、また、ぐらりと倒れかける。そのように拒絶されても、シ＝カは気にせず、何度もイカルのからだを抱きしめようとする。それをイカルが拒む。その繰り返しだ。

やがて、イカルはとうとうシ＝カの袖を握りしめて、激情を迸らせた。

「己が殺されるべきだった……！」

「イカル！」

「頭領は己だ！　己が受けた仕事だ！　己の責任だ！」

「あなたが死ねば、どうにかなったんですか！　どうにもならなかったでしょう！　あなたをここへ戻すことが、彼らの任務でした！」

「違う！　違う違う違う！　己が……！」

「そんなに動かないでください！　出血がひどくなるだけです！」

　まるで手負いの獣だ。

　ぐるぐると唸って、誰も近づけず、みずからの血を吹き飛ばす。咆吼び、暴れ、自分を責め、自分の傷を自分で抉り、できることなら自分を殺したいと願っている手負いの獣を前に、タマユ＝リには為す術がない。

　タマユ＝リの頬を熱い雫が零れ落ちてゆく。

　タマユ＝リは驚いて、自分の頬に指をあてた。こんなことは初めてで、自分の心がどうなっているのかわからなかった。

　シ＝カは、絶叫するイカルを押さえこむようにきつく抱きしめ、ただ時間が経つのを待っている。その腕の中で、力を弛めることもなく、イカルは叫び続けている。

だが、流れる血と深い疲労のために、その声もやがて途切れがちになり、弱り、イカルはシ＝カにからだを預けてつぶやいた。

「己のせいだ、シ＝カ。あのときと同じだ」

「同じではありません。あなたは成長なさいました」

「だめだ。この崖はだめだ。あいつらが追ってくるのに、己はみなを助けられない」

「あのときとは違います」

「己は弱い。己は……」

「いいえ。あなたはお強くなりました。殿下」

「違うんだ、シ＝カ。…己は……王子なのに、誰も助けられなかった。己は…弱……」

まもなく、シ＝カの腕の中で、イカルは気を失う。

タマユ＝リは息をのんだ。

目の前の二人を結びつけている絆の強さに圧倒される。

これは、運命の相手だ。

この強い絆の前には、誰一人割りこむことはできないだろう。

未来永劫、彼らは同じ時の中で生き、果てるのだ。

「タマユ＝リさま？」

ぐらりと後ろへよろめいたタマユ＝リを、チ＝セとト＝セが支える。

二人のびっくりしたような顔を振り返り見て、タマユ＝リはごくりと唾を呑みこんだ。

「手当てのお手伝いをします。ふたりは香り草(ケマ)の種の籠を持って、先に戻ってください」

いつものタマユ＝リならば、怪我などせぬよう自分を大事にしろ、頭領のくせにみずから前線に立つなと、甕依姫(ヒミカ)らしい言葉で懇々と相手を教え諭したことだろう。

だが、このときは声を出すこともできなかった。

ただただ、圧倒された。

そして、心の隅のほうのどこかで、悲しみを感じてもいた。自分が必要とされていないような、何かもどかしいような、その複雑な気持ちをタマユ＝リは恥じた。

「シ＝カさま！　よろしければお手伝いいたします」

「助かります、甕依姫(ヒミカ)どの」

そう言いながらも、シ＝カの目はイカルから離れようとしない。

力に覚えのある者たちがイカルを長板の上に横たえ、運び出す段になってようやく、シ＝カの意識がタマユ＝リのほうへ移った。

「驚かれたでしょう？」

唇に指をあてた仕種で口外無用を示しながら、シ＝カが続ける。

「本来は感受性豊かなお方なのです。慣れぬ傭兵の仕事を引き受け、頭領にまでなる間に、感情を封印する術を身に付けてこられましたが、幼い頃はよく泣き、よく笑うお方でした」

二人だけの思い出が彼の胸を去来しているのが、目に見えるようだった。

多くの経験を共にし、イカルのすべてを支えてきた人だ。

イカルはいったいどんな挫折を味わい、どうやって立ち直ってきたのか。

シ＝カはそのすべてを知っているのだろう。

ふと、ギタがタマユ＝リに寄り添ってきた。タマユ＝リはその背に手をあて、温もりをむさぼらずにいられない。

イカルの心の寒さを思い知ったことに、自分でも驚くほど衝撃を受けていた。

感性の鋭い人間なのではないかとは感じていた。だが、これほどとは思っていなかったのかもしれない。

タマユ＝リは、血の匂いを嗅ぎ分ける。

イカルの手当てをしながら、彼が自分の血だけではなく、複数の人間の血しぶきを浴びていることに気づいていた。

命を懸けた戦いの烈しさに、目眩を感じずにいられなかった。

「こんな目に遭っても、傭兵を辞めようとは思わないのですか」

傷のひどさに、思わずつぶやいてしまう。

「彼は、多くの者を随えてここまでやってきました」

黙々と治療を続けていたシ＝カが応える。

「責任感の強いお方ですので」

主について、従者も多くは語らない。その重たい口が彼らの過去の重たさを想像させて、タマユ＝リの胸もずしりと重くなった。

多くの傭兵たちを抱え、彼らの家族や周囲の者たちが誰も飢えることのないように、安定した生活を支えることも、イカルの肩にのしかかる重圧となっているのだろう。

初めて会ったときには、ただ、その日その日をいい加減に生きているならず者だと思ったのに、今のタマユ＝リには、そんな気持ちはまったくなくなっていた。

いったいどんな人生を生きてきたのだろう？

もっと彼のことを知りたい。

彼のすべてを知りたい。

そう思った瞬間、タマユ＝リはハッと我に返った。

甕依姫(ヒミカ)が誰か一人の人物に興味を持つなど、あってはならない。

タマユ＝リは気を取り直して、痛みを和らげる香り草（ケマ）を調合した。薬液を入れた椀を唇にあてて飲ませようとしたが、こぼれてしまってうまく飲ませられない。

「甕依姫（ヒミカ）どの。私が」

シ＝カがみずからの口に含み、直接イカルの唇に自分の口を押し当てて、薬液を注ぎ込む。イカルの喉がごくりと動いた。

「もう大丈夫でしょう。甕依姫（ヒミカ）どのの香り草（ケマ）があるとはありがたい。感謝しております」

「買いかぶりすぎです。吾（わ）の本来の仕事は、香り草（ケマ）の占で先を読むこと。治療は、祖母のほうが上手でした」

「甕依姫（ヒミカ）コトエ＝リさま、ですか？」

「えっ。祖母のことをご存じなのですか、シ＝カさま」

「無論です。ご高名な方でした。お亡くなりになってしまい、残念です。お目にかかりたかったものです」

「あ、ありがとうございます」

祖母をほめられると、タマユ＝リは無条件で嬉しくなる。今はもうこの世に亡い人とはいえ、タマユ＝リにとっては唯一人の家族なのだ。

それと同じように、シ＝カにとって、イカルはやはり家族のような存在なのではないだろうか。

イカルのそばでじっと彼を見守り続ける従者の姿は、その日の後もしばらくタマユ＝リの脳裏に焼きついて離れなかった。

これほどの忠心を受けながら生きるとは、どんな気持ちだろう？

＊

「すまん！　わしの独断で無理をさせてしまった！」

まだイカルは意識が戻らない中、指令処ではシ＝カをはじめとする主だった隊長たちが集まり、トマ＝イが吐き出す謝罪の言葉を聴いている。

タマユ＝リもまた、甕依姫（ヒミカ）として参加していたが、イカルがいないところは居心地が悪かった。

今のトマ＝イの言葉に嘘はなかろう。申し訳ないという気持ちも心からのものだろう。

だが、声に弾みがあるのは否めない。

今回の失敗は、トマ＝イが自分の娘や息子たちを取り戻すために、無理な作戦を遂行した結果だった。トマ＝イは、自分の家族をヒルム＝チ王の支配下から逃がすために、イカルと共に立てた作戦を無視したのだ。

イカル側の傭兵団には大きな損失が出た。死傷者は千人近くに上り、炎の中、長い距離を重傷者を引きずって戻る傭兵団の精神的な負担は相当なものになった。

タマユ＝リは前線に来ている飯炊き女たちの手を掻き集めて治療にあたっているが、連日連戦の影響で、みな、疲労の色が濃い。

この上、何日も保つとはとても思えなかった。

すでにヒルム＝チ王が差し向けた国王軍の兵士の数は、イカルの傭兵団とトマ＝イの軍隊を合わせたものを大きく超えている。事態は一層深刻なものに変わっていた。

「シ＝カさま！　北の伝令です！」

そして、頭領不在のまま、今また戦況悪化の報告が入る。

ヒルム＝チ王が隣国・山と長雨（ナナクマド）の国に援軍を要請し、北の砦から見える位置に大軍が現れたという報告だった。

山と長雨（ナナクマド）の国は大国だ。敵側にそんな大きな戦力が加わることは、疲弊が見え始めているイカルたちの軍勢には大きな痛手になるに違いなかった。

「どうするのだ？」

　トマ＝イの表情にはまったく余裕がない。副頭領の役を担うシ＝カが静かに答えた。

「傭兵団は怪我人が多く、これ以上は対応できません」

「イイヅカの戦力も限界ぞ。領土を保つために分散しているが、そこを手薄にするわけにはいかん。砦がやられたら一気になだれ込まれて反撃が間に合わなくなるであろう」

「もはや打つ手がないということですね」

　隊長たちの間からも打開策は何も出てこない。天幕の隅に控えているタマユ＝リは、不安に胸がしめつけられた。

　そんなはずはない。甕依姫（ヒミカ）の卜占が外れるはずがない。この先の戦況は、イカルの思うままになるはずなのだ。

「一つだけ、手があるかもしれん」

　地図を見下ろしながら、ぽつりとつぶやいたトマ＝イに、皆の視線が集まる。

「どういう手ですか、トマ＝イどの？」

「山と長雨（ナナクマド）の国の王宮に、わしの娘が一時、預かりの身となっていたことがある。のちに戻されたが、それ以来、娘は山と長雨（ナナクマド）の国の王女と懇意にしておる」

「人脈があるということですな。それで？」

「山と長雨(ナナクマド)の国の王女は適齢期だ。それを、利用する」

「利用とは？」

トマ＝イの館の部屋の角には、どこでも香り草(ケマ)が焚かれている。派手なものは何ひとつない館だが、香り草(ケマ)だけは贅沢だ。

静かに立ちのぼる白い煙に、タマユ＝リはふと目を奪われた。

「どう利用するんです？」

「ふうむ」

みなが聞きかえすのに、トマ＝イはしばし時を稼ぐ。彼の視線が自分に向けられているように感じて、タマユ＝リはそっと目を落とした。

「山と長雨(ナナクマド)の国の王は、長い間、森と急流(ヤマトイツル)の国ともっと近づきになりたいと考えている。娘が将来、森と急流(ヤマトイツル)の国の王妃になると知れば、山と長雨(ナナクマド)の国の王も、こちらに乗り換えるであろう」

指令処の中がざわめく。トマ＝イの意図は今や、誰もに伝わっていた。

「ヒルム＝チ王はすでに王妃のいる身だが、イカルはまだ妃を迎えてはいないだろう？」

「え？　それは……」

それこそ、全員の視線がタマユ＝リに集まる時間だ。

イカルの傭兵たちは、自分たちの頭領がタマユ＝リの居処に毎夜通っていたことを知っている。タマユ＝リはいたたまれなかった。

「よし。では、娘に伝えて、山と長雨の国（ナナクマド）の王女と連絡を取らせよう」

「トマ＝イさま！　今しばし！」

シ＝カが前に飛び出し、頭を垂れる。

「あまりにも急なお話。イカルさまにもご相談し、しばし時をかけませぬと」

「だが、時間はないぞ。これ以上の策はないと思うなら、すぐさま動かねばならん」

場は騒然となっていた。

一方、タマユ＝リの目に映っているのは、香り草（ケマ）の白い煙だけだ。

音は波のように遠ざかり、消えてしまった。

イカルは、森と急流の国（ヤマトイツル）の王となるだろう。

そう占ったのは自分だ。

そのとき彼の隣にいる人のことなど、考えたこともなかった。

タマユ＝リは、自分がその場にいるべきではないことに気づく。

「甕依姫（ヒミカ）どの！」

シ＝カの声が追ってきたが、タマユ＝リは足を止めなかった。

「吾の香り草が必要になったら、呼んでください。いつでも占いますから」

いつでも占う。

あなたのことならば。

甕依姫は自分のことは占えないから。


「甕依姫どの！」

指令処の外へ出て、星空の下に立ったところで、今度はミ＝ワに呼びとめられる。

「頭領が目を覚まされたぞ！」

「！」

ようやく足を止め、ミ＝ワのほうを振り返る。

「イカルが……」

その名を口にしただけで、目頭が熱くなる。

タマユ＝リは耐えきれずに袖で顔を隠した。

「頭領は、意識を取り戻して一番にあなたの名を呼ばれた！　あなたに会いたがっておられる。早く、頭領のところに！」

「吾は行きません」

「タマユ＝リどの？」

「行きません」

頑なに拒むタマユ＝リに、ミ＝ワが近づく。

タマユ＝リはすっと横を向いて、さらにミ＝ワを拒んだ。

そのまま立ち去ろうとしたが、ミ＝ワに腕をつかまれ、やむなく足を止める。

「何があったのか知らないが、あんなに誰かに会いたがっている頭領の顔は初めて見た。あの方に会わずにどこかへ行く気なら、己が許さない」

「ミ＝ワ」

「頭領も、今は長くは話せない。ほんの少し顔を見せるだけだ。それもいやか」

「――――」

タマユ＝リは唇を結んだ。いやなはずがない。

会議の間じゅう、イカルの様子が気になってしかたなかった。ようやく目覚めたと聞けば、走っていって彼の無事を確かめたいに決まっている。

「ユ＝リ」

友だちの呼び方をされ、やさしく肩に手を置いてもらえて、ミ＝ワの温かさにしかめっ面になる。

友だちの前で、涙をこぼしたくはなかった。

「なんだ、その顔？」

「ミ＝ワがやさしすぎるのです」

「では、もっとやさしくしよう。頭領（おかしら）の居処（ヤマ）まで手をつないでいこうか」

「いいです。自分で行きます。もう…っ」

少女のように戯れる。

同じ歳のミ＝ワに、いつも助けられている。

離れたら、心がこわれそうなほど淋しいだろうと、タマユ＝リは思った。

*

「タマユ＝リ……！」

蒼い月。

眼帯を探そうとした男の手をそっと押さえる。自分を映す彼の左眼を見て、なぜ蒼ざめた月のようだと思ったのだろう。

「イカル……」

まだ起き上がることはできないくらいなのに、からだを傾けたタマユ＝リを抱きしめてくる両腕の力が強い。その強さが嬉しくて、切なかった。

「何か言え」

タマユ＝リの長い沈黙が、イカルには気に入らない。だが、タマユ＝リはイカルの腕の中で、押し黙ったままでいた。唇が震えて、言葉にならなかったのだ。

「タマユ＝リ」

雨に濡れた小鳥の尾のように長い髪を垂らし、小刻みに震える少女を抱いて、イカルは心臓を摑まれるように感じた。

何ものにも替えられない存在が、この腕の中にいる。

けっして失ってはならない存在が。

「あなたが生きていてくださって、良かった……」

ぽろぽろと涙の粒が転がり落ちる。タマユ＝リはあわてて顔をそむけようとした。

「怖がらせたな」

イカルの腕がタマユ＝リを引き寄せ、唇を重ねる。

「己を嫌いになったか？」

「いいえ」

タマユ＝リは微笑んだ。

「ユ＝リ」

甘い接吻をくり返す。ふたりでいるだけで、どこもかしこも甘くなる。

タマユ＝リはイカルの頬を両手で包んだ。

見つめ合うだけで、からだも心も溶けそうになった。

「熱があるのですよ」

唇から熱を測って、タマユ＝リが唇をつけたまま喘ぐ。

「もうお休みになってください」

「ああ、ひどい女だ。無理だな。痛てえ」

「イカル！」

離れようとしたところをしがみつかれて、イカルの隣に倒れこんでしまう。

「ふっふ」

くつくつ笑うイカルのやんちゃな顔が、たまらなく愛しい。

どうしたら、この苦しさから離れられるのかわからなかった。

もしも生まれ変われるなら、青い蝶になって、永遠に彼の周りを飛んでいられるように願おう。そうして、彼の手の中で短い生命(いのち)を終えるのだ。

「ああ、タマユ＝リ。おまえが欲しいな」

片腕にタマユ＝リの頭を抱いて、イカルが眠りに落ちる間際につぶやく。

「国より何より、おまえが欲しい」

眠ってしまった恋人の隣で、タマユ＝リはしばらくじっとしていた。

規則正しく脈打つ鼓動と吐息が、温もりとなってタマユ＝リを包みこむ。

「吾(わ)も」

言葉は、熱い涙と共にあふれ出した。

「国より何より、あなたが欲しい」

4

草の鳴る音と小鳥たちの羽音が、タマユ＝リに不穏な来客を報せる。

殺気はあるようには思えなかったが、危険な男たちであることは変わりがない。

タマユ＝リは香り草苑（ケマジ）の中で、ぴたりと足を止めて言った。

「このようなことをしなくても、吾（わ）はここに留まるつもりはありませんよ」

「甕依姫（ヒミカ）どの」

いつのまにか、タマユ＝リの周囲をずらりと武装した男たちが取り囲んでいた。

傭兵ではない。イイヅカ領のトマ＝イ軍の兵士たちである。

「！」

飯炊き女たちの中でも、特に腕の立つ女たちが四名、タマユ＝リを守るように囲んで、彼らをにらみつける。

ミ＝ワによって選ばれた女戦士から成る、甕依姫（ヒミカ）のための専属護衛隊である。

彼女たちは全員、剣の柄に手をかけて立ちはだかっていた。

恐ろしい緊迫感が、夜が明けたばかりの森の空気を凍りつかせる。

「シ＝カさま！　甕依姫（ヒミカ）どのに何をするつもりですか！」

護衛隊の長ミ＝ワが怒鳴る。

「頭領（おかしら）がいないときにこのような真似をして！　頭領（おかしら）が許すと思うんですか！」

自分の師匠に、噛みつかんばかりの勢いだ。

「卑怯であろうし、さんざん世話になっておきながら恩知らずな真似であろうと百も承知です。しかし、これは頭領（おかしら）のためでもあるのですよ。それを邪魔するの？　ミ＝ワ」

ぐっとミ＝ワが詰まる。シ＝カがゆっくりと近づきながら続けた。

「トマ＝イどのも案じておられます。このまま、甕依姫（ヒミカ）どのに殿下のおそばにいて頂くわけにはゆかぬのです」

タマユ＝リは、摘み取って籠の中に入れた香り草（ケマ）をそっと撫でる。

むろん、シ＝カが何を言おうとしているかはわかっていた。

「このままでは、トマ＝イどののご提案を軍議にかけても、殿下はけっして首を縦には振らぬでしょう。甕依姫（ヒミカ）どのがこうしておそばに存在している限り、殿下が山と長雨の国（ナナクマド）の王女を娶ることはありえないだろうと、私は思います。それだけ、心の深いお方です。甕（ヒ）

依姫どのにも、おわかりなのではありませんか」

　ここまで、彼ら――傭兵たちや飯炊き女たちに囲まれて過ごす時間を、どれほど愛してきたことだろうと、タマユ＝リは思う。

　タマユ＝リにとっては初めての、〝友〟と呼べる人々と交わした言葉の数々が、共に過ごしてきた長い時間が、きらきらと陽の光に透けている。

　声や態度に表された愛情や優しさ。

　彼らからもらったものは、思い出せばきりがない。

「我らには、これが最後の機会なのです。この機会を逸することはできません。イカル、いいえ、クナト＝イ殿下がふたたび森と急流の国の頂点に立つことは、あの悲劇の日以来、心の奥深くに秘め続けてきた我らの悲願です」

　香り草の研究にしか興味がなく、権力者との対話より他、経験を重ねてこなかったタマユ＝リに、彼らはあっさり言葉をかけてくれた。橋渡しをしてくれたのはイカルだとしても、ひたすら自分の知識を押しつけるばかりのタマユ＝リに、耳を貸し、おもしろがり、ありがたがり、甕依姫というよりは、ちょっと変わった女子として、受け入れてくれた。

　こうなってみて初めて、自分が、イカルとイカルのそばにいる人々をこの上なく大切に思っていたのだと、タマユ＝リには痛いほどわかる。

失うのだ。

それらのすべての温かなものを。やっと見つけた大切な場所を。

「どうか、こらえて頂けませんか、甕依姫(ヒミカ)どの。このシ＝カが、伏してお願い申し上げるのです」

「シ＝カさま！　おやめくださいっ！」

その場に土下座までした師匠に驚いて、ミ＝ワが悲鳴を上げる。

タマユ＝リは黙って自分の目の前の男性を見下ろした。

イカルの第一の従者であり、今なお、森と急流(ヤマトイツル)の国の忠実な僕(しもべ)――シ＝カ。

彼もまた、タマユ＝リには多くを与えてくれた人物だ。

タマユ＝リに衣食住を与える采配を最初にしてくれたのは、この人だった。これまで、シ＝カからの拒絶を感じたことなど、一度たりとない。

その人が、今、兵を率いて、タマユ＝リに迫ってきているのだった。

「どうぞ、お立ちください、シ＝カさま」

タマユ＝リはミ＝ワを制し、シ＝カの前へと歩み出ると、手を差し伸べて言った。

「吾(わ)はみずからのことは占えませんが、シ＝カさまのことは占えます。あなたは、これから森と急流(ヤマトイツル)の国の王となるイカルさまにとって、なくてはならぬお方。未来永劫、お二人の魂が離れることはありません。それほどのご縁をお持ちです」

「それは真(まこと)ですか。ああ、甕依姫(ヒミカ)どの……！」

シ＝カが畏れ入ったように呻く。

彼の前で涙を見せたくはなかった。シ＝カはイカルと共に行く者なのだ。もしかすると、死すら共にするのかもしれない。

激しい嫉妬がタマユ＝リの胸からあふれ出そうとしているのだと、知られたくはなかった。多くの人の命を思えば、自分の想いなど子供っぽく感じられ、恥ずかしかった。

立ち上がらせたシ＝カにはすぐに背を向け、砕けそうな心を掻き集めてつぶやく。

「なるべく遠くへ、参りましょう。イカルが吾(わ)を追うことがあってはなりませんが、万一そうなったときも、誰も吾(わ)のゆくえを追えぬように、香り草(ケマ)を使って目眩ましをしておきます。それから、香り草(ケマ)による治療ですが、何人か、治療を施せる者が育っておりますから、吾(わ)がいなくなったあとも、怪我の治療に困ることはないでしょう。重要な香り草(ケマ)の種を幾つか見繕って残してゆきますから、イカルさまに香り草苑(ケマジ)を管理する者を指名していただいて、足りなくなった香り草(ケマ)の補給を……」

しゃべりだすと、あれもこれもと思いついて、言葉が途切れそうもない。

ミ＝ワが耐えきれずにタマユ＝リの背後に立ち、そっと肩に手を添えてくれる。その温もりが、何としてもと堪えていた涙の粒を大きくさせてしまうのは、いかんともしがたかった。

「甕依姫どの」

震えてしまう唇を噛んで立ち尽くすタマユ＝リに、シ＝カが金子の用意をしてあることをほのめかす。その言葉が、タマユ＝リに正気を取り戻させた。

「それは、これからのみなさまの戦いに必要なもの。吾には、口止め料など必要ありませんよ？　それとも、吾が信用できませんか？」

「甕依姫どの」

「もうよろしいでしょうか。これ以上みっともなく心残りを晒してしまう前に、早くこの香り草の調合を終えて、吾は身支度をさせていただきたいと思います」

甕依姫の誇りと、自分自身の誇り。

生きていくために必要な気持ちはすべて、イカルがくれたのだ。

その想いがタマユ＝リの心を護る。

そうしてタマユ＝リは、どうにか毅然として、最後の言葉を口にすることができたのだった。

「香り草の卜占には、あなた方の悲願が叶えられると出ていました。みなさまは間違いなく勝利を手にするのです。どうか、ご武運を……！」

その日のうちに、タマユ＝リはトマ＝イの館を後にする。

護衛のミ＝ワをはじめ、チ＝セとト＝セも、そしてまた大勢の飯炊き女たちが甕依姫（ヒミカ）と行動を共にした。

誰もが命じられたわけではなく、ただ、タマユ＝リに随ったのだ。

彼女たちが去った後まもなく、ギタが仲間と共に森から姿を消した。

狼たちの行方は杳（よう）として知れなかった。

交渉が成立し、山と長雨（ナナクマド）の国国王軍と合流したイカルたちの傭兵団は、勢力を取り戻す。

劣勢となった森と急流（ヤマトイツル）の国の国王軍は、まもなく武装を解除した。国王軍の兵士たちの間では、国王ヒルム＝チへの忠誠はとうに失われていたのである。

ヒルム＝チ王は逃亡を試みるが、立ち寄ったある領主の館で、みずからの民に討たれて絶命した。一説に、館の主に毒殺されたともいわれているが、真実は定かでない。

果てなく続いた戦と大臣たちの汚職にまみれて、森と急流（ヤマトイツル）の国の国土は荒れ果て、多くの民のいのちが流れる砂のごとくに損なわれてゆく。

森と急流の国(ヤマトイツル)は、優れた政を行う王の一刻も早い即位を必要としていた。

正統な王位継承権を持つのは、イカルだけだった。

イカルは即位し、クナト＝イ王となる。シ＝カの長年の悲願が達成された瞬間である。

時は流れる。

森と急流の国(ヤマトイツル)は、山と長雨の国(ナナクマド)のほか、幾つもの国を属国とし、大きく発展していた。

まもなく、大地には九つの国がよみがえることになるが、どの国も、どんな権力者も、
甕依姫(ヒミカ)を手に入れることはなかった。

甕依姫(ヒミカ)は、伝説となったのである。

九年後　天空海濶の再生篇

1

緑が濃い。

夏だ。

天空には、目に滲みるほどの青が無限に広がっている。

そうして弓のごとく湾曲した蒼穹（そうきゅう）の下には、見渡すかぎり碧の山々がなだらかに波打っていた。

険しい嶌（しま）である。その威厳ある姿から、神嶌（カムイ）と呼ばれて久しい。

緑の中に、幾本かの煌めく筋が、陽光に照らし出されて銀色に輝いているのが見える。

それらは、流れる大河となって周辺の海へと流れ出していた。

水の流れは速く、近づけば流音が聞こえてきそうだ。

森に棲む生き物たちが、その水辺に現れては消え去ってゆく。

遠く、青さの霞む空の一部から、数羽の鳥が現れ、隊を組んで急降下していった。

森は、悠久の時を生きるものたちで満たされている。

鳥たちが一羽、また一羽と、真白き筋を描く滝の裏へと吸いこまれてゆくのが見える。

洞窟があるのだ。

嶌でもっとも高い山の上にある巨大な洞窟は、鳥たちの巣作りに適していた。渡り鳥たちはひんやりとした洞窟の静けさの中で、卵を産み、子を育(はぐ)むのである。

今、その様子を一目見ようと、飛び出した岩を手懸かりに、ほっそりとした手足を伸ばし、岩壁をよじ登ろうとしている少年がいる。

「ニキさま、そのような処に登ってゆかれると危険です」

「大じょうぶだよ。チ＝セは心配しょうだな！」

大人の口真似をし、さらさらと音が鳴りそうな黒髪を掻きあげて、少年が肩をすくめる。この髪の掻きあげ方も、肩のすくめ方も、口のきき方も、周囲の大人のやり方を見て真似ているのだ。

大人らしくふるまいたい年頃である。

「ニキさまの心配をしているのではありません。鳥たちを驚かせることを心配しているのです。生きとし生けるものをそのままにせよとは、お母上さまの御教えではありませんか？」

「ちぇえ」

　ニキと呼ばれた少年は唇をとがらせたが、忠告を聞き入れる素直さは持ち合わせている。

少年は下りようと足がかりを探した。次の瞬間、岩をつかんでいた手が滑る。

「あっ！」

「ニキさま！」

　母親譲りの柑子色の髪が宙を舞う。チ＝セの差し出す手よりも早く、暗がりを横切る影があった。

「ザザ！」

　少年を受けとめたのは、白き狼である。

　少年の友だちで守護神のザザ。

　ギタの子供であり、瞬時にすばやく行動するその様子からニキ自身が名付けた、ニキの兄弟であった。

「やったあ！　ザザ、大好きだよ！」

　巨大な白狼の背に、甘えるようにしっかり抱きついてから、すとんと地面に飛び降りる。

少年は子守の前で両手を組み、胸を張ってみせながら訊いた。

「お母さまはどこ？」

「祭祀場におられますが」

チ＝セの言葉が終わらぬうち、ぴゅんと駆け出そうとした少年の襟首を、チ＝セがつかんで引き止める。

「お邪魔をしてはなりません。本日は来客も多くて、タマユ＝リさまはお忙しいのです」

「ちぇえ！」

「香り草（ケマ）のお勉強はお済みですか？　昨日は、ト＝セにたくさん宿題を出されていましたね？　終わったのですか？」

　ふくれっつらの少年の頭をつかんで、チ＝セが訊く。ニキはすぐさま笑顔に戻って言った。

「ぜんぶ終わった！　あんなの、かん単だよ。それにぼく、思うんだけど…、お母さまにはないしょだけど……」

「チ＝セは、ないしょのお話も聞きますよ？」

　もじもじしていた少年が、お目付役のやさしい言葉に、にこっと目尻を下げる。すこぶる表情の豊かな少年のようだ。

「香り草（ケマ）より、神舞（シラ）のほうがみんなの役に立つと思う。上手に踊れば、神さまの声も聞こえるんだよ。だからぼくは、道にまよったこともないじゃん」

「そうですね。どのようにお考えになられるのも、ニキさまの自由です。お母上さまも、ニキさまの神舞(シラ)は褒めておられましたし」

「ほんと?」

少年がパッと目を輝かせる。彼の母親は厳しく、めったに人を褒めない。

「本当ですよ。では、ニキさまはこれから神舞(シラ)の訓練ということですね?」

「うん。今日は山神の訓練にまぜてもらうんだ」

「山神ですか? 乱暴者の集まりですよ。彼らと親しくしすぎるのはどうかと思います」

「ト=エたちがいっしょだもん。チョエ=バも来てくれるし、平気だよ! じゃあね!」

鳥たちが、明るい少年の声と共に飛び立ってゆく。

自由自在。

飛び立つのは鳥の子たちだ。親鳥はまだ巣の中にいる。

この洞窟を居処(ヤマ)としている者は、鳥たちだけではなかった。人もまた、同じく生きとし生けるものの仲間として、生命(いのち)を繋いでいる。

「海と断崖絶壁（サンザッシマ）の国の兄たちから、史（ふみ）が届きました」

引き摺られた衣の裾が、さらさらと音を立てる。

透き通った薄衣（きぬ）を何枚も重ね、無数の金の渦を描いた帯を巻き、長く裾を引くよう立体的に作られた雅（みやび）な衣装である。修飾が過多で動きづらいのだと、こっそりミ＝ワに相談を持ちかけたこともあったが、ト＝セが譲らず、結局、今の形に落ち着いた。

髪に過剰な装飾金具を着けることだけは、重さという点で免除され、ほっと胸を撫で下ろしたタマユ＝リである。

しかし、タマユ＝リ自身は意識していないが、今や、貫禄さえ感じられるようになった彼女には、このどこか演劇的な趣向を宿した衣装が必要であった。

「海と断崖絶壁（サンザッシマ）の国？」

紐で綴じられた竹簡（ちくかん）を主（あるじ）より受け取りながら、ミ＝ワが聞き返す。

「あの国は、とうに滅んだのでは？」

「古い名を借りて国を造ったようです。けれど、仲の悪い兄たちの間では、その国の王座をめぐって争いが起こっているようで、それぞれが吾に力を貸せと求めてきました」

「それはまたずいぶんと勝手な話だな。かつて、ご祖母さまと共に国を追われたときは、誰も手助けはしてくれなかったんだろう？　九年前に助けを求めたときも、けんもほろろの扱いだった。ユ＝リは子を産む場所にも困ったんだぞ」

ミ＝ワが眉間に皺を寄せる。タマユ＝リは微笑んだ。

「昔のことは忘れました。でも、兄たちは間違っています。今の吾には、できないことのほうが多いのです。もう甕依姫の名は使いませんし、昔のように香り草の占もしません。吾は、今、この嶌で預かっている方々の治療だけで精いっぱいです」

「こちらは秘かに請け負っているのに、どこからか聞き知って頼みごとをしてくる者が途絶えないな。でも、真を言えば、ユ＝リになら、どの兄が国を手に入れるか、わかっているんだろう？」

その問いに、タマユ＝リはすっと目を細め、人差し指を唇の前に立てて言った。

「わかっても、口にはしません」

「うん」

二人にしかわからない視線のやりとりがあって、しばらくしてからミ＝ワが続ける。

「得策だ。己たちには己たちの戦い方があるし、ユ＝リは今さら兄弟に煩わされることはない。そもそも竹簡なぞを寄越すことが無粋だし、文字も美しくない」

タマユ＝リの嶌では、木簡や竹簡はすでに主流ではなかった。史や記録には紙を使う。薄くて白く、すべらかな紙は、おそらく現世でもっとも貴重なものだ。

それが、この神嶌にはふんだんにあった。タマユ＝リが楮という特別な香り草の繊維を溶き、漉いて編むことを指示した結果である。もっとも、タマユ＝リ自身は新しいものも古いものも同様に好むため、時に意図的に木簡を用いることもあった。

「国や城を守るより何より、いのちとこころを守ること。それが吾たちの約束ごとです。兄たちの所業が民を苦しめているようなら、吾が動くこともあるやもしれません。ですが、今はまだ見聞が足りていません。九花の報せを待つのが先です」

「仰せのままに」

タマユ＝リの従者を務めて九年。ミ＝ワには、主の意図はすぐさま伝わる。

海と断崖絶壁の国からの史は丁寧に重ねられ、文箱に仕舞われた。

この史を届けた使者には、すでに九花の女戦士がついている。いずれ、タマユ＝リの下に詳細な情報が届くことだろう。

九年前、ただひとりで旅立とうとしていたタマユ＝リに、自分を連れてゆけと申し出てきた女たちが少なからずいた。

飯炊き女たちである。生きるに不器用な者もいた。身や心に傷を負った者もいた。ミ＝ワを筆頭にした甕依姫(ヒミカ)専属の護衛たち以外にも、相当数の女たちがタマユ＝リを慕い、自身の生涯を託したのである。

タマユ＝リ自身、これはまさかと思えるような出来事だった。

タマユ＝リについてきた飯炊き女たちは、タマユ＝リがイカルの子を妊娠していると知るや、それぞれがみずからの能力を最大限に発揮して、タマユ＝リの警護態勢を整えた。

のちに、彼女たちのうちから九花(クウォン)と呼ばれる最強の女戦士が生まれてゆくのだが、その礎を築いたのは、タマユ＝リの信念である。

〝生きとし生けるものたちの、いのちとこころを守ること〟

「もう九年になるのですね」

すでに別の仕事に向かいながら、タマユ＝リがつぶやく。様々な香り草(ケマ)を調合した薬剤を選別し、必要な村に送り出すのも、今のタマユ＝リの重要な仕事のひとつだ。

「おや」

数多くの史(ふみ)を仕分けする作業を続けていたミ＝ワが、ふと頬を弛めた。

「こちらの史(ふみ)は、また、べベリ＝ヤ領主からだぞ」

こちらは押し花の細工を施された繊細な紙に書かれた史(ふみ)である。神嶌(カムイ)にこつこつと通い、製法を教わった成果であった。

「つい最近、偶然にもここを知ってしまったご領主だ。ベベリ＝ヤどのには、ユ＝リ専用の千里眼でもついておられるのかな？　ユ＝リが神嶌(カムイ)から出ることはめったにないのに、そういうときに限って、偶然、ベベリ＝ヤどのに会うとは」

「ミ＝ワ」

「失敬。しかし、それ以来、ベベリ＝ヤどのはこの高い山の上にまで、ずっと通っておいでになる。ひたいに汗してお越しになるたび、女官たちに笑われているが、気に病む様子もない。驚くほど素直で実直なお方だ。そう思うだろう？」

「立派な御方ですよ。おいでになるたびに、たくさんの施しをくださいます」

「おかげで倉庫もいっぱいだ。子供用の遊び道具も多いな。ニキはもう九歳なんだが。こちらには必要ないと言っても、なんでも無限に持ちこむ男だ」

「ベベリ＝ヤさまのことを、そんなふうに悪し様に言わないように気をつけなさい。とてもお世話になっているのですから」

「褒めているのだ。憎めない人間というのはいるものだな。あの領主には、ニキもよくなついているぞ」

「ニキは、誰とでもすぐに友だちになってしまいますから」

息子のはしゃぐ様を思い出して、タマユ＝リも目を細める。

その顔を見て、ミ＝ワがそっとつぶやいた。

「ベベリ＝ヤどのに求婚されているんだろう？」

「――……」

「もう、九年だ」

くり返される時間の長さが、二人の女たちの上に等しく愛の苦しみをもたらしてくる。

ミ＝ワは言った。

「あと一年で、十年の区切りとなる。鴉に託した史(ふみ)にも、あいかわらず何の返事もないんだろう？　もう、先に進んでもいいのではないか？」

「先に……？」

「森(ヤマ)と急流(トイツル)の国もずいぶん大きくなった。領土も、豊かさも、ヒルム＝チ王の頃とは雲泥の差だ。あの遠い国の王は、さらに我々から遠い存在になるだろう。だが、これから成長していくニキには、父親の存在が必要になるぞ。最近よく、自分の父親がどういう人だったかと訊かれるんだ」

「………」

「すまない」

「いいえ。教えてもらえてありがたいです」

短いやりとりに、心の色が滲み出す。

タマユ＝リの透き通るような横顔に目をやったミ＝ワの唇から、溜め息が漏れた。

ミ＝ワは、あのときの選択を悔いたことはない。それでも、正しかったのかどうか、いまだに迷うときがある。自分の主はあまりにも多くのものを奪われた。そのことで健康を損なってはいないか。心はどうか。

「ところで、ギタを見かけませんでしたか？　今朝から、まだ顔を見ていません」

「歳だからな。奥の寝床じゃないか？」

「いいえ。奥にはいませんでした。たしかに、眠る時間は長くなっていますが…」

狼としては、生きているのが不思議なほどの年齢となっているギタである。

イカルの下を去って以来、ギタはタマユ＝リのそばをほとんど離れることがなかった。

タマユ＝リもまた、ギタをそばから離そうとしない。

そのタマユ＝リの思いに応えるかのように、ギタは長すぎる生を保ち続けていた。

ミ＝ワもうらやむような絆の強さである。

タマユ＝リが子育てをしている間、ギタはどんな不審者もタマユ＝リと子のそばには近づけなかった。一時は、ミ＝ワでさえ、洞窟の奥に立ち入ることはできなかったほどだった。

「心配なら、後で己が様子をみておこう」

「吾が行きます。外に出たのなら、吾でなければ見つけられないでしょうから」

「わかった。では供をする」

「必要ありません。ミ＝ワは、できればト＝セを手伝ってください。昨夜から東棟に重症者が増えていて、ト＝セたちは寝ていません」

「それなら、ユ＝リも寝ていないんだろう？」

「吾は、ギタを見つけたら一緒に休ませてもらいますから」

ミ＝ワはひたいに皺を寄せたが、実際、タマユ＝リには以前のような護衛は必要なかった。タマユ＝リ自身がこの九年の間に、すぐれた剣士になっていたからだ。

タマユ＝リが変わったのは、息子を傷つけられそうになってからだ。

イカルの傭兵団を離れてからちょうど三年目になる日の辰の刻、甕依姫の噂を聞き付け、隠れ里に襲いかかってきた盗賊の一群がいた。

当時、ギタは病に臥しており、その子であるザザはまだ戦闘に慣れず、ニキを護ることはできなかった。ニキを護って数名の戦士が命を落とし、タマユ＝リもまた、怪我を負った。タマユ＝リの腕には、そのときの傷痕が細長い痣となって残っている。

我が子の命を危うくされて、タマユ＝リはすっかり目を覚ました。

甕依姫（ヒミカ）としても、人の親としても、女戦士としても、まるで昏睡状態にあったかのようだったタマユ＝リの生活は、そのときから一変する。

タマユ＝リは、ニキをはじめとする子供たちや女たちを守り、育て、成長させてゆくことに集中した。そのために必要な武術を身に付け、彼らのための安全な居処（ヤマ）を確保し、多くの学びを得られる環境を整えた。

むろん、武術の体得に相当な時間がかかったことは否めない。本格的な訓練を始めようにも、体力すら足りないような状態のタマユ＝リだった。

幸いなことに、タマユ＝リには協力者や同調者が大勢いた。飯炊き女たちはタマユ＝リと共に訓練を受けることを望み、タマユ＝リの良き好敵手となった。

香り草（ケマ）の研究ばかりに没頭し、あれほど弱々しかったタマユ＝リの体躯は、ミ＝ワや他の女戦士たちによってさんざんに鍛えられ、磨き抜かれてゆく。

からだが強くなると、心も強くなる。

その事実をみずから思い知ったタマユ＝リは、弱き者として見過ごされがちな者たちが共に手を取り合い、たくましく生き抜くことを、ひたすら目指すようになった。

九花（クウォン）が揃ったのも、この頃だ。

タマユ＝リの下（もと）には、人が集まり始めた。

最初は香り草（ケマ）を求めて、やがては自分自身の居場所を求めて。

「柚比（ゆび）村の村長から香り草（ケマ）の要請が来ているぞ。ずいぶん急ぎの様子だが」

ミ＝ワが木簡に目を落として言う。

「ユビ村？」

「草原と花々の国（イトノオガタ）の西方にある田舎村だ。たしか、以前もこの近くの村に送ったはずだが」

「草原と花々の国（イトノオガタ）なら、奈備（なび）村です。依也美（えやみ）（疫病）が拡がっているのでしょう。高熱で倒れる者が大勢出ているようです。子供たちが次々といのちを失っています。あの地方には毒性のある狼茄子（アスナス）草が多く生えていますが、このところの飢饉で、それを食べてしまう者も出ているのかもしれません」

手渡された木簡を読むタマユ＝リの表情が翳る。

「早く効力のある香り草（ケマ）の調合を完成させなければ。周辺国にまで広まれば、深刻な事態に陥るかもしれません。この依也美（えやみ）で亡くなられた方のご遺体を視たいです」

「すぐに手配しよう」

タマユ＝リは、必要とする者たちには、香り草（ケマ）をほぼ無償で分配する。タマユ＝リの深い知識に随い、九花（クウォン）が種を届け、育てるまでを見届けることもある。

香り草（ケマ）の種は厳重に管理されていた。タマユ＝リは多くの香り草苑（ケマジ）の状態の報告を月々に受け取り、ミ＝ワがその一切を仕切っている。

ふと、ミ＝ワが顔を上げた。

「ユ＝リ、ひたいに……」

「え？」

ミ＝ワにしぐさで示され、タマユ＝リが自分のひたいに手を当てる。

「文身（サク）が、見えていますか？」

「ん。光っているな。花片（はなびら）が九枚ある」

「甕依姫（ヒミカ）の印です」

「最近、よく見かけるな」

「なぜでしょう？　吾（わ）にも、この時々浮かんでくる文身（サク）のことはよくわからないのです」

「浮かび上がるのは、香り草（ケマ）の卜占を行うときだけかと思っていたが」

「そうでもないようですね」

他人事のように言う。

「依也美（えやみ）のことを気にしたから、か？」

「わかりません」

最近のタマユ＝リは、自分ではどうしようもない物事を深く考えすぎるということがなくなっている。以前は、それを思い詰めて、自分で自分を動けなくしてしまっていたが、そんなタマユ＝リを、ミ＝ワという存在が救っていた。

ミ＝ワはタマユ＝リを気遣いつつも、過剰に構ったり気に病んだりすることは一切せず、ただ冷静に自分の意見を述べるだけにとどまる。

タマユ＝リはミ＝ワを真似ることから始め、やがて、自分もまた冷静でいられる術を学んだ。

効率良く事務仕事を処理していくミ＝ワを、じっと眺める。

そうして、てきぱきと働く彼女を見つめるたび、タマユ＝リはイカルの優れた従者のことを思い出さずにいられない。

シ＝カを愛していたミ＝ワだ。その告白も、聞いて知っている。

ミ＝ワは、タマユ＝リについてくる必要はなかった。タマユ＝リも、幾度シ＝カの下に戻るべきだと諭したことか。

だが、ミ＝ワは納得しなかった。

あの日、タマユ＝リについてくることを選んだミ＝ワは、みずから人生を選んだのだ。

あれ以来、ミ＝ワもまた、愛する人には会えていない。

二人は共通の目標を探した。

自分たちが生きていくための強い目標が、どうしても必要だった。

「ミ＝ワ」

「はい？」

ミ＝ワに近づいてゆきながら、タマユ＝リは自分が何を言うつもりだったかを、少し考えた。

「柚比村には一度、九花（クウォン）を送る必要がありそうです」

「それは、すでに手配済みだが、もう一度確認しておこう」

タマユ＝リは思わず微笑んだ。

ミ＝ワは、タマユ＝リが思うより早く、タマユ＝リの意を汲み取って行動に移す。

彼女なしには自分らしくはいられなかっただろう。それほどに優れた従者である。

「ユ＝リ？」

ぴたりと寄り添ってきたタマユ＝リを、ミ＝ワが振り返る。

ミ＝ワは上背があるので、小柄なタマユ＝リに抱擁されると、どちらが抱擁しているのかわからない具合になる。だが、お互いにこうして温もりを分かち合えば、どんなにつらいことがあっても、いつのまにか立ち直っている自分がいるのはわかっていた。

こんなふうにやさしく抱きしめ合う仲になるまでには、紆余曲折もあった。言い争いもしたし、意固地になることもあった。大喧嘩もしたと思う。

今は、幸せだ。

タマユ＝リは自分にそう言い聞かせる。

息子も無事に育ち、仲間もたくさんそばにいてくれる。

薬師としての仕事も、どうにかうまくいっている。

隠れ住む必要はあっても、かつてのように甕依姫（ヒミカ）として崇め奉られることもなく、素顔のまま、多くの人の役に立っていると実感できているのだ。

ミ＝ワの言うとおり、もう忘れてもいい頃なのかもしれない。

飯炊き女たちのなかには、かつて別れた男のことなど、もう顔も思い出せないという者も多い。男と女とはそうしたものなのだ。新しい出会いがあれば、終わってしまった古い関係など、記憶の底に沈んでしまうだろう。

ミ＝ワの温もりから離れて、タマユ＝リはふたたび薬の選り分けの仕事に戻る。

今の幸せを忘れず、大事につかんだままでいるべきだ。

何よりも、息子の安全と幸福のために生きていたい。

今のタマユ＝リは、自分の欲より望みより、周りの人々の希望のために生きることがすべてだ。

そうしていれば、自分はここで生きていていいのだと感じることができる。

気を取り直して、九花(クウォン)に渡す香り草(ケマ)を選び始めたときだった。

一人の女戦士がタマユ＝リの前に飛び出してきて、二人の足を止める。

「タマユ＝リさま！」

この嶌を護る女戦士たちの一人、ホグ＝マだった。血相を変えている。

びっくりしたタマユ＝リは、後ろにあった香り草(ケマ)の香炉台を倒しそうになって、あわてて両手を添えた。華やかな樹脂系の香りが洞窟の中に漂う。

「何かあったのですか、ホグ＝マ？」

戦士の名を呼ぶタマユ＝リの声はしかし、あくまで落ち着いていた。それだけの困難と苦難に立ち向かってきた過去が、彼女の心と態度を強靱にしている。

「お詫び申し上げます！」

玉虫の翅のような虫襖(むしあお)の眼が、自分の前で深くひざまずき、くやしげに報告する女戦士の姿を映し出した。

「嶌の結界が破られました！　神籬(ひもろぎ)に軍隊が侵入してきます！」

2

「ぜんぜん合ってないじゃないか！　コ＝エ！　ここはもっと、からだ全体で大きく動かなくちゃだめだ！　ミ＝ンはもっと集中して！　いっつもおくれて出てるよ！　ほら、そこ！　左手と右足！」

「えーっ、ニキ、そんなにいっぺんに言われても、ぼくたちじゃむりだよぉ」

「あーっ！　暗くなったし、もうやめようぜ」

「ばか言うな！　まだぜんぜんできてないんだぞ！　もっと練習しなくちゃだめだ！」

「けっ。めんどくせ」

「コ＝エ！　なんでそんなこと言うんだよ！　こんどの神楽（かぐら）は、ちゃんとぼくたちの神舞（シラ）を完成させて、みんなに観てもらおうって、あんなに言ってたじゃないか！」

「おまえが、とーちゃんに見せる、とーちゃんに見せるって言うからだろ！　けど、そんなん、うそじゃん！　おまえのとーちゃんは死んだんじゃねえか！」

「！」

「山神のにいちゃんたちに聞いたぜ！　おまえのかーちゃんは、うそばっかりついて、みんなをだましてる魔物だってな！」

「なんだとぉ！　もう一度言ってみろ、コ＝エ！」

「なんどでも言ってやるよ！　おまえのかーちゃんは魔物だ！　魔物のこどもも魔物だろ！　おまえはうそつきだもんな、ニキ！　おれたちに神舞を教えるって言ったくせに、いっつも先に帰っちまう！」

「ちゃんと教えたじゃないか！」

「うそつけ！　おれたちのことはほったらかしじゃん！」

「ほったらかしたりしてない！　ちゃんと教えてるよ！　でも、ぼくだって、ぼくの練習時間がほしいときもあるんだ！」

「わかったよ！　じゃーもー帰れよ！」

「帰るよ！　勝手にしろ！」

かのごとくに揉めたのが、一刻前。

仲間たちとけんかしたニキは肩を落とし、一人、彼らと離れて帰路についている。

鬱蒼と木々の茂る山の中だが、慣れた道だ。仲間の一人が追いかけてきて、首を傾げ、下からニキの顔を覗きこんだ。

「ニキ、ねえ、おこってるの？」

「……」

「ごめんね。ぼくが、覚えるのがおそいのがいけないんだよね」

「ちがうよ、ミ＝ン。ぼくが悪いんだ」

「ニキはわるくないよ。ニキ、すっごい上手だもん。山神の振付もすぐ覚えちゃう。ニキがぼくらにいっしょうけんめい教えてくれてるの、コ＝エもわかってるよ。でも、うまくできないから、ニキにやつあたりしてるんだ」

「ちがうよ……」

「コ＝エね、こんどお父さんが柚比村に行くんだって」

「え？　コ＝エのお父さん？　看護師の？」

「うん。柚比村は依也美の人がいっぱいいて、行ったらあぶないんだって。死んじゃうかもしれないって。それなのに、ニキがお父さんのこと、すごく言うから、うらやましかったんだと思う。ニキのお母さんのことを悪く言ったのも、きっとそのせいだよ？」

「お母さまが、コ＝エのお父さんに、その村に行くように頼んだのかな」

「うん、たぶん」

「そっか……。コ＝エんち、お父さんだけだよね」

「うん、お母さんは、コ＝エが小さいときに病気で死んじゃったって」

「そうなんだ。コ＝エ、つらいだろうな……」

「うん……」

とぼとぼと歩く二人の少年の頰を、一陣の風が吹き抜ける。

ニキがハッと上を向いたときには遅かった。

「わ……っ！」

轟(ゴウ)と木々が唸り、竜巻に遭ったかのように木の葉が渦を巻く。

ミ＝ンが顔を上げたときにはもう、そこには誰の姿もなかった。

「ニキ……？　どこに行っちゃったの？　ニキ——！」

＊

はじまりは香り草(ケマ)の白い花の色。

とってもいいにおいがする。
一面の白い花の中に寝ころんで、小さなザザとあそぶんだ。
だれかがぼくを呼んでる。
遠くから。
ぼくはその声を知ってるんだけど、返事ができない。
これは夢だから。
ぼくがぼくではなくて、ザザもザザではなくて。
風が吹いて、いっせいに白い花びらが空に舞う。
雪みたいに、ひらひら、ひらひら。
青い青い空の中。
ぼくはどこにいるのか、わからなくなる。

「お母さまは魔物(タガ)じゃないよ……！」
「ああ、違うな」

空中に伸ばしたニキの手を、誰かがぱっと握ってくる。

熱くて大きな大人の手だ。

「大丈夫だ。どこにも魔物なんかいねえぞ。起きろ」

低い、男の人の声が天から降ってくるように響く。

ニキは目を覚ました。

「……だれ？」

すぐそばに男の顔があることに、驚いたように目を瞠ったが、相手が隻眼であることには何ら恐れを抱かなかった。

それに気づいた男がつぶやく。

「おまえは本当に、育ちが好いんだな」

何を言われているのかわからず、少年は相手の顔をじっと見つめるばかりだ。

「ニキか」

男の手がニキのひたいを撫でた。ニキはくすぐったそうに顔をしかめたが、逃げようとはしない。ただ、あたりを見回して、そこが自分の見知った洞窟ではないことを知って、男に問うた。

「ぼくを知ってるの？　おじさんがぼくを連れてきたの？」

「そうだ」

「なんで?」

「自分が狙われていたことに、気づいていなかったのか?」

「ぼく?」

「己(おれ)が連れ去らなかったら、今頃おまえは拐(さら)われていたぞ」

「ああ、うん。茂みのほうに二人、いたね」

ニキは驚かない。そのように狙われたのは初めてのことではないからだ。

少年は落ち着いた声で言った。

「ぼくは逃げ足が速いし、チョエ＝バもついていてくれてるから大丈夫だよ」

「大丈夫じゃなかったようだな」

「えっ?」

ニキが大きく目を瞠り、隻眼の戦士が軽く肩をすくめた。

「おまえの護衛なら、多少は怪我をしたかもしれないが無事だ、安心しろ。まぁしかし、己(おれ)が近づいたせいだろうな。追われている身でおまえに近づいた。おまえの母親が知れば、火のように怒るだろう。でもなあ。己(おれ)はもう、耐えるのはやめにしたんだよ」

「……???」

何を言われているのかわからず、相手に見つめられるままになっていたニキが、ハッと顔を上げる。

「ザザは?」

「ザザ?」

「白い狼だよ。いっつもぼくのそばにいるんだ。いたでしょう?」

「ああ。こいつか?」

ザザはいた。隻眼の男の足元で、すっかりくつろいだ顔をして寝そべっている。長い尾がパタパタと上を向いて動いた。

「すごい! ザザは、ぼくとお母さま以外の人にはなつかないのに」

ニキは驚きすぎて笑顔になっている。その幼い顔を見つめながら、男が訊く。

「白毛だが、ギタの子か?」

「ギタを知ってるの? いちばんおっきな狼だよ。もう年寄りでほとんど動かないけど、ギタはすごいやつなんだ」

「知っている。友だちだからな」

「友だち? ギタと?」

「ああ」

隻眼の男がうなずいた。

「古い友だちだ。まだ生きていたか」

遠くから届く風みたいな声だと、ニキは思う。なぜかその音がなつかしいような気がして、目をくるくると回した。

「わっ！」

そのとき、ふいに足元が揺れ、ニキは男の腕にしがみつく。ザザが四本脚で仁王立ちになり、男はしっかりとニキの肩を支えた。

揺れはしばらく続き、ニキはその漆黒の目で洞窟の天井を不安そうに見上げる。

「最近、嶌がよくゆれるんだ」

「ああ。そのようだな」

「神さまが怒ってるって、ミ＝ワは言ってる」

「そうなのか?」

「わかんない。怒るときもあるかも。でも、ぼく、こわくないよ」

「勇敢だな」

「ゆうかん?」

「えらいってことだ」

男がこぶしを突き出す。

ニキもにやりと笑って、こぶしを突き返す。

と、ふと、相手があまり良い状態ではないことに気づいて、ニキが言った。

「ねえ。ケガしてるね。ぼく、治そうか」

隻眼の男は咳をして、それから、その濃い色の左眼でニキを見据えた。

「おまえが？　治療できるのか？」

「うん。待ってね。たぶん、お母さまにもらったの、まだあると思う」

山や野を駆けめぐるニキが、しょっちゅう傷をこさえるのを見かねて、母は息子に専用の香り草(ケマ)の練り薬を持たせている。

「ぼく専用だから、どうかなあ。ぼくはこれをぬると、すぐ治るんだけど」

「おまえの母親が調合したのか」

「うん。あ…」

ぱたりと口を閉じる。

「母親のことはナイショか？」

ニキは困ったように小首を傾げ、斜めに男を見上げた。

「お母さまの薬をほしがるやつがいっぱい、いるんだ」

「香り草（ケマ）か。高値がつきそうだな」

「種は億がつくよ。あ」

また言っちゃった、と、ニキが両手で口をふさぐ。

その様子に、隻眼の男も口元を弛ませた。誰をも魅了するような愛らしいしぐさだ。

少年ニキは、言い訳するように続けた。

「お母さまは売らないんだ。ほしい人にあげるの」

「そうか」

「そうだよ。ねえ？　ぼくが言ったって言わないで？」

「承知した。男同士の約束だ」

こぶしとこぶしを突き合わせ、約束の印を交わす。

先ほどのこぶしとはまた別のものだ。男のこぶしには様々な意味が含まれるのである。

大人のように扱われ、ほこらしくなった少年が、ニッと笑って相手を見上げた。

「おじさん、かっこいいね。なんか強そう」

「そうでもないさ」

「ふうん？　でも、ぼくのこと、たすけてくれたでしょ？」

「まあ。目に入ったからな。よく狙われるのか？」

「うーん、どうかな。お母さまのほうがたいへんだよ。でも、ぼくも、たまにね。だからぼくは、ぼくを自分でまもらなきゃだめなんだ。香り草の種がほしくて、ぼくを誘拐しようとするやつがいるから」

「怖いか」

「ぜんぜん。ザザもいるし、護衛のおねえさんたち、みんな強いし。ぼくも、こう見えてけっこう強いよ?」

自負の混じった不敵な視線に、隻眼の男の唇がにやりと歪む。少年が頬を赤らめた。

「ぼくは神舞がとくいなんだ。神舞、知ってる? 神舞を踊れば、敵にめくらましだってかけられるんだ。さっきだって、ぼくひとりで逃げられたよ?」

「ふん?」

「ひとりならね。でも、ミ＝ンがいたから。ぼく、友だちを巻きこむのはいやなんだ。だから助かった。ありがと」

「ふ。どういたしまして」

「だけど、神舞がすごいのは、ほんとだよ。見せてほしい?」

「本当ならな」

負けず嫌いな少年の心は、信じようとしない男の声音にいっそう刺激される。

「わかった。来て」

いつのまにか、人が集まってきていた。

点々と松明が灯され、人々の輪の中央には、火祭りさながらの巨大な茅の篝火が赤々と燃え盛っている。立ち上がる火柱は小山ほどの大きさになっていた。

「こんなに人がいたなんて、びっくりだな」

そう言いながら、警戒する様子がまるでない。

隻眼の男は見えるほうの眼を細めた。

無防備なのではない。この人数の中でも逃げきれる自信があるのだ。

白狼ザザもまた、ニキのそばにぴたりと付き従って離れようとしない。

警戒は狼に任せているらしい。といって、警戒を怠っているわけではない。いつでも対応できるように、からだのすべての部分が、僅かな気の変化にも細かく感応している。

なんという柔軟性だ。

同じような能力を身につけている隻眼の男には、それを感じ取ることができた。

まだ幼さも残る少年だが、彼は、獣に近い素晴らしい感応力を備え、それをさらに磨いてきたのだ。

この術を身につけているのなら、どんな事態にも即時に対応できるだろう。

おそらく、この嶌自体、彼の庭のようなものなのだろう。逃げ道も、誰よりもわかっているに違いない。

助けてもらわなくても一人なら逃げられたというのは、あながちハッタリでもなさそうだ。

だが、齢九歳の子供らしくはない。二十代の青年たちの中にさえ、これほどの先見的な察知能力を身につけている者はめったにいないだろう。

こんなふうになるまでに、果たしてどれだけの困難に出くわしてきたことか。

こんなふうに育ててあげることには、どれほどの労苦が必要だっただろう?

そばで守ってやれなかった。

胸を絞るように感情が渦巻く。

隻眼の男の視線は愛すべき柑子色の髪の、世界でただ一人の少年に降り注がれ、そこから離れることがなかった。

集まっているのは、祭り好きな男たちばかりだ。

そんな大人たちの中にあって、柑子色の髪の少年はあきれるほど早く彼らに馴染み、篝火を囲んではしゃぎ出す。

それは、不思議な光景だった。

どれほど多くの人々の陰に隠されても、柑子色の髪の少年の姿はすぐさま浮き上がる。まるで彼だけに光が当たっているかのように、彼の動きのひとつひとつが、宙に鮮やかな軌跡を残して行き過ぎてゆく。

自分の視力が衰えているせいかと、初めは思う。ここ数年、残された左眼の視力が相当に落ちた。正直に言えば、戦うときはほぼ視力に頼っていないほどだ。

だが、舞い踊る少年の姿は、はっきりと摑めた。

明るい陽射しそのものだ。

少年の伸ばした指先に導かれるようにして、松明の炎が一斉にうごめく。

空気がどっと重たい音を立てるかのように動いた。風だ。

少年期特有の華奢なからだが宙を舞う。

自由自在。

その言葉がぴったりだった。長い手脚が空中でしなやかに撓り、華奢な少年のからだが大きく見える作用を起こす。祭り太鼓が時を刻む。

踊り手たちの動きが烈しくなった。緩急をつけて音との駆け引きをする少年の舞は、人人を熱狂の渦へと導く。男たちが口々にニキの名を叫んだ。

あどけない少年の顔は消え、大人びた神舞（シラ）の顔が現れる。

うっすらと開いた唇に目を奪われる。

切れ長の漆黒の眼は、何もかもを知った神の眼のようでもあり、失われた時を惜しむ老人の眼のようでもあった。

高く飛び、宙を渦巻くように回転し、背から剣でも引き出すように腕を振り、両手で大地を持ち上げる。

一人の人間が舞っているとは思えぬほど大きな動きが、次々と繰り出される。

人々の喧噪は遠く消え去り、ただニキの動きだけが空を切り、その軌跡がきらきらと耀いて、周囲に金の粒を降らせてゆく。

圧倒的だった。

隻眼の男は左の頰に手をあてた。指先が濡れるのを感じる。

ただの舞に心を揺さぶられたのは、これが初めてだった。

「どうだった？」

踊り終わったとたん子供の顔に戻った少年が、息を切らせて見上げてくる。

期待に満ちたその眼は、きらきらと光を放っているかのようだ。

先ほどまでとはまったく違う無邪気な顔に、隻眼の男は思わず唸った。

「おまえは神の子だな」

「ちがうよ、人の子だよ。ぼくにはちゃんと、お父さまもお母さまもいるもの」

「そうか」

「ほんとうだってば」

疑ったわけではないのに、少年の顔が歪む。

「お父さまは、今はいっしょには住んでないけど、いつもぼくたちのことを考えてるって、お母さまが言ってた。お母さまは、ぼくにはぜったいうそをつかないんだよ」

「母親を信じているんだな」

「あたりまえでしょ」

つんとあごを上げてみせた少年の生意気な顔を見下ろし、柑子色の頭をくしゃっとつかむ。大人の手の大きさに、ニキが顔をしかめた。

と、そのとき、少し離れた場所で大きな破壊音がして、ニキが飛び上がる。

「うわあ！　なになに？」

「来やがったか」

ほとんど言葉が終わらないうちに、隻眼の男は剣を抜き、ニキを背に立ちはだかっていた。思わぬ素速さに、ニキが目を瞬かせる。

「なに、あれって、おじさんの敵？　おじさん、追っかけられてるの？」

石礫を投げこまれ、篝火の炎がバッと音を立てる。わっと首を引っこめながら、たいして怖がる様子もなく、ニキがザザの肩越しに振り返った。

「ぼく、逃げ道知ってるけど。おじさんも来る？」

3

「西の女神の門が攻撃を受け、破壊されました！」

「暁の港に敵の軍船が集まり続けています！」

侵入者たちの攻撃の報告が続く。タマユ＝リは集中しようと努めていた。

実際、次々と各陣地への指令を出してはいる。が、気懸かりが多すぎて、漫ろ神の誘惑に負けそうになっているのは否めなかった。

「まだ見つからないのですか？　ギタも、ニキも？」

「捜させている。ユ＝リ」

気持ちはわかるが、とミ＝ワに一瞥され、タマユ＝リは深く息を吐いた。

「ごめんなさい。集中します」

有事には神嶌全体が砦と化す。

司令官はタマユ＝リだ。

この嶌を神籬(ひもろぎ)とし、居処(ヤマ)を構えるようになって以来、タマユ＝リたちは一度も侵入者に敗れたことはなかった。嶌であること自体が抜群の防御力を発揮する。

だが、今回の敵はあまりにも強大だった。海賊なのかもしれないが、あきらかに訓練された兵士たちが攻め込んできて、神籬(ひもろぎ)を護る九花(クウォン)の女戦士たちも太刀打ち出来なくなりつつある。

「港方面の高台からは、百隻以上の軍船が視認できているらしい」

「困りましたね。いったい何が目的なのか」

「大丈夫だ、ユ＝リ。己(おれ)たちが負けることはない。地の利は常にこちらにある。だからこそ、この嶌を終生の地に選んだんだ。そうだろう？」

ミ＝ワが片目をつぶってみせ、タマユ＝リは思わず微笑む。

「ニキさまだって、ぜったいに無事だ。あの子はこの嶌に守られているんだ」

「ええ。ニキのことはあまり心配していません。自分の身は自分で守れるように育ててきましたから」

強そうにそう言ってみせながら、やはり、目の端に母親の心配の色を滲ませずにいられないタマユ＝リだ。

「でも、いったいどこの国がこの嶌に軍隊など向けてくるのでしょう？　ここには病人や力なき者がいるだけなのに、何が目的なのかわかりません」

「香り草(ケマ)の種を狙っているのではないか? 最近は、この嶌の評判を知る者もちらほら出てきているというぞ。香り草(ケマ)の種の中には、とんでもない高値がつくものも多いからな」

「種は奪えませんよ。ミ=ワが管理しているのですから。それより、吾(わ)は一刻も早く柚比(ゆび)村へ薬を届けに行きたいです。最近は神山(カムリ)も頻繁に震えていて、心配ですし」

「まったくだな。神山(カムリ)の噴火の程度によっては、被害も大きくなる。戦をしている場合ではないんだ」

「ええ」

タマユ=リがうなずく。優雅な衣とは裏腹に、タマユ=リの眼差しは険しかった。

「ニキさまをお探ししよう。大丈夫だとは思うが、やはりこの事態は異常だ」

「ぼくのこと、呼んだ?」

「!」

「わっ、びっくりした。お母さま!」

洞窟の壁の一部から、ちょうど良いすき間を見つけたとばかりに、さらっと柑子色の髪を揺らして、身軽な少年が飛び降りてくる。

ほぼ同時に、真っ白な毛をなびかせ、彼の狼ザザも着地した。

「ニキ！」

両手を広げた母親の胸に飛びこむ。

世界一安全な砦に戻ったかのごとく、すっかり安心した顔で、少年が自分が出てきた穴のほうを見やった。

「おじさんもいっしょだよ。ぼくを助けてくれた人。ぷはっ。なんか蝙蝠がなつくんだ」

おかしそうに吹きだす子供の前髪を、母親の手がやさしく払う。

「誰を連れてきたのですって、ニキ？」

「頭領——…!?」

ミ＝ワがタマユ＝リたちを庇うようにザッと前へ出た。彼女の視線の先には、泥と蝙蝠にまみれて、岩と岩の細いすき間をどうにかすり抜けてきた者がいる。

男は隻眼である。

「おじさん、おかしいおかしらっていうの？」

母親の胸にしがみついたまま、その肩越しに男を見つめ、少年が無邪気に問う。

「おかしら、ケガしてるんだよ。お母さま、診てあげて？」

男は乱れた髪を掻きあげ、子を抱く母親の背中を見つめた。

「甕依姫」

母親は振り向かず、息子を抱いたまま顔をしかめる。

「怪我？　またですか？」

「たいしたことはない。悪いな、甕依姫（ヒミカ）」

「吾（わ）をその名で呼ぶ人は、もう、あなた以外にはおりませんよ」

「己（おれ）だけか。悪くねえ」

独占欲に満ちた言い方は、何年経っても変わらない。それどころか、今やますます、少年のごとくに我が儘になりつつある男がそこにいる。

ニキよりも幼い部分がありそうだが、彼は一国の王なのだ。そうとも思えないいでたちだが。

困惑しつつ、タマユ＝リはゆっくりと振り返った。

「なぜ、あなたがここにおいでなのか、わかりません」

「己（おれ）はわかっている」

「――――」

「探し続けたからだ。己（おれ）は、いつか必ずおまえに会えると信じて過ごしてきた」

「……九年も？」

「長かったな。いや、己（おれ）には長くなかった。ずっとおまえと一緒だったからな。毎晩、夢にも出てきた。おまえ、ここにいたろ？」

親指で自分の頭を指して、にやりと笑う。

「ああ、そうだ。己がどれほど夢にみたと思う？」

「……吾には関係がありません」

「表に出る言葉には裏がある。考えてみれば、おまえはいつもそうだった」

隻眼の男の声は低い。狼の唸り声のようで、ニキの耳には心地好かった。

そう告げようと、母親に抱かれていたニキが、にこにこ笑って上を見あげた。

が、次の瞬間、その目をまんまるにする。

少年ニキの瞳には、今、生まれてから一度も見たことがないものが映っていた。

母親の、滂沱たる涙である。

次の瞬間、ニキのからだは母親ごと、隻眼の男の力強い腕の中にあった。

「怒るおまえにも、憎まれ口をきくおまえにも、会いたかった」

ニキの頭上で男の声が響く。

彼は、驚くほど低く掠れた声で言った。

「待たせたな……！」

*

「神嶌（カムイ）には無数の洞穴があります。それが互いに繋がっているんです」

石を削った机の上に紙を広げて説明をしているのは、ミ＝ワだ。かつての頭領を前にすると、敬語になってしまうのはどうしようもないようだった。

「蜜蜂の巣のようなものだな。ひとつひとつの居処（ヤマ）が無数の坑道で繋がっているわけか」

「そうです。この独特の構造が、神嶌（カムイ）を神籬（ひもろぎ）にしてきたと言えるでしょう」

岩の天井を見上げて、イカルが感心したようにうなずく。そうして、石の机の上に視線を戻して言った。

「紙か。この嶌には珍しいものがいろいろとありそうだ」

「それを奪いにいらしたのではないのですか？」

興奮するニキをどうにか寝処に行かせたところで、治療用の香り草（ケマ）を選りすぐりながら、タマユ＝リがつぶやく。客処の片隅に立ち、イカルたちには背を向けたままだ。

イカルが顔を上げた。

「だから、違うと言っている」

イカルの声は落ち着いている。タマユ＝リの反応を比較的冷静に捉えているようだ。

「何度も言うようだが、連中の狙いはニキだ」

「！」

タマユ＝リはたちまち顔をしかめた。

「つまり、今この神嶌（カムイ）に押し寄せてきているあの艦隊は、森と急流の国（ヤマトイツル）のもので、ニキを狙っているというのですか？」

「そうだ。だが、この構造なら、ニキはここにいれば安全だろう」

「信じられません。ニキには族名もつけずに、秘かに育ててきたのです。あなたや森と急流の国（ヤマトイツル）とは関係がありません」

「秘密というやつは、どこかで漏れるものだ。己（おれ）も、つい最近だが、息子の存在を知ったのは王宮にいたときだった」

強い視線を感じて、タマユ＝リは自分のからだが動かなくなるかのように感じる。

イカルが近づいてくるのは、ほとんど気配だけで反射的にわかった。

この圧倒的な感覚を、九年以上が過ぎた今も忘れていなかったのだ。それはタマユ＝リにとって、衝撃的な事実だった。

「クナト＝イ国王陛下」

さっと裾を引いてお辞儀をする。そうしてうつむいたタマユ＝リは、イカルの左眼が淋しげに翳ったことには気づかないまま言った。

「あなたは、いずれ去ってゆく御方。どうか、吾(わ)たちのことはこのままそっとしておいてください」

「甕依姫(ヒミカ)」

「その名でも呼ばないでいただけませんか」

「じゃ、おまえも陛下なんて呼ぶな」

「きゃ！」

いきなり手を取られて、思わず悲鳴を上げる。ミ＝ワがそばにいるかと思ったが、彼女は気を遣ったのか、すでにその場を後にしていた。

「なぜ知らせなかった？」

強い眼で見据えられて、タマユ＝リは息をのむことしかできない。

「己(おれ)たちの息子だろ？」

是とも否とも答えないうちに、イカルがさらに言ってきた。

「己(おれ)がおまえを探していたことも、知らなかったか？」

「探していた？」

その嘘には、さすがに目を剝いた。政略結婚をして、森と急流の国(ヤマトイツル)の王となった人だ。彼が即位した後は、目覚ましい勢いで領土を拡げていると風の噂に聞いた。タマユ＝リたちのことになど、かまけている暇はなかったに違いない。

トマ＝イの館を出た後のタマユ＝リたちは、逃げ隠れするだけで精いっぱいだった。この不安定な火山嶌の洞窟に隠れ処を構えて、なんとかみんなで暮らすための財源も整えて、ようやく落ち着いた生活を送れるようになったところなのだ。

「まぁいい。責めるつもりはねえ。これからはうまくいく。家族だからな」

「⁉」

イカルは重ねて傲慢な口をきく。タマユ＝リは思わず叫んだ。

「うまくいくはずなど、あるわけないでしょう！　これほど長い間、一緒には過ごさずにきてしまったのです！　信頼関係も築けてはいません！　そんな吾(わ)たちが、今さら家族になど、なれるはずがありませんよ……！」

「ああ。まあ、そうだな。うん、己(おれ)が罪人だと考えたらどうだ？」

「は？」

「ほら。おまえに最初に会った僧院の地下牢に、己がずっと囚われていたと考えたらどうだ？　己はようやく罪を許されて、九年ぶりに外に出られたんだ」

うんうん、と自分の詞に自分で相槌を打って手を叩く。

「いいな。それでいこう」

「――」

絶句するより他はなく。

「そうしたら、許してくれるか」

「許すとか、許さないとか…、先ほどから、何をおっしゃっているのか少しもわかりません。あなたはおかしいです、イカル。吾のせいですか？　ぜんぶ？　吾は、知らせましたよ。ニキが生まれたことも、この嶌で生きていくと決めたことも！　でも、何のお返事もありませんでした。あれは、吾にもうあきらめよと、あなたのことは考えてくれるなと、そういう意味だったのでしょう⁉」

「知らせた？　史か？」

イカルが訝しげに左眼を細め、眉を寄せる。

「己は受け取ってねえ」

「一通も？」

「ああ」

「――……」

タマユ＝リが茫然としてイカルを見つめる。イカルもまた、しばらく黙って彼女を見つめていたが、やがて、ふうと溜め息を吐(つ)いて言った。

「シ＝カか」

「シ＝カさま？　まさか、シ＝カさまが史(ふみ)を隠したとでもおっしゃるのですか？」

「己(おれ)がここへ来るのにも反対していた。己(おれ)は、シ＝カの目を盗んで王宮を出て、ここまで来たんだ。親衛隊の連中が協力してくれなければ、己(おれ)は今、ここにいねえよ」

タマユ＝リは顔をしかめた。

目の前にいるのは、いったい誰だろう？

彼は、森と急流(ヤマトイツル)の国の国王で、ここ数年の世界では、もっとも大きな権力を持つ男のはずだ。忠実な従者シ＝カが、彼をどんな目で見つめていたか、タマユ＝リはよく覚えていた。

「なぜ王宮を出ていらしたのか、訊いてもよろしいですか？」

「うーん」

「イカル？　あ、いえ、クナト＝イ王陛下」

「だから、それをやめてきたんだよ」

「……え？」

思わず聞き返そうとしたときだった。

「ユ＝リ！　来てくれ！」

ミ＝ワが切迫した様子で声をかけてきた。

駆け出してゆく彼女の後を、イカルとタマユ＝リもすぐさま追う。そうして、この洞窟の居処（ヤマ）のもっとも高い位置にある岩窓にたどり着いて、下を覗いた。

眼下に広がるのは広大な緑の森のはずだったが、その風景は常と違っていた。遥か先、海へ向かうほうの空が煙で白く濁っている。

「森に火をつけられたな」

ミ＝ワの言おうとしていたことを、イカルが横から言った。

「あれを突破されたら、この洞窟の居処（ヤマ）にも侵入されるぞ。逃げ道はあるのか？」

「あなたがたどってきた坑道から、地下へ抜けられます。ミ＝ワ、すぐに避難を始めるよう、みなに伝えてください」

「了解だ。でも、患者の中には動かせない者もいる。担架を使うから時間がかかるぞ」

「やるしかありません」

「己も手伝おう」

「あなたが?」

興醒めしたような眼を向けられて、イカルが左眼を瞬き、大げさに落胆してみせる。

その様が子供のようで、タマユ＝リはまた顔をしかめなければならなかった。

「あなたは、港の大艦隊をどうにかしてください。あなたが差し向けたのではないのですか、国王陛下?」

「己じゃねえんだけどなあ」

信用がないんだな、と耳の下を掻く。そののんびりとした仕種に、タマユ＝リは文句をつけようと口を開きかける。と、ふと、イカルが顔を上げ、室内へと視線を向けた。

騒ぎに目を覚ましたのだろう。大人たちの会話を邪魔して良いものかどうかがわからず、扉の向こうでうろうろしている少年に気づいたイカルだ。

「ニキ!　入ってこい!」

少年の顔が、ぱっと陽が差したようになる。

「おかしら!」

ほぼ全力で駆けこんできた少年は、柑子色の髪をなびかせ、まっすぐにイカルの腕の中に飛びこんだ。

文字通り飛びこんだので、そばに立っていたミ＝ワは目を丸くした。イカルでなければ、背中から倒れていたことだろう。

我が子の温もりを噛みしめながら、イカルは訊いた。

「どうした？　ひとりが寂しくなったか？」

「ぼくはさびしくなったりしないよ。ザザもみんなも、いっしょだもん」

「そうか」

白い狼にはニキの興奮が移り、少年の周囲を落ち着きなくうろついている。だが、イカルに対して敵意を示すことはなく、むしろイカルがその大きな手を差し出すと、あごを擦りつけたりして甘えている。

そんなザザの様子にタマユ＝リが驚きを見せたので、イカルが自慢げな様子で笑う。

タマユ＝リはすぐに笑顔を引っこめて、つんとそっぽを向いた。

と、眼下を見下ろしていたニキが、はしゃいだ様子で言う。

「あの火、すごいね。お祭りみたいだ」

「楽しい祭りじゃなさそうだな」

岩から大きく身を乗り出そうとしている息子を、片腕でしっかりと支えながら、イカルが付け加える。

「森を焼くのは規律違反だ」

「そうなの？」

「森はいのちの糧だからな」

「おかしら、ギタみたいなことを言うんだね」

　ニキの言葉はイカルを驚かせたが、当人は気づかず、無邪気に遠くの炎を見つめ続けている。背後のタマユ＝リにちらりと目を向けたイカルは、彼女の息子を見守る眼に、一瞬だが、誇らしさが宿るのを見た。

「あの火を止めたいの？」

　ニキがイカルを見上げて訊く。相手が肯くのを見て、ニキが言った。

「ぼくが、神舞（シラ）で炎をおさえようか？」

「できるのか？」

「うん。たぶんね」

「ニキ！」

　タマユ＝リの声が鋭い。イカルが言った。

「無茶はやめておけ。おまえの母親が牙を剝くぞ」

「お母さまはギタじゃないから、牙はないよ？」

「違いない」

イカルが笑うと、ニキが嬉しそうな顔になる。それを見つめるタマユ＝リが、複雑な顔をした。

「おまえにもできるだろうな、ニキ。だが、今回は己が動こう。あいつらの暴動は己のせいだからな」

「どういうことですか？」

タマユ＝リは鋭い目つきのまま、イカルを見つめる。イカルはニキを下ろしながら、さりげない様子で答える。

「己が、森と急流の国の王の座を辞すと宣言して以来、ちっとややこしくなっちまって」

「ややこ……、え……？　王の座を辞すですって？」

ぽかんと口を開けたタマユ＝リに、軽く肩をすくめてみせる。さらに問い質そうとするタマユ＝リにはすでに背を向け、イカルは言った。

「話は後だ。あいつらを止めてくる」

「吾も共に行きます」

「は？　冗談だろ？」

「あなたが敵なのか味方なのか、わかりません。この嶌で勝手に行動されては困ります」

「そう言われてもな。こっちには、おまえの警護に兵隊を割くだけの余裕はねえぞ」

「警護など必要ありません。吾（わ）を、昔と同じと考えないでください。ミ＝ワ、居処（ここ）に残っている九花（クウォン）に出動依頼を」

「はっ！」

当然のことながら、ぼくも行く！　と主張した九歳の息子が、母親のひと睨みでしょんぼりと肩を落とす。

唇を嚙んでへの字にした息子の頭をくしゃっと撫でて、父親が言った。

「おまえは、ザザと一緒にここを護れ。できるな？」

父親にそっくりなニキの切れ長の眼が、たちまち歓びに耀く。

「うんっ！」

4

高い位置にある岩棚から大きく手を振ってくるニキは、イカルの眼から見ても目立つ子だ。イカルは感慨深げに言った。

「その名の通り、耀く子だな。おまえの氏族名を受け継がせてもよかったのに、なぜそうしなかった?」

「意味がありませんから」

芦毛の愛馬の頸をやさしく叩きながら、同じように息子を見上げたタマユ＝リが静かな声で答える。

「あの子は氏族になど囚われぬ自由の子。新しく昇る日の子ですから。もはや吾にとっても意味をなさないリの名を、あえて受け継がせる必要を感じませんでした」

「なるほど」

「日耀か」

ひときわ大きな体躯の愛馬に、ミ＝ワの手も借りることなくひらりと跨がったタマユ＝リに、イカルが秘かに舌を巻く。武装した姿にも違和感がない。腰に差した重たい剣も、さして負担には思っていないようだった。

イカルは半ば感心し、半ば胸を痛めながらうなずく。

「いい子に育てたな。誰よりも愛情を浴びて育ってきたことがわかる子だ」

「吾だけではありませんから。この嶌では全員が子育てにあたります。人だけではありません。鳥や狼も手伝ってくれます。あの子は、この嶌の環境からも学びを得ています」

「ああ。そうらしい」

一瞬だが、視線に込められたイカルの強い敬意が、タマユ＝リのすべてを癒す。

そのことに気づいたタマユ＝リは泣きたくなって、話題を変えた。

「ギタが、朝から見つからないのです。もしかしたら、あなたに会いに飛び出してくるかと思ったのですが」

「そうか」

イカルはひと言しか答えなかった。タマユ＝リはふと、彼はギタがどこにいるかを知っているのではないかと思う。心を不吉な予感がよぎったが、そのとき、頬に雨粒が落ちてきて、タマユ＝リは顔を上げた。

「さっそく、ニキの神舞（シラ）が雨を喚（よ）んだか？　大したものだ。助かるな」

注連縄を張り巡らせた岩棚の上は、今や、耀ける少年神の舞殿だ。

柑子色の髪がさらさらと風になびいて、遠目からでも両親の胸を打つ。まるでふたりの間に降り積もった長い月日が、雨粒のように天から溶けだしてゆくようだった。

「甕依姫（ヒミカ）」

息子を見上げているタマユ＝リの耳に、自分の名を呼ぶ男の声が届いた。

「己（おれ）は本当に、ただ、会いたかったんだ」

＊

雨は激しくなり、森に放たれた火を叩くかのように消し去ってゆく。

タマユ＝リたちは濡れるのも構わず、焦げた匂いのする境界線を通り過ぎ、港へと向かった。

イカルは自分が戦うべき相手の居場所を、はっきりとわかっているようだった。

今、クナト＝イ王に付き添っているのは、十数名ほどの少数精鋭部隊だ。この人数で、あの大艦隊を相手に戦などできるわけがない。

果たして、暁の港には、それらの敵の軍艦がずらりと舳先を並べていた。そんな中を、イカルは迷いもせず、最も大きな軍艦を目指して進んでゆく。

タマユ＝リたちもまた、剣の柄に手を置き、緊張しながら後を追った。そうしてイカルの背を追っていると、傭兵団の頭領であった頃の彼の姿が、どうしても頭に浮かぶ。

思えば、当時のイカルは、どんな困難な戦も、みずから先頭に立って導き、一度として退くことがなかった。彼は、多くのことを同時に考えていた。

考えろ。この頭で。

ふいに、初めて出会った日にかけられた言葉が耳の奥で鳴り響く。

ニキを狙っているのは誰だ？

ドン！　という大きな音に、ハッと我に返って顔を上げた。

ドン！　ドン！　ドン！

何かを叩く重たい音だ。どうやら港に停泊している軍船からだ。すべての軍船で櫓板でも叩いているのか、まるで太鼓でも叩いているかのように響いてくる。

雨音をも凌駕する、腹底に響く大音響だった。

見上げたすべての軍船の舳垣立(おもてかきだつ)にも後部の艫垣立(ともかきだつ)にも、屈強そうな兵士たちがずらりと顔を並べて、口々にクナト＝イ王の名を叫んでいる。

九花(クウォン)の女戦士たちは終始無表情ではあったが、タマユ＝リの周囲にザッと集まってきたことで、警戒の水準を引き上げたことがわかった。

そうして、タマユ＝リはようやく思い知る。

彼らはイカル、いや、クナト＝イ王を歓迎しているのだ。

やはり、イカルは敵なのか。

タマユ＝リは唇を噛みしめた。

ニキは神寓(カムイ)の宝だ。

どうしてあんな奇跡のような子が自分の下に来てくれたのかわからないが、タマユ＝リにとっては、自分の子供であると同時に、いずれ、神に返さなければならない神の子でもあった。

もし、彼の潜在的な能力をわかった上で、ニキを盗みに攻め込んできたのだとしたら、考えなしにこのことイカルについてきたタマユ＝リは、重大な失策を犯したことになる。

洞窟の居処(ヤマ)の護りにはミ＝ワを残してきたが、正解だったかどうか。息子の絶対の安全のためには、九花(クウォン)を残すべきではなかったか。

ほんの数秒でそんなことを考え、タマユ＝リは胃のひっくり返りそうな思いを味わったが、今さら引き返すことはできなかった。

実際、最大級の軍船の開の口から乗り込んでゆくときも、タマユ＝リはイカルが感心したほど、鋭い眼と堂々たる態度とを兼ね備え、野次を飛ばそうとしていた兵士たちを圧倒した。

それでも、タマユ＝リの内心はそこまで強くはない。こんな大きな船に乗るのも初めてで、ミ＝ワがそばにいてくれたらと願わずにはおられず、弱気な自分を恥じてしまう。

それに、周囲の目も気になった。甲板を進む間じゅう、大勢の兵士たちにじろじろと見られている気がして落ち着かなかった。

「！」

ふいに、イカルがタマユ＝リの手を握ってくる。タマユ＝リは目を瞠り、あわててほどこうとしたが、イカルはなおさら強く握ってきただけだった。

タマユ＝リの頬は少女のように赤くなる。

誰にも見咎められなかっただろうかと、表情を隠すためのしかめっ面で周囲を見回したとたん、その懐かしい人と目が合った。

「シ＝カ――…！」

イカルがその男の名を呼ぶ。朗々と響きわたった王の声に、その場に居合わせた兵士たち全員が、ザッと音を立てて膝をついた。

「やはり、おまえか。己に宛てた史を読んでいたな？　だから、あいつのことも知ったんだろう？　己の後釜に据える気か？　それとも、亡き者にするか？　らしくねえな」

イカルは慎重だった。息子の名は出さない。

シ＝カの細い眼がさらに細まった。不快を示すときの彼の仕種だったと、タマユ＝リは思い出す。慇懃な立ち居振る舞いは以前より目立つようになり、今ではシ＝カの一部となっているように思われた。

「タマユ＝リさま。お久しゅうございます」

王の声を無視して、シ＝カがタマユ＝リに軽く頭を下げる。甕依姫とは言わない。

イカルに握られていたタマユ＝リの手に、思わず力が入った。

「ご無沙汰しております。シ＝カさま」

九年ぶりに会うシ＝カは、たった九年とは思えないほど歳を取っていた。

長い髪も、今ではすっかり白く色が抜けている。もともと細身ではあったが、彼の体軀はいっそう痩せて、頬骨が高く浮き上がっている。雄々しい武装姿ではあったが、どこかこの世の人ではないような、不安定な力を感じずにいられない。

「この軍隊は何のつもりだ、シ＝カ？　この嶌への侵攻を命じた覚えはないぞ。おまえが命じたのか？」

王たる者の低く唸るかのような声。タマユ＝リは周囲を見回した。

自分たちの王の一言一句を聞き逃すまいと、息をのんでいる兵士たちの姿がそこにはあった。

「国王の不在を他国に悟られるわけには参りませんので、代わりにわたくしが参りました。神嶌(カムイ)には妖しき敵がいるとの情報を得ましたので」

「妖しき敵？」

ハッと唇を歪める。イカルは傷ついたようにシ＝カを見た。

甕依姫(ヒミカ)のことを指しているのだろう。妖しき敵とは悪意のある言葉だ。

タマユ＝リはじっと黙って二人を見守る。

そこにいるのは、クナト＝イの第一の従者として、長きにわたって仕えてきてくれた男だ。彼とは、いったい何年の苦しみを共に分かち合って生きてきただろう？

「お心を惑わす妖しき敵です。クナト＝イ王陛下、あなたさまには王宮にお戻りいただき、森と急流の国(ヤマトイツル)を、これまで以上にお護りいただかなくてはなりませぬ」

「残念だが、それはできねえ話だな」

「陛下！」

シ＝カの声音と顔色が変わる。イカルが、大勢の部下や兵士たちの前で、はっきりと玉座を降りると宣言したのは初めてだった。

「己(おれ)の後はトマ＝イに任せてきた。玉璽(ぎょくじ)もすでに渡してある。おまえも聞いているはずだぞ、シ＝カ」

事実なのだろう。シ＝カは歯嚙みをし、黙りこむ。

だが、納得したわけではない。彼の裡では、おそらく激しい憤りが渦巻いてる。端で見ていたタマユ＝リには、シ＝カの内側から炎が舞い上がってゆくかのように感じられた。

「ニキさまのことを隠そうとなさっておいでのようですが、無駄ですよ。ここにいる兵士たちはみな、陛下に御子があることを知ってしまっております。クナト＝イ王陛下に後継者がおいでならば、トマ＝イどのに王位を譲るという宣言は無効になります……！」

「あー、そうきたか」

「陛下！」

「イカルと呼んでくれよ」

唇を歪めて、斜めに傾けた顔で、もっとも忠実な従者を見つめる。

「己に息子がいることを知りつつ、隠していたのはおまえだろう？　それを責めるつもりはねえよ。己も悪い。けど」

イカルは今、少年のように甘える眼をしている。

タマユ＝リはそう思った。

シ＝カはそして、生涯をかけて仕える決意をした相手が、自分に懇願するのを聞いた。

「頼む、シ＝カ。己はもう、家族のもとへ還りたいんだ」

「――…」

シ＝カがあごを上げて絶句する。タマユ＝リは、彼の唇がわなわなと震えるのを見た。

「シ＝カさま！」

次の瞬間、シ＝カのからだがぐらりと均衡を崩す。

タマユ＝リは、ほとんど反射的に飛び出した。イカルも同様に異変に気づいたが、病を疑っていた分、タマユ＝リのほうが反応が早い。

倒れてきたシ＝カのからだを差し出した両腕に受けとめ、そのまま重さに耐えかねて、下敷きになりかける。甲板に激突するところを、間髪を容れず救ったのはイカルだった。

「ありがとう」

「大丈夫か」

「ええ」

「シ＝カはどうしたんだ？」

「病を患っていらっしゃるのだと思います」

「……！　そんな気配は少しもなかったぞ」

イカルの衝撃を受けた表情に、タマユ＝リは胸を痛めずにいられない。

「症状を隠しておられたのでしょう。シ＝カさまは、重要な職務に就いておられたのではありませんか」

「重要な？　ああ、そうだ。シ＝カはいつも、最も重要な職務をすべて引き受けてくれていた」

「お疲れが溜まっているのかもしれません。ホグ＝マ。すぐに寝処と香り草（ケマ）の用意を！」

「はっ！」

付き添ってきた九花（クウォン）の女戦士が、タマユ＝リの命を受けて直ちに動く。

イカルの左眼が不安に揺らぐ。だが、そんな顔をしたのも一瞬だけだった。すぐに周囲の兵士たちの気配を読み取り、何事もなかったかのような顔に戻る。

彼はきっと、ずっと長い間、そんなふうに自分を抑えて生きてきたのだろう。

タマユ＝リは思った。

どんな人生だったのだろう。

悲願だった祖国の王位を奪還し、高い身分の姫君と結婚をして、幸せではなかったのだろうか？

「ニキさまのことを、どのようにしてお知りになったのですか、陛下？　わたくし以外に知る者はいなかったと思いますが」

寝処に半身を起こしたまま、シ＝カが訊いている。

治療を終えたタマユ＝リは少し離れた場所で、香り草（ケマ）の香を焚く支度をしながら、二人を見守っている。

イカルは、ごく親しい者がそうするように、シ＝カの頸のうしろに腕を回し、彼の上半身を支えてやりながら話をしていた。

「ベベリ＝ヤだ。偶然、甕依姫（ヒミカ）を見つけたと教えに来た」

「ベベリ＝ヤどのですか？　多忙なズカミの領主がわざわざお越しになったのですか？　わたくしは存じませんが」

「ああ。おまえが他の領主との会合に出向いていたときの話だったかな。ベベリ＝ヤにはそれなりの返礼はしたつもりだが。足りなければ、追加の援助も行おう」

「ズカミ領に無駄な援軍を送っていたのは、そういうことですか」

「無駄ってことはないだろう。ズカミには、オンギ＝ヤの残党があちこちに残っていたからな。ベベリ＝ヤも助かったはずだ」

イカルがあごを持ち上げ、王の顔を見せた。この顔を見せられればいつも、頷かざるを得ない第一の忠臣シ＝カではある。

「それにしても、火をつけるのはやりすぎだな。砦もぶっ壊したって？」

「申し訳ありません。こちらも気が急いておりましたし、本気で対峙せねば、こちらがやられると恐れるほど、この神嶌(カムイ)を護る女戦士たちは強いのです。甕依姫(ヒミカ)どのにはお詫びのしようもございません」

まったく心の伴わない謝罪の言葉に、タマユ＝リは目を丸くするほかない。

しばしの沈黙の後に、シ＝カが静かに言った。

「本気なのですか、陛下」

「ああ。己(おれ)は最初から、こうするつもりだったからな」

詳細を省かれても、イカルには伝わるのだろう。そういう関係の二人なのだ。

やさしい香をくゆらせると、涙が滲みそうになって、タマユ＝リはうつむいた。

「だが、思った以上に時間がかかった。まさか、これほどの歳月を森と急流(ヤマトイツル)の国の再生に費やすことになるとは思わなかったんだ」

シ＝カに横たわるよう命じて、イカルが続ける。

「だが、それももう終わりだ。森と急流(ヤマトイツル)の国に必要な制度はほとんど整えた。治水のための働き手を、班を作ってまとめて、たくさんの場所に送ったのが一番良かったな。あれで、民が餓えることもなくなった。己(おれ)は、自分自身に期待したことはぜんぶやり遂げたと思っている」

「亡くなられた父君が国王としてのあなたに期待されたことも、すべて成し遂げたと仰せなのでしょうか」

「そうであってくれれば良いと願う」

「そのようなはずがないでしょう！」

シ＝カの感情的な声に、タマユ＝リがびくっと肩を震わせる。

シ＝カの思いは痛いほど伝わってきた。

シ＝カの夢はイカルだ。

敬愛するかつての王――クナト＝イ王子の父王を殺されたときから、彼の悲願は正統な後継者であるクナト＝イ王子の即位だった。

シ＝カには、森と急流の国の王であるクナト＝イが必要だし、それが彼の情熱のすべてなのだ。

「森と急流の国の隅々にまでクナト＝イ王の指示が行き渡り、ヒルム＝チ王の施政で壊滅的な被害を受けた地域を立て直すのに五年、涸れた井戸に水をよみがえらせるのに七年、人々に蔓延した病の元を絶つのに八年かかっています。森と急流の国にはまだまだ、あなたという存在が必要なのです……！」

「シ＝カ」

イカルの落ち着いた声が、シ＝カのあふれ出す積怨を静かに止めた。

「ただ、クナト＝イっていう存在が必要だってんなら、それはもう、必要ねえんだと己は思う」

「陛下……！」

王の口調は、もはやすっかり傭兵団の頭領イカルの頃のものに戻っていると、シ＝カも気づいている。だが、気づかないふりを続けたいと思う。

「後は、トマ＝イ叔父上が引き継いでくれる。ここ数年、そのための準備にも時間を費やしてきた。もう十分だと、言ってくれねえか。シ＝カ？」

シ＝カは敬愛する主を茫然と見つめ、やがて、がくりと肩を落とした。

「トマ＝イさまと山と長雨の国の王女殿下との御成婚を祝したときから、この日が来るのはわかっていたような気がします」

え？

タマユ＝リは思わず顔を上げた。

「トマ＝イさまと御成婚？　山と長雨の国の王女さまは、イカル、いえ、クナト＝イ陛下と御結婚なさったのではないのですか？」

「おやおや。あなたの妻どのは真実をご存じないようですよ、陛下」

「妻？　吾が？」

「妻ですよ。ええ、残念ながら、今も変わらず、甕依姫どの、あなたが陛下のただお一人の妻です」

「え……」

「何のために、わたくしがこんな僻地の嶌にまでやって来たと思っているのです？」

ぽかんとしたままのタマユ＝リに、シ＝カがじろりと鋭い眼を向ける。

「陛下の唯一の御子さまを迎えるためにきまっているではありませんか」

そう言われて、タマユ＝リは、ますますわけがわからないという顔になった。

「お、御子さまができなかった、ということでしょうか?」

「ニキさま以外には、作りようがありませんね。〝妻〟は、陛下のおそばにいなかったわけですから」

シ＝カはますます仏頂面になってゆく。

「え、でも、あの」

タマユ＝リは半ば恐慌を起こしそうな気分を味わっている。シ＝カは、なぜ自分が説明の責務を負うのかわからないといった顔で、先を続けた。

「どうやらご存じないようですから申し上げますが、クナト＝イ王陛下は、山と長雨(ナナクマド)の国の王女殿下とは婚姻関係を結びませんでした。陛下は自分にはすでに妻がいると主張し、頑として受けつけず、わたくしに説得することは無理でした。そして、歳は離れておりましたが、山と長雨(ナナクマド)の国の王女殿下は、どういうわけか、トマ＝イさまをお気に召してしまわれましたので、これはもう、どうしようもありませんでしたね」

タマユ＝リの目はみるみる大きくなる。

イカルがシ＝カの肩に手を置き、うなずいて言った。

「おまえはよくやってくれた、シ＝カ。あれから、さんざんタマユ＝リたちを探してくれたことも知っている。おまえは常に最大限の力で尽くしてくれる。こんなふうにからだを壊すほど、森と急流の国に尽くしてくれたんだよな」

「すでに終わったことのようにお話しにならないでください」

「ああ。そんなつもりはない。己にもおまえにも、同じように森と急流の国は大事な存在なんだ。その思いはずっと変わらない」

「今も？」

「今も、明日も明後日も」

まだクナト＝イ王子が幼かった頃、よく先の話をするときに出てきた言葉だ。

明日も明後日も、同じように明るい未来を描き、望む。

しばらくして、シ＝カがくすっと笑う。

それは、久しぶりの思い出し笑いだった。

「王女殿下との年の差を考えると、よく山と長雨の国の王が許したものだと、今でも思います。ですが、トマ＝イさまの王女殿下への情熱は、周囲もあきれるほどでしたから」

「叔父上は、なんだかんだ言って淋しがりだからな。早くに妻を亡くしてからは、男鰥の暮らしも長かったし、山と長雨の国の王女のことは、最初から気に入っているとわかっていた。今は子も産まれて楽しそうだ」

「その御子のおかげで、後継者問題が勃発したのです」

「トマ＝イ叔父上が王なら、その子が王位後継者だ。己はニキを巻きこむつもりはないんだ。わかってくれ、シ＝カ」

イカルの声の端が掠れる。タマユ＝リには、イカルの苦しみが伝わった。

彼にとっては、シ＝カは今も、一番に大切に思う存在だ。クナト＝イ王子として祖国を追われたときからずっと、それは変わっていないに違いない。

「この十年近くで、国は大きくなった。だが、本当にそれが良かったのか、疑問に感じることが増えるようになった」

「どういうことでしょうか、陛下」

「シ＝カ、己たちは多くの者たちと多くの経験を共にしてきた。祖国を追われてからの放浪時代、その後の傭兵時代、森と急流の国の王の役目をこなすようになってからの日々。どんな時も、おまえと己のそばには人がいて、みなで助け合ってきた。だからこそ、今が在る」

「仰せの通りです」

「だが、今が幸福か？」

「無論です」

「己にはそうは思えねえ」

「陛下」

「国は大きくなりすぎて、人は数になった。己は、国の制度で管理している人の数は把握できているが、その人の顔は把握してねえ」

「それは、ある程度はしかたがありません。森と急流の国は、今やヒルム＝チ王に率いられていたとき以上の大国なのです。人々の様子でしたら、各地に連絡係を置いて報せよと、陛下のお指図で動いているではありませんか。辺境地域にまで抜かりなく連絡係を置くよう指示されたのは陛下です。それで良いのではありませんか？」

「良いかもしれん。だが、幸福か？　戦は増え、おまえは多忙すぎ、病に倒れた。己自身は、顔も知らぬ民の目を気にして、表立って妻を探すこともできず、息子の誕生にも立ち会えなかった。己は多くを失った。それで、国は何かを得たのか？　大国同士の戦はこれからも増える一方だろう。それだけ失うものが多くて、彼の国の民は本当に幸福になったのか？」

「たしかに。しかし、そうなりますと、幸福とは何でしょう？」

「……タマユ＝リと別れたときから、己はずっと考えていた。何が人を幸福にするのか。何が、己たちに生きる力をもたらすのか」

「生きる力」

シ＝カは、常になく饒舌になっているクナト＝イ王に圧倒されずにいられなかった。

自分の主はそんなことを考えながら、この年月を過ごしてきたのだろうかと思えば、いてもたってもいられなくなる。

九年前のあの日、イカルをクナト＝イ王子に戻すために、妻であるタマユ＝リを彼のそばから遠ざけ、森と急流の国の王位につけることだけを望んだ。

その望みを叶えたからこそ、今がある。

クナト＝イ王子を正統な王位継承者に戻し、王とすること。

それだけがシ＝カの悲願だった。イカルも同じだったはずだ。

その悲願が叶った後も、シ＝カが考え、望んでいたのは、森と急流の国を他国の追随を許さぬほど強く安定した国にすること、クナト＝イ王を永く君臨させること、偉大なる父王の後を継いだ正統な王に心からの忠誠を誓い、生涯、彼を守って生きることだけだ。

「私の幸福と言えば」

シ＝カは、少し考えてから言った。

「どこまでも……、そうですね、この先も陛下と共に在ること、でしょうか」

「ミ＝ワのことは？」

口を挟むべきではないとわかっていたが、タマユ＝リはそれ以上、黙ってはいられなかった。

「このようなときにすみません。でもシ＝カさまは、ミ＝ワのことをお忘れでしょうか」

「タマユ＝リ」

イカルの声が静かにタマユ＝リを諌めている。

壮健だった従者の肩は、今は病で痩せ細っている。手を置くとそれがわかるのだろう。

二人で乗り越えてきた日々の重さを、その肩は今も背負っているのかもしれない。

タマユ＝リは唇を噛んだ。

「ごめんなさい。でも、知っていてほしいのです。ミ＝ワは今も、シ＝カさまを待ち続けているのですから」

そうして、タマユ＝リはうつむいて、そっと付け足した。

「吾（わ）がそうであったように」

5

遥か遠く、地鳴りが響く。

それは、人の耳には届かぬほどの小さな振動にすぎなかった。

だが、そんな微かな予兆を捉える生き物もいる。

「ザザ」

洞窟の居処（ヤマ）で白毛の狼と転がるように戯れていた少年が、ふと動きを止めて岩窓のほうを見やった。

風が止まっている。

空気の温度が変わっていた。

白い狼がぐるるると、常になく低い声で唸る。

少年は狼の耳のうしろを撫でてやり、大丈夫だよと囁いて落ち着かせようとした。

だが、異変の予兆は止まらない。

少年は立ち上がり、張り出した露台のほうへと移動する。白狼は落ちつきなく動き回り始めた。

少年が小首を傾げ、母親と同じ柑子色の髪がさらりと揺れる。

父親と同じ漆黒の眼に、一面に広がる森と山と空が映し出された。

大人たちは恐れるが、神山(カムリ)を友だちのようにして過ごしてきた少年は、高い崖の上にいても恐怖を感じることはない。

ニキは突き出した岩の上に立ち、ふーっと息を吐き、まぶたを閉じた。

いつもは聞こえる鳥たちの声が聞こえない。

彼の知る神寓(カムイ)の気配ではない何かが、訪れようとしている。

閉じていたまぶたを持ち上げ、しばらくじっとその広がる景色を見つめていたニキだが、やがて自分の狼を喚び寄せて言った。

「お母さまたちのところへ行こう……!」

＊

「これでもう、この神鳶（カムイ）が攻められることはないのですね」

軍船を下りながら、タマユ＝リはイカルに切り出す。

「ああ。ニキにも手は出させない。約束する」

「ありがとうございます。感謝します」

それきり、口をつぐんでしまう。あまりにも多くのことが、急に起こっている気がした。何を言えばいいのか、まだ、自分の裡でも整理がつかない。

そんなタマユ＝リの気持ちを読み取ったせいなのか、イカルもまた、黙っていた。森と急流の国（ヤマトイツル）の軍船に戻ろうという気配は見せない。彼はこのまま、タマユ＝リを元の洞窟の居処（ヤマ）まで送るつもりのようだった。

訊きたいことが山ほどもあるように思える。心があふれて何も言えなくなってしまいそうな気もする。

乗ってきた馬たちを繋いでいる繋ぎ石の裏で、ふたりきりになったところで、タマユ＝リはとうとう黙っていられなくなった。

「ご自分を罪人だと思えとおっしゃったあのお話、冗談かと思っていましたが、半ばは、本気だったのではありませんか」

「うん？」

「罪人のような日々だったのですか？　森と急流の国の王座は、あなたの望んだ地位ではなかったのですか。正統な後継者として認められ、即位なさることは、あなたの悲願だと思っていました」

「………」

「あなたは王です。罪人とはちがうでしょう？」

「似たようなもんだ」

「イカル……！」

「己は、本当に動けなかったんだ、タマユ＝リ」

どきっとするほど深い眼差しを見返して、タマユ＝リは絶句する。

「う、嬉しいことだったはずですよ。森と急流の国は、あなたがずっと帰りたかった祖国ではありませんか。シ＝カさまも、あなたが即位することを心から願っていらっしゃいました」

「うーん……」

イカルがタマユ＝リの愛馬の頸をやさしく叩く。

すでに雨は上がり、天には一面の星空が広がっていた。

「もう、王宮には誰もいねえからなあ」

父も母も、弟妹も、忠義な部下たちも、みな、もうこの世にはいない。彼の親しかった者たちは、ヒルム＝チとその母妃によって、ほとんど皆殺しにされたのだ。そして、その弟ですら、今はもう亡い。

「イカル……」

どう声をかけても嘘になる気がした。

自分には、彼の助けになる何ができただろう？

九年前には、ただ彼のもとを離れることしか思いつかなかった。

自分を憐れみすぎて、彼の本心にまでたどり着いていなかったのだろうと思うと、タマユ＝リの心は千々に乱れた。

「あ」

「え？」

「おまえ、今、香り草(ケマ)で何か作ろうと考えたろ？」

イカルが急に笑う。

くしゃっと皺の寄る頬。魅力的に引き伸ばされる唇。

そうだ、彼はいつも、不意打ちのようにこんな顔をしたのだった。

「そういうとこが好きだったなあ。まっずい薬でも香り草汁(ケマウ)でも、おまえが作ったものはぜんぶ、神さまの味がしたからなあ」

「神さまの味？」

「己(おれ)自身を、許してくれる味」

そうして見上げてきたイカルの左眼は、ニキよりも幼い少年のような眼だとタマユ＝リは思う。

率いる人々のすべてに責任を取って、自分自身にすべての罪を背負わせて生きてきた。

この人は、本当は、国王になどなりたくはなかったのではないだろうか。

シ＝カの悲願だから。

救えなかった人々の魂を癒すためだから。

大きくなりすぎた傭兵団のみなを養うために、必要な場所を提供できるから。

ヒルム＝チ凶王の悪政に苦しむ民が、そこにいたから。

無数の魂がイカルに苦痛を訴え、彼はそのすべてを受け入れてきた。

彼にとって、九年など、本当に意味はなかったのかもしれない。

彼はずっと、時を止めて戦っていたのだ。

「イカル」

「ん？」

「誰も、あなたを罰したりしませんよ？」

「あー、うん。そうだな」

イカルが曖昧に笑い、背を向ける。

大きな背中だった。多くの人々のために戦ってきた男の背中だ。

なのに、なぜ今、小さく見えるのだろう？

「――なぜ泣くんだ？」

隻眼の男が気づいて振り返り、今度はタマユ＝リが彼に背を向けた。

「甕依姫」

懐かしい呼び名だ。

彼にそう呼ばれるたびに、嫌いだった呼称が好きになったことを思い出す。

背中が温かくなった。気づいたときにはもう、背後から抱きしめられていた。

　タマユ＝リは一瞬抵抗したが、無駄だった。

　この抱かれ方が好きだったことも、思い出してしまった。

　儚い肩は男の腕の中で震え、そのまま彼の胸に背を預ける。イカルの手がタマユ＝リのあごを覆い、やがて、涙を拭うかのように白い頬に指を滑らせてきた。

「己(おれ)はあいかわらず、おまえを泣かせてばかりか」

「吾(わ)は泣きません。そんな姿を他の者に見せてはなりませんから」

「己(おれ)の前では泣いてくれ」

「いやです」

「わかった。自由にしていい」

「もう、待たぬほうがいいのかと幾度も思いました。幾度も」

　ふたりだけなら、小さな声で本音を言える。

「あなたはもう吾(わ)のことを忘れているだろうと、何度も思って」

「忘れるわけがない。おまえのことを思い出さない日は、一日もなかった。嘘じゃねえ。だが、己(おれ)のほうは、忘れられているだろうと思っていた。それでもいいと思った。己(おれ)が、覚えているから」

　イカルはタマユ＝リを腕の中に抱え、その華奢な肩にあごを載せ、ほとんど頬を合わせながら低い声でつぶやく。

「森と急流の国(ヤマトイツル)を立て直すのは、並大抵じゃなかった。この九年は、己(おれ)にとってはあっという間だったが、おまえにとっては違うだろう。己(おれ)を待っているはずがないと、半ば信じていた。忘れ去られていてもいい。だが、己(おれ)は絶対におまえを見つけだす。己(おれ)は家族を取り戻す。国王として、多くを切り捨てなければならないときを過ごして、結局、それだけが己(おれ)の信念になった。甕依姫(ヒミカ)」

「その名で呼んではいけません」

「おまえが嫌なら変えていい。タマユ＝リでも、ユ＝リでも、家族だ。好きに呼ぶさ。でも、おまえは甕依姫(ヒミカ)だ。そのことを恥じるなよ？」

「イカル……」

ぽたぽたと、長い時を耐えた涙がころがり落ちる。

抱きしめるイカルの腕が強くなるのがわかった。

「会いたかった。己(おれ)はおまえに会いたかった。それだけだ。ただずっと、会いたかった」

くり返される同じ言葉に、長い年月のすべてが溶け出してゆく。

「吾(わ)も」

言葉は涙と一緒に、自然にころがり出た。

「ただずっと、あなたに会いたくて、会いたくてたまりませんでした」

タマユ＝リは、自分の頬に温かい涙がかかるのを感じる。

森と急流の国（ヤマトイツル）を何年にもわたって治めてきた偉大なる王が、泣いている。

イカルの腕から力が抜け、タマユ＝リはからだを翻して彼のほうを向いた。

「イカル。あなた」

タマユ＝リの両腕が白い翼のように広がって、イカルを覆う。

イカルはタマユ＝リの肩に頭をもたせかけ、時が止まったかのように、長いことそのまま妻の腕に抱きしめられていた。

「許してくれ」

やがて、振り絞るかのような嗄れた声が、タマユ＝リの頭上から落ちてくる。

「おまえを、おまえたちを見つけてやれなくて、本当に済まなかった。あんな愛らしい息子を見ることもなく、己（おれ）は、何をしていたんだ……！」

「――…」

あの強い男が、タマユ＝リの前で後悔を口にしている。

心が溶けそうになるほど切なくなった。

どちらも、同じだった。

捨てるものは捨てるしかなかった。そうしてただ黙々と、日々他人を助けることだけを誓い合って生きてきたのだ。期せずして、似たような人生を歩いてきていたのだ。

「ああ、イカル」

抱き合っていたからだをわずかに離し、互いのからだの間に空間を作ると、タマユ＝リは手を伸ばし、久しぶりに会った人の顔をそっとその手で包みこんだ。

「あなたがあなたの国の民を救い続けてきたように、吾もまた、多くの村に香り草を届けていました。救える人のいのちを増やすために治療処も作って、吾が信じる道を歩むことができていました。あなたが教えてくれたのですよ、イカル。自分の頭で考えろと」

「ユ＝リ」

溜め息が落ちてきて、今度はイカルの指先がタマユ＝リのひたいにかかっていた前髪を払いのけた。

「己の妻は、なんていい女なんだ」

イカルの声に感嘆の響きが宿り、タマユ＝リの胸を打つ。

「吾は、まだ、あなたの妻なのですか？」

「ああ、ユ＝リ。頼む。己の妻だと言ってくれ」

ふたたびタマユ＝リを抱きよせるイカルの腕に、力がこもる。

深く抱きしめられて、タマユ＝リはのけぞり、浮いた両腕をイカルの首にまわして囁いた。

「それならイカル、あなたは吾(わ)の夫で、ニキの父親です」

「ああ、そのとおりだ。己(おれ)たちは夫婦だ」

言葉の端が震える。互いに同じ方向を向いて駆け抜けてきた時を、抱擁している。

イカルの声が掠れた。

「一瞬も、忘れることなんかできなかったさ」

「イカル……！」

タマユ＝リの目から、ふたたび涙があふれ出した。

イカルの左眼にも、熱いものがこみ上げている。彼は掠れた声で言った。

「タマユ＝リ。永遠に、己(おれ)の恋人で己(おれ)の妻だ」

涙は涙へ。

唇もまた、あるべき場所へ。

ようやく合わさった唇に、二人分の涙が伝い落ちてゆく。

長い間、彼らを煩わせ続けていた時の流れる音が消えた。

長い年月が、遠い距離が、ふたりの間で重たく降り積もっていったものが、柔らかく溶けて、互いの肉体の中へと消えてゆく。

唇を重ねたまま、ふたりは同時に同じ言葉を、長い時間をかけた切願を口にした。

「会いたかった――……！」

*

ぐらりと周囲が揺れる。

大地の底から突き上げてくるような重たい揺れが、森を駆け抜けようとしていた馬たちの脚を止めた瞬間だった。

「お母さまーっ！」

「ニキ⁉」

少年のよく響く高い声に、タマユ＝リが目を瞠る。

ニキは、驚くことにザザを先頭に、狼の群れを率いていた。

「何ごとですか！　供も連れずにこんなところにまで来て！」

「ごめんなさい！　でも、ぼく、急がなきゃって思ったんだ」

駆け寄ってきた少年は、にこっと人懐っこい笑みを見せると、馬上のイカルに両手を伸ばす。当然のように、引き上げられることを期待して。

「ニキ！」

「おかしら！」

お互いに相思相愛のごとくに呼び合い、期待どおりに、ぐんと腰から抱きあげられる。神舞(シラ)の舞手であるニキは、イカルのほうへと軽やかに体重を移し、何の問題もなく、馬上のイカルの腕の中に収まった。

色鮮やかなその様に、タマユ＝リは胸が詰まる思いを味わう。

こうして間近で、ふたりが並んでいるのを見ると、なんと似通っているのだろうと思わずにいられなかった。

頭領(おかしら)などと呼ばせずに、早く父親の名乗りをあげさせてやらなければ。

タマユ＝リが母親の顔をして戸惑っている間に、ニキはまっすぐに人差し指を伸ばし、神嶌(カムイ)で最も高い山を指していた。

「神山(カムリ)が火を噴くよ！　たくさん！」

「！」

タマユ＝リが息をのむ。

この火山嶌に来て以来、なぜか気に懸かり、定期的に行っている香り草のト占の結果は、息子には一度も教えたことはなかった。

だが、これは特別な子。予知の力を持つ神の息子だ。

タマユ＝リはイカルの腕の中にいる息子に問う。

「ニキ。それは、いつですか？　今すぐ？」

「ううん、ちがうよ、お母さま。今すぐじゃない」

「では、いつだ？」

頭上からイカルに訊かれて、ニキは首をかしげた。

「うーん？」

神の息子は、時々、時間の感覚が曖昧だ。

タマユ＝リが横から手助けをした。

「神山が火を噴くときのお月さまのかたちは？　わかりますか？」

「あ、うん！　いちばん細くて、こっちを向いてるよ！」

細い三日月のかたちを宙に描いてみせる。どうやら、新月の前日だ。

イカルも、すぐに息子の言うことを解して言った。

「半月ほど先か。まだ、避難のための時間は残されているということだな」

「！　嶌の民に通達を出して、避難を急ぎます！」

「おまえのところには病人も多いんだろう？　移動には手間がかかりそうだな」

「なんとかします」

すでに神嶌（カムイ）の状況を把握しているらしいイカルに心中驚きながら、タマユ＝リが応える。

「うん。ちょうどいい」

イカルが、ふと思いついたようにあごを上げた。

「何がですか？」

タマユ＝リの問いに、今ではすっかり傭兵団にいた頃のものに戻りつつあったイカルの顔が、さらにいっそう悪戯（いたずら）めいて耀く。

「己（おれ）とシ＝カは、案外、このために喚（よ）ばれたのかな？」

「喚ばれた？」

「ああ」

きらきらと耀く眼で自分を見上げてくる息子の頭を撫でて、イカルは言った。

「嶌の民を乗せる船なら、さっきの港に、偶然にも、山ほど来ているだろう？」

6

　洞窟の岩間に作られた巣から、数羽の小鳥が飛び立つ。

　一面に広がる真っ青な空の下、神山は鬱蒼たる緑に包まれ、陽の光を浴びていた。

「本当に、あの山がこれから大噴火を起こすのか？　信じられないな。静かなものだ」

「タマユ＝リさまの香り草の卜占は外れません」

　このところ、タマユ＝リのひたいに花の文身が浮かび上がっていたのは、そういうわけだったのだ。甕依姫の予知能力が、まもなく大きな噴火が起こるという神山の未来にずっと反応していたのだろう。

「なるほど。甕依姫どのがご健在である証拠だな。第一の従者だというおまえが言うと、なかなか説得力があるね。ミ＝ワ」

　シ＝カが神嶌に残り、タマユ＝リたちの避難準備を手伝い始めてから、すでに一週間近くが過ぎている。病に倒れたシ＝カをタマユ＝リの建てた治療処に収容し、毎日、献身的に処置を続けているのは、ミ＝ワだった。

「ここには重病人が多い。良くしてくれるのはありがたいが、私にばかり構っていたら、おまえが大変だろう、ミ＝ワ？」

「遠慮なさる必要はありません。これは、己の仕事のひとつですから」

「ミ＝ワ。まだ私を怒っているのかい？」

シ＝カが今、寝処に敷いているのは菅を編んだ莚で、それを柔らかく滑らかになるまで叩いて寝そべりやすく仕立てたのは、実はミ＝ワだった。病人たちの生活の質を高めるのは、ミ＝ワの趣味のひとつだ。

その莚の上に肘をつき、優雅にあごを載せてくつろいでいる今のシ＝カは、少しも病人のようには見えない。

かつての教え子になど会う気はないと抗ったシ＝カは、もういなかった。

再会のときにミ＝ワが見せた、周囲が驚くほどの激しい動揺と、これまで見せたことのない大量の涙が、シ＝カの凝って固まっていた心を弛ませたのである。

そうして。

今となってはシ＝カ自身、信じられないが、シ＝カは変わった。

クナト＝イ王に対して抱いていた、みずからをも圧倒するかのような執着は、長年の友に抱く尊敬の念に変わり、森と急流（ヤマトイヅル）の国の王のために厳しく自制し、目を背け続けてきた愛に、ようやく目覚めようとしている。人生そのものへの愛だ。

　人は生まれ変わることができるのだった。幾度でも。

　シ＝カは、このタマユ＝リたちの居処（ヤマ）へ来て、ニキを前にしたとたん、ひざをついて謝罪している。

　そのニキも、今ではすっかりシ＝カになつき、親戚のおじちゃん扱いする日々だ。

「ミ＝ワが怒ってるって？　なんで？」

「おお、ニキ！　よく来たね！」

　天真爛漫な少年の訪問は、治療処の空気を一変させる。

　これはシ＝カ自身、体験したことでもあるが、不思議なことに、この少年が訪れるだけで、病に臥していた人の何人かは、みずからからだを起こし、失われていた食欲を取り戻すこともあるのだった。

「己（おれ）は怒ってなどいない。ただ忙しいだけだ。また来る」

　仏頂面で自分自身の心を隠して、ミ＝ワは忙しそうにシ＝カの寝処を去ってゆく。

　ニキは小首をかしげて、その自分の第二の母親でもある大事なお姉さんの背中を見送った。緊張しているのがよくわかる背中だ。

やがて、ニキが近づいてきて、重大なひみつを打ち明けるかのように、シ＝カの耳に両手を丸めて作った空洞を当てる。そうして、シ＝カに顔を近づけると、ニキは大げさに息を吸って、ひそひそとその重大なひみつを伝えた。

（ミ＝ワは怒ってないよ。でも、大好きな人の近くにいると、てれくさいの）

わかるよね？　と大人びた目を向けてきた少年に、シ＝カが目を丸くしたのは言うまでもない。

＊

同じ日の午後。

「お母さま？　そこで何してるの？　それ、ギタ？」

「ニキ！」

ハッとして後ろを振り返ったときには遅かった。白き狼と共に洞窟の裏を走る坑道を訪れた息子の目には、倒れ伏した老狼の姿がしっかりと映ってしまっていた。

「ギタ、死んだの？」

ニキは最近よく、死について口にするようになっている。

そういう年齢に達したのだろう。鳥の遺骸を埋めたのも、つい最近のことだった。お墓を作るのだと、自分で見事な墓石を彫ってみせたのには驚かされたタマユ＝リだ。

「死んだの？」

「そうですよ。ギタはとても長く生きたので、寿命が尽きたのです」

ギタの前にひざをついていたタマユ＝リは、二たび訊いてきた息子を抱き寄せた。

「今、お別れを言っていたところです」

「ひとりで死んだの？」

「いいえ」

タマユ＝リは首を振った。

ニキに案内され、坑道を進んでいったときに、倒れているギタを見つけたのは、イカルだった。そのときはまだ息があったらしい。だが、イカルはギタに無理に近づこうとはしなかったようだ。

神嶌（カムイ）で暮らす人々を森と急流の国（ヤマトイツル）の軍船に乗船させる手配をしながら、イカルは、タマユ＝リにギタの居場所を教えた。タマユ＝リが泣きながらギタのもとに行こうとするのを止めはしなかったが、ギタの意思を尊重してやれとは言った。

タマユ＝リはふと、この人は何度こうしていのちを見送ってきたのだろうと思う。イカルにとっては、タマユ＝リ以上に、ギタとの絆は大きなものだったはずだ。

「お父さまは、ギタのこころを大切にするように気をつけたのです。ギタは自分の死期を知って、ひとりで逝くことを選んだのだから、邪魔をしたくないそうです」

「うん。わかった」

力強くうなずき返しながら、感受性豊かなニキの目には、すでに涙があふれている。

「ぼく、ギタにさわっていい？」

「いいですよ。もちろんです。魂はまだ近くにいるでしょう」

「うん、いる。ギタ」

母親の言葉に励まされ、恐れもなく小さな手を伸ばして、ギタのからだに触れる。

ニキのそばには、白い狼ザザが付き添って離れない。自分の親であるギタよりも、ニキの心配をしているように見えるが、彼女には彼女なりの信念があるのだろう。

「ぼく、ギタにお墓を作ってあげるよ。崖の上のいちばん高いところにするんだ。だって、ギタは高いところが好きだったから」

しゃくり上げながら、ニキが宣言する。

森の仲間たちの死には、しょっちゅう出くわしてきたニキだ。ニキのこの嶌の友だちは、人ばかりではないのだった。

タマユ＝リは息子の頭を撫でて言った。

「とてもいいですね。ニキはお墓を作るのが上手ですし、きっとギタも喜ぶでしょう」

「うん、そうだといいな」

ニキはそうしてしばし母親のひざに突っ伏して泣くと、はたと気づいたように顔を上げた。

「お父さまは？　泣いた？」

「え？」

「だって、お父さまはギタの古い友だちなんでしょ？　友だちが死んだら、泣くよね？」

「まぁ、ニキ」

顔をくしゃくしゃにしながらも、父親の気持ちを考える息子が愛おしかった。

イカルを父親だと紹介したときの、彼の顔は、一生忘れられないだろう。

ふしぎなものを見るかのようだったその幼い顔が、光の花を宿したかのように耀き始める瞬間だった。

そして今、息子の言葉に、自分自身もまた深い悲しみの中にいることに気づかされる。

どれほど長い間、この大きくて美しい黒狼に救われてきたことだろう？

イカルがその幼い日々を彼と共に過ごしてきたのだとしたら、タマユ＝リは愛を知って大人になってゆく日々を彼と共に過ごしたのだ。

「お母さま」

涙を止められなくなった母親に気づいて、ニキが大きく目を瞠る。

「もう、ギタはお母さまを抱きしめられないから」

海と空と嶌の大自然に育まれ、たくさんの人々に抱きしめられて育ってきた少年は、母親に駆け寄ると言った。

「ぼくが抱きしめてあげるね」


それから十日後。

神山は、天に向けて炎を吐いた。

イカルの説得が功を奏し、最終的には軍船に乗ってきた兵士たちの協力さえ得て、タマユ＝リたちは嶌民全員の避難を完了させている。

さらに、クナト＝イ国王を慕う者たちの半数はイカルについていくことを選び、その後、長く行動を共にする事になった。

天をも焼き焦がすかと思われるような大規模な爆発的噴火は、数日間続いて終わる。

だが、周囲に火山灰を降らせ続ける小さな噴火はそれからも続き、神山(カムリ)は活火山として数百万年という永い時を歩むことになった。

神山(カムリ)の頂上は崩れ落ち、熱された土砂は海へと流れこむ。

降り続いた火山灰は風に乗り、大地を広範囲に覆ってゆく。

人々は祈り、みずからの儚さを思い煩い、か弱き者として、互いの手と手を取り合って大地の隅で生きてゆく。

神嶌(カムイ)はこうして、完全なる神籬(ひもろぎ)となり、神へと還されたのである。

Beautiful

ぼんやりと薄い衣がかかったように、あたりが白みがかっている。
だれかがタマユ＝リの名を呼んでいる。
人の声は、ふさがれた穴にこもったように何重にも重なって聞こえてきた。
だが、とてもなつかしい声だというのはわかる。
その声に向かって、タマユ＝リは白い空気の中をゆっくりと歩き始めた――…。

「どうした？　まだ眠いんだろう？」
低くて、端の掠れた声。タマユ＝リを気遣っている。
この声はよく知っていた。
ひたいに唇を押し当てられながら、ゆっくりとまぶたを持ち上げるのが好きだ。
彼からはいつも、太陽の匂いがする。
タマユ＝リは相手の腕の温もりの中で目覚め、その低い声の持ち主に微笑みかけた。

「夢をみていました。祖母がいて、たぶん吾はまだ小さくて、祖母に教えられて初めてやった香り草の扱い方を、ほめてくれるところでした」

「起きなければ良かったな？」

「いいえ」

独占欲に満ちた腕枕で目覚めるのは毎朝のことだが、それにも慣れた。おそらく相手も慣れて、これはただの習慣と化している。

タマユ＝リはのけぞって両手を伸ばし、自然な寝返りを打ちながら、あくびと共にのんびりと答えた。

「今が好きですから。起きて良かったです。昨夜は遅かったのですね」

「香り草の収穫に手間取った。おまえ、あの量はえぐくねえか？」

「あは」

最近のタマユ＝リは、時折こうして少女のような笑い方をする。そのたびに、イカルの胸はときめき、無性に苦しくなるのだった。

「いつもあなたが我が子のように香り草苑の面倒をみてくださるので、香り草たちは嬉しそうです。あんなにたくさん育ってくれるなんて、本当に驚きました。これでまた、たくさんの必要とする方々に、香り草を使った薬を届けることができます」

「この辺りは未開の土地だったが、開墾した甲斐があったな。おまえの香り草(ケマ)の種が乾いた大地を潤す。意外な発見だった」

「あれは、もとは、ばばさまがくださった種でした。あれほど深く地中の水分を汲み上げてくれる根を生やす香り草(ケマ)だとは思わず、最初は本当に驚きました。まるで奇跡のように地中にも地上にも水を運ぶのです」

「甕依姫(ヒミカ)コトエ＝リさまに感謝だな。その種を研究し尽くして、己(おれ)たちに生きる希望を与えてくれた、どこぞの巫女(ミカ)にも感謝だ」

「吾(わ)？」

「ふ」

いたずらっぽく、きらきら光るみどりの眼を向けてきた妻に、イカルは正直なところ、心臓をつかまれたと感じてしまっている。その衝撃を誤魔化すために、彼女の柔らかく、ほっそりとしたからだを抱きしめて囁いた。

「己(おれ)の愛らしいユ＝リ。ここが好きか？」

「ええ。深い森の奥には、まだまだたくさんの秘密が隠されているようで、楽しくなります」

「ああ。だが、ここもずいぶん土地が潤ってきた。いずれ、どこかの国がこの場所も見つけるだろうな」

活動期に入った大地は荒れ、人々は水を争って長い戦いの時を過ごしていた。

権勢を誇っていた九つの大国は、この異変によって今やもう、国の民を養う力を失いつつある。国という保護者を失った民は、自分とその家族を護るために、みずから生きる道を選んで立ち上がらなければならなくなっていた。

あれほど豊かだった大国の都も、人々が去った後は、荒れ果てて砂埃が舞うばかりだ。

飢えと病に苦しめられ、人々は生きる気力をも失おうとしている。

半歩先に、みずから国という枠組みから離れていたイカルとタマユ＝リは、そんな人々のために何ができるかを考え始めていた。

「また移動することになっても構いません。ミ＝ワやシ＝カさまのご尽力もあって、ここにはとても良い香り草苑(ケマジ)ができています。ここは、吾(わ)たちが香り草苑(ケマジ)を育てるための土地です。香り草(ケマ)も他の植物たちも、それを認めています」

「いいな」

「え？」

「人のことを草木に訊くおまえのやり方は、己(おれ)も気に入っている」

「本当に？　退屈はしていませんか？　だって、あなたは、本当は戦うことを選んだ人ですから」

「今も戦っているだろ？　おまえたちや己についてきてくれた者たちを守るために」

タマユ＝リのひたいに唇を押し当て、妻がくすくす笑う声を楽しむ。彼女のひたいには九枚の花片を持つ甕依姫の花の文身が浮き上がっていたが、それにももう慣れている。

ずっとこうして妻を抱いていたいが、そうもいかなかった。

一日は短かい。やることは山ほどもある。

「己は家族に仕える男だ。それがどれほど心地好いか、わからないだろうな」

イカルは寝処を飛び出すと、天幕の扉を開け、うーんとのびをした。

耀く太陽は容赦なく大地を照りつけていたが、水の流れを取り戻した森は潤い、鳥たちのさえずりも騒がしいほどになっている。

「ニキとトヤは？　また神嶌か？」

「ニキは妹ができてから、まるで自分が親のようにトヤの面倒をみています。おかげで、トヤはすっかりお兄ちゃんっ子。吾が危険だと言い聞かせても、言うことをききません。馬を操るようになってからは、どこにでもトヤを乗せて一緒に飛び出していってしまって。神嶌はここからは距離がありますし、噴火したのは何年も前といっても、神山からはまだ煙も出ていて、完全に安全とは言えませんのに」

母親の顔に戻ったタマユ＝リを見て、イカルも父親らしい顔をしようと、いかめしく顔をしかめてみせる。だが、長持ちはしない。

「神嶌（カムイ）か。どういうわけか、トヤが行きたがっているな。ニキも、トヤにせがまれて仕方がなかったんだろう」

「トヤ、あの子はニキとはまったく違います。びっくりするほど強い意思を持っていて、一度言い出したらききません。あんなに頑固だなんて、いったい誰に似たのでしょう」

「誰だろうな？」

己（おれ）じゃないぞと断り置いて、ふと吹いてきた風に誘われる。

「トヤはニキがいれば大丈夫だろう。ニキの包容力は奇跡と思えるほどだ。しかし、今の神嶌（カムイ）に何があるんだろうな？　よし、己（おれ）も行ってみるか」

「まあ、あなた！　だめですよ！　今日は他にやることがたくさんあるのですから！」

「うん、そうだな。すぐ戻る！」

「え、あなた！　イカル！」

木漏れ日が地面に無数の輪を描く。

まだ細い枝に二羽の白い鳥が留まり、陽の光の金色の粒を眺めている。

重なる木の葉の下を、白い寝衣を纏った光の巫女に眩しいほどの笑顔を向けて、隻眼の男が駆け去ってゆくのが見えた。

彼らは互いの嘴（くちばし）を擦り合わせ、虹色の羽根をふるわせると、まもなく、ぱっとその場を飛び立つ。

ぐんと空が近くなった。両翼は宙を斜めに切り、遥かな青の中に、二つの白い点となって青空に軌跡を残してゆく。

鳥たちの眼下には、干上がってひび割れの入った黄土色の大地が続いた。

高い山々の稜線が空間を切り裂く。その高い尾根と尾根とに挟まれた鋭い渓谷の間を、光の線のごとく滑空してゆく。

かつて豊かな水を湛えた大河であったものも、今は涸れて、岩が剝き出しになっていたが、それらも鳥たちにはただの背景に過ぎない。

海が見えてきた。彼方には、横に長く伸びた水平線が光を反射して耀いている。

彼らの目指す先には湾があり、その先に細長い砂嘴（さし）が伸びていた。海に流れ出した火砕流が冷えて砂嘴となったために、今や神嶌は陸地と繋がっているのである。

火山嶌だ。かつての青々とした姿は、そこにはもう見られなかった。噴火で放出された火砕流堆積物が、灰色の平坦な地形を形作っている。

二羽の鳥たちは、そんな嶌の高く突きだした崖の上へと飛翔した。

もともと山の一角を為していた場所だ。今では急峻な斜面となって、海を見渡す展望台となっていた。

崖の下では波が激しくぶつかり、無数の白い泡が波の花となって生まれてゆく。

白い鳥たちは互いに螺旋状に絡み合って回転しながら、急降下し始めた。行くべき場所を見つけたようだ。

「きゃー…」

小さな歓声をあげそうになって、あわてて口をすぼめる。

幼子の小さな肩に留まった鳥は一羽ではなかった。両肩に一羽ずつ、幼子には少し重さを感じるほどの大きさの真っ白な鳥が、くつろいだ様子で身繕いをしている。

幼い少女の顔は喜面一色となったが、動いて鳥をびっくりさせてはならないので、必死にじっとしている。

離れた場所では、幼子の兄が神舞の稽古をしていた。

柑子色の髪が、光に照らされ、さらさらと耀いている。

ここは、兄にとって特別な場所なのだ。妹が生まれる前に亡くなってしまった、大きな黒い狼がこの下に眠っているという。

ギタという名らしい。今、兄の舞をそばで見守っている白狼ザザの親だ。

妹は、兄の舞を視るのが大好きだ。

兄の舞はいつも、丸い日輪の軌跡を描く。兄のからだの後には、光の粒が幾粒もくっついて動き、観る者は光そのものが動いているかのように錯覚する。

それが、妹には心地好い。

兄の舞はこの場所で、真の神舞となり、無限の光を放つ。

まだ知る者はいないが、妹は眼では視ない。ひたいに感じる光で視ている。

「はっ！」

ギタの墓標の前で、ニキは舞う。

悲しみではなく、生まれて、つながってゆく喜びのために。

「トヤ！」

神舞の稽古を終え、しゃがみこんで何かを地面に埋めている兄のもとに、妹が全速力で駆けてくる。

両手を挙げて駆け寄ってくる妹を、兄は目を瞠り、両手を開いて抱きとめた。

小さなからだを歓びでいっぱいにして駆けてきた少女は、兄に抱きあげられ、天空を指さして言った。

「にいに！　おおかみ！」

つられて見上げたニキの両眼に、天高く飛翔してゆく二羽の白い鳥の姿が映る。

強い風が吹き、母親譲りの柑子色の髪が宙に舞い踊る。

二羽の白い鳥のうしろにまた別の、今度は黒い鳥が加わり、さらにまた別の青い鳥が加わり、様々な容をした鳥たちが一陣の群れとなって、天空に数珠を繋いでゆく。

同じように、魂の絆は未来永劫、次々に連なって、光と影の世紀を越えてゆくのだろう。

「ニキ！　トヤ――…！」

父と母がそろって子供たちを迎えに来る。トヤは大喜びで駆け出し、転び、大泣きをして。父親に抱っこされて、ようやく泣きやむ。

「お母さま！」

「ニキ」

小さな妹が気に入りの父親の大きな手にしがみつく様子を見守ってから、ニキの視線は母親へと移った。

タマユ＝リが微笑み返すと、ニキは少し涙ぐんで言った。

「今、ギタが会いに来たよ」

「そう？」

「うん。トヤにも見えたんだ。ギタはひとりぼっちじゃなかったよ。ザザのお母さんもいたし、仲間たちも大勢いたんだ。よかったよね？」

「……そう…」

「お母さま？　なんで泣くの？　かなしい？」

「いいえ。とても、うれしいからですよ」

イカルがタマユ＝リの肩を抱く。

タマユ＝リは空いているほうの手を差し出し、ニキと手を繋ごうとする。

思春期の始まりにある息子は、最初は渋り、やがてあきらめ、一応ふてくされた顔をしてみせながら、それでも幸せそうに母親と手を繋ぐ。

ひと組の家族がそうして肩を寄せ合い、ゆっくりと崖の上から離れていった。


蒼穹から大地を眺める。

生きとし生けるものたちが叫んだ言の葉が、あちらへ、こちらへ、散ってゆく。

兄と妹がゆくべき道は、今やすでに示されていた。

海を見渡す崖の上に、一本の枯れ木が立っていた。

幼い少年が、水を求めてさまよう人々のために、神舞（シラ）を捧げたのちに植えた香り草（ケマ）の種から育った植物だ。

香り草（ケマ）なのだから、もともとは草だ。草にはない形成層を得て、茎は太い幹となり、木の容（かたち）を採（と）るようになったのは、甕依姫（ヒミカ）がそのように導いたためであるが、生まれたばかりの頃は、人々にも仲間たちにも気味悪がられた。

だが、それも長い時が過ぎるうちに気にならなくなり、香り草（ケマ）の木は花を咲かせた。

桜――Sakura――。

幾世紀かを経て、人はこの木にそう名付けたこともあった。

長い歳月の間に、木は幾度も枯れては、ふたたび目覚めて花を咲かせ、また眠る。

今は眠りの時だ。

木は夢をみている。

桜吹雪の夢だ。

枝垂れた枝の先に淡い色合いの無数のいのちが風に吹かれ、花片がいっせいに舞い散ってゆく。

蒼天へ、蒼海へ。

波間に落ちた花片は優雅な花筏となり、遠く、見知らぬ場所へと流されてゆく。

いのちの旅の始まりだ。

時は過ぎゆく。

多くの国々が勃興し、また滅び、また新たに蘇り。

人のいのちが芽吹いては消え、芽吹いては消え、いのちは旅を続ける。

春の野に孵る永遠のいのちの輪。

と、枯れ木はふと、夢から目覚めた。何者かが、自分の幹に触れていることに気づいたのだ。

それは、ひとりの赤い眼の少年だった。

彼はどうやら、もうずいぶん長いこと桜の木に寄り添っていたようだ。

銀色の髪の少年はうつむき、ごつごつとした木の幹にひたいをつけて言った。

「大好きだよ」

あとがき

最初に決まったのは、タイトルでした。

――『Beautiful』。

このシンプルすぎるタイトルが通るとは思えなかったのですが、これ以外には思いつかなかったので、担当氏が〝いいですね〟とＯＫを出して下さったときには嬉しかったです。


プロローグから最終章まで、本当に長い物語になりました。

発案後、実際に取りかかってからも、ずいぶんと長い時が経った気がしています。

その間に、自分の人生にも本当にいろいろなことが起こりました。

居を移したり、高齢の愛犬の後ろ脚が立たなくなったり（今は元気に歩いてます！）、やはり高齢の父や母の具合が悪くなったり良くなったり。

何より世の中が、パンデミックで一変しましたね。今もたくさんの方が苦しんでいらっしゃるのではないかと思います。不自由も、たくさん強いられていますよね。

遠出ができなくなり、演劇やコンサートも観られなくなり、友人たちにも会えなくなり、オンラインでのつながりを求める一方で、自分自身に集中する時間が増えました。

自分がもともと好きだった音楽、好きだった小説、好きだったシチュエイション、好きな人間のタイプ、いろいろな考えに没頭できる時間はとても楽しいものでもありました。

今回書かせてもらった物語には、様々なオマージュを捧げさせてもらっています。

卑弥呼(ひみこ)も、そのひとつです。

古代日本は、デビュー以来、いつか書きたいと思い続けてきたテーマでした。(これを言ったら、そういえば、『倭―YAMATO―〈俺たちの創世記〉』でも古墳や銅鏡を扱っておられましたね、と担当氏に言われて思い出しました。懐かしい。あれは学園物でしたね～)

資料集めが趣味なので、卑弥呼に関する資料もたくさん集めています。今回は、そんな資料を基に、といって時代に縛られることなく、ある二人の不器用な少年と少女の生涯を、自由に設定した世界観の中で書いてみたいと思って話を作りました。

主人公格となる少年も少女も、それぞれに主張が強く、背負うものも多く、大人びた顔もしなければならないが、常に根底には幼い部分があり、場合によっては世の中に適合するのが難しい――そんな人間らしい人間がいいなと思いました。

そんなことを考えつつ、自由な雰囲気で書きちらしていったら、どんどんおもしろくなっていき、自分の癖も次々に飛び出してきてしまいました。

長年拙著にお付き合いくださっている読者さんにはお判りかもしれませんが、現存する漢字に特殊なルビをつけてことばを創るのは、どうやら私の癖のようです。

今回も、ルビ付きの文章が盛りだくさんという結果になりました。

古代日本で使われていた言葉なども、文献を参考にして使わせてもらってはいますが、それにもあまり厳密には囚われず、文章を書いているときに、自然にこのリズムのことばがいいなと感じたものを採用していった気がします。

昨今は、デジタル書籍でもルビが使えるようになったと聞いて、思う存分、特殊なカナルビを振らせていただきました。

一番気に入ったのはやはり、甕依姫（ヒミカ）かな。あとは、神嶌（カムイ）と神山（カムリ）、これはセットで。それから、一人称の己（おれ）と吾（わ）。イカルとミ＝ワがジェンダーレスで「己（おれ）」を使い、タマユ＝リが

「吾（わ）」。

この「吾（わ）」が、途中からかなり可愛くなってきたのが、書いていて楽しかったです。

とはいえ、タマユ＝リのほうは、実は、最初は違う一人称を使っていました。

人格を左右するので、一人称ってすごく大事ですよね。

会話文の中の口調や漢字なども、登場人物別に変えているのですが、これ、違っていいんだと最初に思ったのは、バスケ漫画の金字塔『SLAM DUNK（スラムダンク）』を読んだときでした。

あの漫画の中では、登場する少年たちがひとりひとりすごく個性的で、それぞれ特徴的なしゃべり方をするのが新鮮です。それで、吹き出しの中をあらためて見直してみたら、用いておられる一人称や漢字もそれぞれに違っていたのです。

〝クナト＝イ〟や〝タマユ＝リ〟など、登場人物名はほとんど音と直感で決めたつもりでしたが、〝イカルが〟と打つと、斑鳩と出てくることが何度かあり、そういう響きにも自然に反応したのかなとも思ったり。名前をつけるのは本当に楽しい作業ですよね。

そうそう、最後に出てきた〝トヤ〟ちゃんは、卑弥呼の姪かと言われている〝壱与〟のオマージュです。

壹與↓壱与↓台与↓トヨ↓トヤ。

そういう表記的な部分にこだわった分、あまりややこしくならないように、（これでも）

人数も絞って、シンプルな展開にしたつもりですが、いかがでしたでしょうか。

しかし、五〇〇頁を超えるのは、私も、長い作家生活の中ではたぶん初めてです。読むのは大変かもしれません。すみません。

ただ、それだけの頁数だから時間をかけて書いたかというと、最終的にはそういうわけではなくなっていました。この話は二年くらい前からポツポツと書き続けていたはずなんですが、最後には、それをさくっと一から書き直してしまい、今までの私の苦労は？　ということになってしまいました。

でも、結局、そういうものなのでしょうね。長い付き合いの担当氏にも、その時間は決して無駄ではありませんでしたよと言われ、納得した私です。


この本を出させていただくにあたり、たくさんの方々のお世話になりました。

あまりに長い時間をかけ、書き上げる自信をなくしかけていた私を奮い立たせてくれたのは、ＳＮＳなどでも折にふれ、お声をかけてくださる読者の方々です。

本当に感謝しています。ありがとうございました。またどうぞ、この本のご感想などもお聞かせください。何かそういった場をＳＮＳ上でも設けられたらなとも考えています。

その際には、どうぞよろしくお願いいたします。（https://twitter.com/kai_sakura）

また、今回の物語を書いている最中にも、多大な応援の言葉で私に力を与えてくださったイラストレーターの吉崎（よしざき）ヤスミ先生にも、御礼の言葉を述べさせてください。

キャラクターひとりひとりの美しい生き様、美しい姿を浮かび上がらせると同時に、私が描きたかった大きな世界観をしっかりと伝えてくださった素晴らしいイラストの数々に、物語がさらに広がってゆくような感覚を味わいました。そして、なんといっても圧倒的な印象を残してくださった表紙カラー！　この一枚を拝見したときには、涙が出てくるような感動がありました。ご尽力、本当にありがとうございました。

デビュー当時から一緒に歩んできてくださった読者の皆さん、そして、ふとお手にとってくださり、ここに幸せな御縁を結んでくださった読者の皆さんに心から感謝して、このあとがきを終えたいとと思います。

この物語を書かせていただけて、幸せでした。

どうか、パンデミックが無事に過ぎ去り、また人類が、日々を大切に思う心を抱いて、新たな力強い一頁をめくってゆけますように。

二〇二一年　初夏　　花衣（かい）沙久羅（さくら）

参考資料

『「邪馬臺」は「やまたい」と読まず　ヤマト文化の探究』李国棟著（白帝社）
『日本の知恵ぐすりを暮らしに』瀬戸内和美著（東邦出版）
『身近な薬草活用手帖』寺林進監修（誠文堂新光社）
『身近な薬用植物　あの薬はこの植物から採れる』指田豊・木原浩著（平凡社）
『魏志倭人伝精読　卑弥呼と壹與』山下浩著（東京図書出版）
『8つの和ハーブ物語　忘れられた日本の宝物』平川美鶴・石上七鞘著（産学社）
『倭族と古代日本』諏訪春雄編（雄山閣出版）

ジュエル文庫をお買い上げいただき、ありがとうございます!
ご意見・ご感想をお待ちしております。

ファンレターの宛先

〒102-8177　東京都千代田区富士見2-13-3
株式会社KADOKAWA　ジュエル文庫編集部
「花衣沙久羅先生」「吉崎ヤスミ先生」係

ジュエル文庫
http://jewelbooks.jp/

ビューティフル
Beautiful

2021年7月1日　初版発行

著者　花衣沙久羅
©Sakura Kai 2021
イラスト　吉崎ヤスミ

発行者 ———— 青柳昌行
発行 ———— 株式会社 KADOKAWA
〒102-8177 東京都千代田区富士見2-13-3
0570-002-301(ナビダイヤル)
装丁者 ———— Office Spine
印刷 ———— 株式会社暁印刷
製本 ———— 株式会社暁印刷

本書の無断複製(コピー、スキャン、デジタル化等)並びに無断複製物の譲渡および配信は、著作権法上での例外を除き禁じられています。また、本書を代行業者等の第三者に依頼して複製する行為は、たとえ個人や家庭内での利用であっても一切認められておりません。

●お問い合わせ
https://www.kadokawa.co.jp/ (「お問い合わせ」へお進みください)
※内容によっては、お答えできない場合があります。
※サポートは日本国内のみとさせていただきます。
※ Japanese text only

※定価はカバーに表示してあります。

Printed in Japan
ISBN 978-4-04-912288-6 C0193

◇◇◇

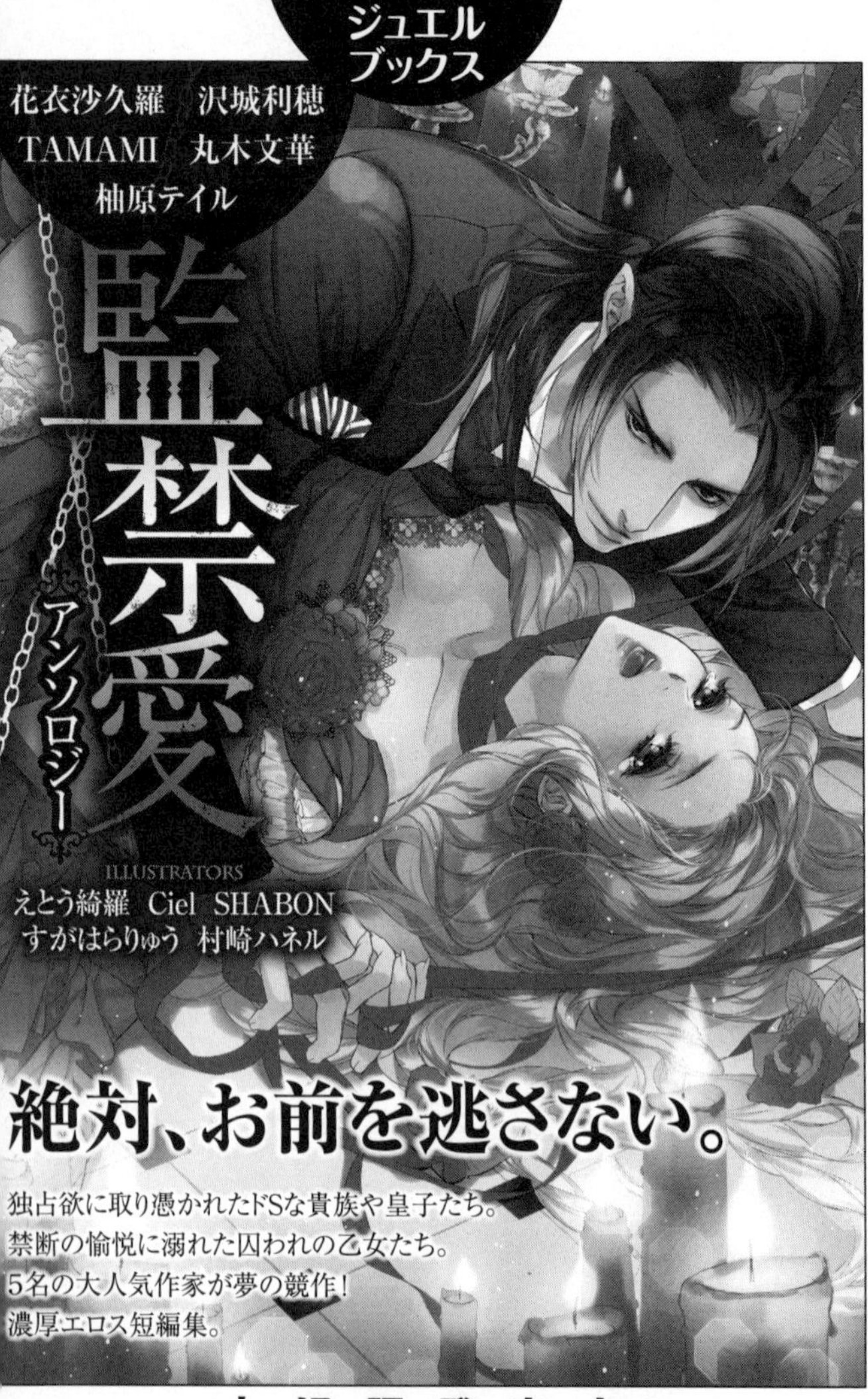
ジュエルブックス
花衣沙久羅　沢城利穂
TAMAMI　丸木文華
柚原テイル
監禁愛
アンソロジー
ILLUSTRATORS
えとう綺羅　Ciel　SHABON
すがはらりゅう　村崎ハネル
絶対、お前を逃さない。
独占欲に取り憑かれたドSな貴族や皇子たち。
禁断の愉悦に溺れた囚われの乙女たち。
5名の大人気作家が夢の競作！
濃厚エロス短編集。

大好評発売中

ジュエル文庫

花衣沙久羅
Illustrator
逆月酒乱

いきなり胸きゅんきゅん♡
王子様とお見合いであかっ!?

超ハイクオリティ王子様に蕩ける♡シンデレララブ

えっ!　私が外国の王子様(双子)とお見合い!?
王位継承者で、爽やか紳士(実は腹黒)な兄。
大企業CEOも務める、クールで俺様な弟。
兄の求婚をいったん受けるも、弟は私のことを好きすぎてっ……!
極甘で、強引で、官能的なキス。婚約しているのに、もう離れられないっ!
そして迎えた、兄王子との婚約会見の瞬間、弟王子は信じられない行動を!

大好評発売中

ジュエル文庫
覇王
花衣沙久羅
ILLUSTRATOR 桐矢隆
Supreme Ruler
最強の男と激しすぎる恋！　怒濤の大河ロマンス！
少年のように育ったヨーロッパの姫ギゼラ。
政略結婚で嫁いだ先は大草原――「覇王」と呼ばれる遊牧民の王子。
戦場で共に戦い、認め合う仲に。同志として惹かれるも囁かれた言葉。
「おまえは、美しすぎる」。初夜で愛され「女」になった自分を知る。
そして人々から恐れられる「覇王」が妻にだけ見せる優しさも。脆さも……。
大好評発売中